DÁDIVA DIVINA

RUI ZINK

DÁDIVA DIVINA

Capa: Fábio Bosquê
Revisão: André Epov
Diagramação: Renata Milan

Foi mantida a grafia vigente em Portugal.

Dados Internacionais de Catalogação na Publicação (CIP)
(Câmara Brasileira do Livro, SP, Brasil)

Zink, Rui
Dádiva divina / Rui Zink. – São Paulo : Editora Planeta do Brasil, 2007.

ISBN 978-85-7665-269-4

1. Ficção portuguesa I. Título.

07-2254 CDD-869.3

Índices para catálogo sistemático:
1. Ficção : Literatura portuguesa 869.3

2007

Editora Planeta do Brasil Ltda.
Avenida Francisco Matarazzo, 1500 – 3º andar – conj. 32B
Edifício New York
05001-100 – São Paulo-SP
vendas@editoraplaneta.com.br

ÍNDICE

"Pois confusão e até loucura espreitam de emboscada; o caminho do misticismo é cheio de perigos. Ele bordeja abismos da consciência e exige um passo seguro e medido."

Gershom Scholem

PRÓLOGO

A purificação faz-se sem testemunhas, à distância, e o regresso do Samaritano não tem a função de ajudar a multidão a reconhecer em Jesus o Profeta, mas sim de interrogá-la sobre o não-reconhecimento e as suas razões.

Lucas, 17, 14

Um homem e uma mulher? Não, um homem e duas mulheres. Três silhuetas avançando no deserto, subindo com dificuldade uma duna, quase uma escarpa. Se alguma poeira os seus passos apressados levantam, ela é invisível à luz esparsa da lua e das estrelas. Trazem os rostos encobertos — e os corpos embrulhados em panos compridos, até aos pés. O homem esconde algo na túnica, talvez um pergaminho enrolado à volta de dois paus, talvez outra coisa. Falam uma língua antiga, que se perdeu no tempo, e da qual só restam vestígios numa sua parente próxima recuperada há menos de um século para a fala viva, para os factos do quotidiano, para as mais comezinhas necessidades tanto quanto para louvar o sagrado... Não é contudo difícil intuir o que dizem.

Ainda falta muito?

É já ali.

Tens a certeza?

Sim, eu sei onde ele foi enterrado.

Ele?

O seu corpo, pelo menos.

E o seu espírito?

Esse não pode ser morto, sabes isso, não sabes?

Sim, sei, por isso mesmo estou aqui.

E tu, por que estás aqui?

Onde pode uma mãe estar senão junto do seu filho?

E tu, mulher?

Deixa-a, ela tem as suas razões, e são tão boas como as nossas.

Tão boas, as de uma...?

Deixa-a, ela já provou ser merecedora de nos acompanhar.

Não sei. Uma...

E precisamos de braços, mesmo que de mulher. Eu estou velha e cansada.

Posso ser o que quiserdes, mas ao menos em mim podeis confiar.

Sim, minha filha, eu sei que não és como os seus... pescadores.

Pecadores, isso sim. Vermes cobardes.

Não fales assim, é pecado.

E o outro, o que o negou três vezes?

Pior que isso ainda foi o traidor...

Traidores todos. Cuspo-lhes no destino. Um dia vão gabar-se de ter defendido o seu nome, e vão usar o seu nome para fazer negócio. Mas nenhum o merece, nem um só.

Calma, minha filha. Tanto, também não. Não achas que isso apenas a ele cabe decidir?

Calem-se, mulheres, já estamos perto.

Vês guardas?

Não deve haver, mas nunca se sabe.

Os vultos chegam por fim ao seu destino. O homem desenrola o manuscrito que trazia escondido — afinal é uma espécie de liteira presa por dois paus, um de cada lado, para lhe dar maior consistência. O homem foi previdente e trouxe ainda uma pá. Começam a cavar, ele com o instrumento, elas com as mãos, a terra não é dura, é argilosa e arenosa, esboroa-se com facilidade, embora se enfie nas unhas e as parta e uma lasca ou outra faça pequenas feridas — nos dedos finos da mulher mais jovem, nas mãos secas e artríticas da mais velha. Cavam com teimosia, sem medo de estragarem as mãos, as unhas, de tocarem nalgum escorpião ou, pior, numa áspide, que nesta região os há ambos em mui grã quantidade. Vão discutindo enquanto cavam, remoendo velhos rancores, a mulher mais jovem é também a mais ressabiada, nota-se que se sente de algum modo vítima de injustiças, que não gosta particularmente dos "pescadores", do seu cheiro a suor e a alho, das suas bocas fétidas, dos seus falsos beijos, beijos de... Cospe antes de pronunciar o nome, e não o pronuncia, é um castigo antigo, o seu, o de votar ao esquecimento um nome que não merece mais ecoar aos ouvidos do mundo. A mulher mais velha é mais complacente, vai deitando água na fervura, chega mesmo a sorrir perante a irascibilidade da mais nova. O homem é de uma idade indistinta, tanto pode ser velho, pela autoridade com que amiúde as manda calar, no que de resto não é obedecido, como jovem, pela energia com que usa a pá. Vão discutindo, é mais uma forma de não se sentirem sozinhos do que outra coisa. E é também um hábito local: a troca de palavras como batalha contínua, lúdica, a argumentação como um jogo de pedras, negras contra brancas, brancas contra negras, um exercício tanto da língua, afiando-a qual um amolador a uma faca, como do farelo a que chamamos máquina do pensamento. Aos poucos, à medida que vão cavando, o homem com a pá, as mulheres umas vezes com as mãos, outras com alguma pedra que acham adequada ao efeito, o cansaço vai-lhes silenciando o ânimo e, por fim, é em silêncio que escavam e escavam e escavam, escavam e escavam e escavam, à procura de um tesouro não de pedras preciosas, metais ricos, especiarias nobres, mas mais prosaico, mais conforme ao Verbo que deu vida à vida — um tesouro de osso, carne, tendões, pele, entranhas e sangue.

Por fim, encontram-no.

É ele!

Tens a certeza?

Eu sei reconhecer o meu filho!

Sim, é ele. Mas o rosto está...

O que fazes, mulher perdida? Que abominação é essa?

Apenas busco uma forma segura de o identificar, lacaio! Lembra-te de que o conheci, melhor do que tu.

Melhor não sei, pêga. Mas tens razão, eu não o conheci dessa maneira...

E então, minha filha, que dizes, é ele?

É ele, sem dúvida. Reconhecê-lo-ia em qualquer parte.

Meu filho...

Não é altura de chorar, minha mãe.

Eu sei, mas é que...

Calem-se as duas. Ajudem-me a colocá-lo nesta mortalha.

E agora?

Eu seguro deste lado, vocês duas seguram-no atrás, uma de cada lado. É madeira sólida, aguenta.

E tu, sozinho à frente, aguentas?

Sim. Não pesa quase nada. Vêem?

Meu filho...

Só pele e osso, não era mesmo deste mundo.

Pelo contrário, lacaio, eu acho que era muito deste mundo. E...

E o quê?

Algo me diz que vai continuar a ser deste mundo.

Acreditas mesmo?

Sim. Não foi isso mesmo que ele disse?

Não sei. Ele nunca falava muito alto. Às vezes era difícil ouvi-lo.

Talvez tu é que fosses surdo aos seus ensinamentos.

Nem sempre era fácil ouvi-lo... é a única coisa que estou a dizer.

Nem sempr...

Tens a certeza de ele ter dito isso, minha filha? Não te terás iludido?

O que quer dizer, minha mãe?

Uma coisa é ele ter dito isso, outra é tu teres entendido que ele disse isso. São duas coisas muito diferentes...

Não, minha mãe. Ele disse isso.

Cá por mim, mulher, a única coisa que ele disse foi: o meu reino não é deste mundo. Foi o que ele disse.

O reino. Isso é verdade. Este não é, nunca foi, nunca será o seu reino.

Então...

Mas isso não quer dizer que ele não continue por cá, como ficou destinado. Só que não como rei...

Como o quê, então?

Como homem humilde. Como artesão. Como mendigo.

Acreditas mesmo, minha filha?

Como peregrino.

LIVRO UM

E qual o problema de andar em círculos, pode saber-se?
Acaso andar em círculos não é também andar?
Isaac Babel

NOVA IORQUE

Geralmente, encontramos o nosso destino através de caminhos que tomamos para o evitar.
La Fontaine

1

Dinheiro. Que outra razão no mundo? Dinheiro: a única propriedade móvel, a suprema omelete sem ovos, a única essência igualmente visível e invisível, fogo que arde sem se ver, um contentamento descontente, a alegria sofrida de servir a quem vence o vencedor, nosso servo e nosso mestre, um perfume sem cheiro, aquilo que, quanto menos se tem, mais nos pesa. Dinheiro, sim, dinheiro. Dinheiro era o que movia a multidão pelas catacumbas do metro, labirintos intestinos de uma cidade maior que a própria vida.

Só os pobres e os loucos eram insensíveis ao doce canto do dinheiro. Oh, sim, os pobres abençoavam o passante se ele lhes dava uma moeda (ou mesmo uma nota), mas a sua incompetência em ganhá-lo ou mesmo roubá-lo era prova bastante de que não eram seus dignos adoradores; já os loucos estendiam beatos os mapas da salvação eterna, com a teimosia delirante de quem sabia de fonte segura que o corpo nada mais era do que corrupção anunciada.

Era este o caso do velho de venerandas barbas, boneco desarticulado agarrado ao seu pedaço de papel com a chave suprema para os males das almas que ainda penavam num mundo que, bem vistas as coisas, era só dor e sofrimento. O velho bem tentava dar o panfleto às pessoas, mas toda a gente tinha imensa pressa, era a hora de ponta, e ele parecia perdido no meio do corredor, um velho de barba, com um ar meio esgrouviado, a distribuir folhetos religiosos, a passar a mensagem aos prisioneiros de Gomorra, a tentar salvá-los — e ninguém lhe agradecia, antes o ignoravam, tristes tempos estes em que toda a gente se estava nas tintas para ser salva; tempos agrestes, cínicos, frios. Só que o velho não era dos que desistiam, quem estava ao serviço do Senhor não era de desistir, mesmo quando o mundo arrefecia ter uma causa aquecia por dentro.

E, assim, o velho sentia frio por fora, o frio da multidão indiferente, um conglomerado de egos fechados em si mesmos, alheios à palavra divina, mas o calor que tinha dentro dele era suficiente para sentir o ânimo reanimado a cada recusa e, de quando em quando, a sua fé lá era recompensada porque alguém lhe aceitava o papelinho.

A culpa também não era inteiramente das pessoas, elas estavam escaldadas, dois em cada três panfletos eram coisas estúpidas como "Deixe de ter medo da calvície", "Compre os melhores perfumes aos melhores preços", "Com Madame Zara o futuro está na palma da sua mão" ou, pior, "Aprenda espanhol em apenas doze lições". Por amor de Deus, quem diabo queria falar espanhol? Para quê, para ser mulher-a-dias?

*

Quando o velho lhe passou o panfleto para as mãos, Samuel Espinosa recebeu-o, diligente. Não era exactamente a última edição da *Playboy* mas sempre era algo para ler. Se trouxesse o jornal, o velho teria talvez ficado de mãos a abanar, mas Sam (o azar de uns era a sorte dos outros) esquecera o *Post* no chinês onde tomava sempre o pequeno-almoço.

Bem, para quê começar-se já com desonestidades? Sam não esquecera nada de nada, o chinês é que tinha jornais para os clientes lerem de borla e ele aproveitava, toda a gente fazia o mesmo, era mais uma mania do que real poupança, até porque cinquenta cêntimos (o preço do *New York Post*) não era o fim do mundo.

Aos panfletos tinha Sam o hábito de aceitá-los quando apanhava o metro, por mais idiotas que fossem sempre eram leitura para ajudar a passar o tempo. Movia-o também uma solidariedade para com os distribuidores de folhetos — quanto mais depressa eles os acabassem de distribuir, mais cedo iriam para casa. Não que devesse ser o caso deste velho, ele não parecia ter sequer uma vida para onde ir, quanto mais uma casa. Era o costume com os tarados religiosos, mas que podia Sam fazer? Não era o messias, não era pai deles, nem sequer tinha por profissão ocupar-se de desgraçados com um (ou mesmo dois, ou três, ou quatro) parafusos a menos.

Mal sabia ele que a razão por que estava a apanhar o metro para Penn Station, onde o esperava o comboio para Hudson (não o rio, a cidade) tinha a ver com isso mesmo — parafusos a menos.

O panfleto falava do Juízo Final. Óptima leitura logo de manhã. O texto rezava assim:

> *Jesus disse que todas as palavras falsas de um homem ao longo da sua vida e todos os seus actos pecaminosos serão avaliados no dia do Juízo Final...*

E seguia rio abaixo, enumerando os pecados pelos quais uma pessoa, se fosse normal, teria de pagar quando chegasse a Hora. Por desfastio, Sam tirou uma caneta e começou a pôr um √ à frente dos pecados que, graças a Deus, já tinha cometido:

— *Adultério* √
— *Inveja* √
— *Cobiça* √
— *Fornicação* √
— *Ira* √

— *Invocar em vão o nome de Deus* √

— *Pensamentos impuros...* √

Depois percebeu que daria menos trabalho tomar nota dos pecados (ou afins) que *ainda* não coisara. E, no meio de um mar de incontinência √, blasfémia √, lascívia √, mesquinhez √, embriaguez √, leviandade √, mentira √ e desonestidade √, lá encontrou duas actividades em que ainda era tão virgem quanto um cinto de castidade por estrear: assassínio e feitiçaria. Aleluia, apenas duas respostas erradas num total de trinta e três! Ainda havia esperança para ele, podia encarar com optimismo o advento do Juízo Final.

Coração reconfortado, Samuel Espinosa chegou à estação, subiu escadas, desceu escadas, comprou o bilhete e esperou que anunciassem em que linha era o comboio. Como bom novaiorquino, era profundamente provinciano e detestava viajar, excepto, bem entendido, quando lhe pagavam para isso. Hoje era um desses dias, tinham até enviado o dinheiro adiantado. E, se ficasse com o contrato, talvez não necessitasse de se preocupar em angariar novos clientes até ao final do ano.

Andar de comboio não era o seu passatempo favorito, mas só nos romances policiais é que o bom do detective preguiçava no escritório, garrafa de Jack Daniels na gaveta da secretária de mogno cuja única função real era servir de poisa-pés. E a clientela lá gatinhava, sempre loura & rica, loura & rica eram dois atributos muito importantes, não tinham de vir por esta ordem, claro, podia ser rica & loura, que daí não vinha grande mal ao mundo. Tinha era também de ter umas pernas curvimânfias do tamanho das torres gémeas (antes de 11 do 9, claro). E ao fim de trinta e três segundos já a clientela estava de joelhos, a implorar com o branco dos olhos que o detective a fizesse logo ali no chão, ou em cima da mesa, em verdade vos digo, para que outra coisa serviriam a fórmica ou o verde pinho, ai flores, ai flores de verde pinho?

Já na carruagem, sem se dar conta, Sam tirou um charuto barato do bolso e levou-o à boca, não era por nada, era apenas para ter outra coisa entre os lábios que não apenas o eco de palavras gastas. Sam conhecia bem as regras, sabia que, nos tempos actuais, nenhum conforto podia ser outra coisa que não um conforto psicológico.

Sim, os romances policiais, nada de mais instrutivo: era sempre bom saber que as nódoas de gordura na camisa de popeline ou o fedor a tabaco velho no cubículo desarrumado a que desadequadamente se chamava escritório podia ser um afrodisíaco mais irresistível para as mulheres do que um saco de feromonas escondido num guarda-jóias.

Tudo isso é muito bonito, certo, pensou Sam, *mas na vida real? Na vida real, nós é que temos de ir a casa dos clientes. Essa é que é essa.*

A casa dos clientes, neste caso, ficava duzentos quilómetros a norte, ainda no estado de Nova Iorque mas já mais perto do Canadá, com o seu permanente casaco branco de inverno e a sua pureza irritante, do que da verdadeira América.

O revisor tocou-lhe no ombro.

— *Sir*, não é permitido fumar neste comboio...

O que era isto? O homem não via que o charuto estava apagado?

— O charuto está apagado, homem, não vê?

Só faltava explicar que, mais do que um charuto, era um hábito. Era o mesmo que ter um palito na boca, só que com mais estilo. E estava apagado!

— *Sir*, não é permitido fumar neste comboio...

— Se eu soubesse tinha vindo de carro — remoeu Sam.

Não era verdade. Como todos os bichos urbanos decentes (e com um mínimo de estilo), Samuel Espinosa não tinha transporte próprio. Para quê? Carro em Nova Iorque só com garagem privativa, ou então motorista, para ele andar o dia inteiro às voltas do quarteirão enquanto Sua Senhoria almoçava uma ervilha e dois fios de salmão cru com um contacto importante. Aí, no entanto, não seria já um carro, mas uma limusine do tamanho de dois quarteirões e com dezasseis portas no mínimo. Sim, uma limusine. Com Sam era assim, ou se jogava ou não se jogava.

*

A clínica ficava nos arredores de Hudson. Não era ainda a Nova Inglaterra (que mais devia ser chamada Velha América), mas imitava muito bem, aquele vale de floresta generosa, o verde já a transmutar-se em vermelho, entre a cordilheira das Catskills e a dos Berkshires. Era uma região cheia de pequenos lagos e terra fértil, salteada de vivendas góticas de madeira, convenientemente isoladas como nos livros de suspense e terror.

Da estação, Sam chamou um táxi e, cinco minutos depois, dava a direcção ao motorista. Sem saber porquê, quase ficou à espera de que o taxista tivesse um chilique ou dissesse mesmo: *Lamento, apanhe outro carro, esqueci um corpo humano ao lume.* Má ideia, ter visto na noite anterior o primeiro filme de Drácula, aquele onde o Bela Lugosi fazia de conde, no tempo em que o Bela ainda não estava agarrado à heroína — sendo apenas um grande actor a fazer de vampiro e não um vampiro medíocre a fazer de actor.

O motorista não disse nada, limitou-se a pôr o carro em marcha e seguir caminho.

Percorreram durante vinte minutos estradas vazias através de floresta entrecortada por pequenas vivendas solitárias, todas com a patriótica bandeira no jardim, não fosse um viandante mais distraído esquecer em que país estava.

Dobraram por fim num desvio assinalado apenas por uma placa de madeira, ao lado de uma caixa de correio em forma de carruagem de comboio, as letras desenhadas na imitação industrial do que se convencionou chamar uma boa caligrafia. Sam confirmou que chegara ao seu destino.

Subiram um carreiro por entre um relvado verde mais impecável do que um terreno de golfe; um jardineiro de chapéu de palha sobre os olhos (provavelmente chinês ou filipino, eram os melhores e os mais baratos) deitava água sobre o que Sam calculava que fossem hortênsias, mas também poderiam ser orquídeas, nenúfares ou mesmo plantas carnívoras (o que sabia ele?) com um regador de plástico.

O motorista deixou Sam à porta de um palacete de três andares que, de sinistro, só tinha o aspecto imaculado. *Azar, meu caro Bela, vais mesmo ter de recolher os caninos, este não é o teu filme.*

Alguns degraus, uma porta envernizada a imitar madeira antiga, grandes janelas com as cortinas corridas, um varandim com arcadas. Com o verde cuidado do jardim à volta, e o verde em bruto da floresta ainda mais em volta, este era sem dúvida o local ideal para uma clínica de repouso ou de desintoxicação. De repouso, se a clientela se resumisse a velhos ricos brincando aos vegetais; de desintoxicação, se a *spécialité du jour* fosse albergar estrelas de cinema cujo contrato promocional as obrigava a *snifar* cocaína pelo menos duas vezes por ano, a fim de manterem ligado à máquina o interesse do público pelo maior tempo possível.

Sam pediu ao condutor para incluir a gorjeta no recibo, ninguém fosse pensar que brincava em serviço, era um profissional. Pagou e empurrou a porta de entrada, menos pesada do que parecia à primeira vista.

Um átrio impecável, podiam filmar ali um anúncio a detergentes. No centro, um balcão branco e, a destoar, pela cor dos fatos, dois homens grandes de gravata, óculos escuros e auricular, frutos quiçá de um cruzamento neogenético entre agentes da CIA, modelos Calvin Klein amamentados a esteróides e enfermeiros diplomados.

Bom, nada de pânico. Era normal que quem se pudesse pagar uma temporada ali precisasse de alguma segurança.

Atrás do balcão, uma enfermeira-recepcionista, essa, sim, vestida a rigor, bata branca e busto biónico, duas promessas azuis no lugar onde deviam estar os olhos. Talvez esta adorável valquíria com pele de bebé não fosse loura & rica mas, em compensação, era loura & linda (lembrava uma Barbie transformada em *menina de verdade*) e, em conjugação com o olhar, disparou contra Sam um sorriso mais branco do que uma folha de papel depois de uma *overdose* de injecções de colagénio.

Esta Barbie transpirava saúde, o que (transpirar saúde) era uma imagem; em contrapartida, para mal dos seus pecados, Sam era homem de pouca poesia e o seu metabolismo reagiu ao ataque-surpresa com baterias anti-aéreas de perspiração pesada: debaixo dos braços, no rosto, na testa.

Como tantas vezes na vida, usou a técnica da raposa e das uvas para baixar o nível coronário e pôs-se a fazer cálculos. O peito, enfim, talvez fosse autêntico, mas os dentes nem pensar, no mínimo havia ali manipulação genética, ai, tinha de haver. Uma puta manipulação genética.

— Bom dia — disse Barbie, interrompendo-lhe as manobras militares. — Posso ajudá-lo?

Sam tirou o lenço do bolso, limpou a testa, e sorte teve em não ficar algum miasma colado às sobrancelhas quando mostrou o seu cartão de visita.

— Ah, sim, entre, é a segunda porta à direita naquele corredor. O senhor director está à sua espera, senhor Penalosa.

— Espinosa.

— Tenha uma boa tarde, senhor Elpenosa — sorriu Barbie, *la donna imperturbatta.*

A segunda porta à direita dava para um gabinete amplo, certamente decorado por um fanático dos filmes de ficção científica ou (ia dar ao mesmo) dos filmes em que os heróis eram jovens tubarões de Wall Street cujo objectivo filosófico da vida se reduzia a ficarem milionários antes dos quarenta. Sam (oh, a vida, essa dama cruel e injusta) já passara o prazo de validade para ambas as taras. Tubarão e/ou milionário.

Não era esse o caso do homem que estava sentado à secretária. Aquilo é que era *o senhor director*? Com franqueza, aquele boneco apinocado era quase tão irritantemente atraente como a enfermeira do atendimento, e devia ter pouco mais idade do que ela... Como seria de esperar, em vez de um busto perfeito o fulano trazia um fato que lhe assentava bem, *demasiado bem*, nos ombros. E uma cara macia e desprovida de pêlos, sobrancelhas manicuradas e... cabelo castanho, liso, bem penteado. E um ar de menino bem comportado que sabia mais do que toda a gente, e que sabia que os outros sabiam que ele sabia mais do que eles, e que eles sabiam que ele sabia que eles sabiam que ele sabia mais do que eles — e assim por diante, uff. E, a granada no bolo, era vagamente parecido com o Tom Cruise — só que, claro, em mais alto.

Sem saber porquê, ou melhor, sabendo perfeitamente porquê, Sam sentiu-se de repente cansado, derrotado, como se acabasse de ter uma quebra de tensão. *Este fedelho já é director disto? Não há dúvida, o mundo é dos jovens, e tu andas a perder qualidades; foste enganado, homenzinho, a idade não é um posto, é apenas uma aposta perdida.*

O director levantou-se e estendeu uma mão enérgica:

— Senhor Espiñosa? Seja bem vindo.

— Espinosa — corrigiu Sam, retirando intactos os dedos apenas porque ele próprio não era nenhum lingrinhas e nunca saía de casa sem a sua receita secreta (herdada pelo lado da mãe) de gordura protectora.

Caramba, o que acontecera aos homens poderosos de *aperto de mão mole e viscoso*? Tinham desaparecido ou simplesmente nunca haviam existido, eram apenas um mito cínico e condescente para ajudar os mais desfavorecidos a aceitarem melhor as desigualdades da vida?

— Espinosa? — O director não parecia muito convencido.

— Não é Espiñosa?

— Espinosa.

— Tem a certeza?

— É o meu nome. Tenho alguma experiência de o usar.

— Ah? Sim, Espinosa, claro. Parece espanhol.

— Ao que parece, é um nome de origem portuguesa.

— Ah, bom! Mas, salvo erro, é também um nome judeu, não?

Sem saber muito bem porquê, Sam não gostou da pergunta.

— Há algum problema se for?

O director sorriu, convidando-o, com um gesto, a sentar-se na cadeira ergonómica em frente da sua secretária.

— Não, não, antes pelo contrário. Era só, digamos... curiosidade.

Sam afundou-se na cadeira. Merda, era mesmo ergonómica.

— Não uso trancinhas sobre as orelhas, se é a isso que se refere. Nem ando pelas ruas a ler o Talmude. De resto, quanto a leituras, prefiro policiais ou a página desportiva.

— Folgo em saber isso, sr. Espinosa. E porco? Come porco?...

Sam franziu a testa. O fulano devia achar que a cara de menino bem comportado lhe permitia fazer as perguntas mais abstrusas. Provavelmente na escola sempre se safara com isso, azucrinando as professoras com o seu ar de santinho.

O homem estava com azar, Sam nunca tinha sido professora:

— Sabe, o porco é o animal mais parecido *consigo*... — Sam tentou acalmarse, convinha não ferrar com demasiada força senão ainda perdia o cliente. — ... E *comigo*, enfim. Connosco todos, bem vistas as coisas, porque... porque é omnívoro. Ora, não é que não coma porco, só não me agrada a ideia de comer um animal tão parecido cons... connosco.

O director não pareceu de todo ofendido.

— Tem graça ter dito isso, sr. Espinosa. Sabia que os rins de porco são usados em transplantes humanos?

Sam tentou adaptar-se à ergonomia da cadeira. Não lhe apetecia nada ser morto por uma cadeira assassina. Pior: uma cadeira pós-moderna assassina.

— Já li qualquer coisa sobre o assunto...

— Então satisfaça-me uma pequena curiosidade, se não for muito incómodo — pediu o director. — Aceitava, se isso lhe pudesse salvar a vida, receber o rim de um porco?

— Pelo meu fígado não respondo, mas os meus rins estão em perf...

— Não se zangue, sr. Espinosa. É apenas uma pergunta, para fazer conversa. Aceitava?

Sam tentou de novo não se irritar. Talvez um pouco de auto-hipnose? O cliente tem sempre razão, o cliente tem sempre razão, o cliente tem sempre... etc. E porquê? Porque o cliente é que assina o cheque, o cliente é que assina o cheque, o cliente é que... E este cliente tresandava mais a dinheiro do que um chulo a patchouli.

— Em minha casa — disse por fim — a minha mãe nunca serviu bifanas. Mas o meu pai também sempre disse que os mandamentos não eram tudo na vida, nem sequer os mortos se podiam dar ao luxo de comer sempre *kosher*...

— Isso significa...

Sam estava espantado com a lata do homem.

— Que fui ensinado que, mesmo que não acredite em mais nada, uma pessoa deve acreditar na vida.

— E pode-se saber porquê?

— Porque ela está lá, é uma evidência.

— Ao contrário da morte?

— Ao contrário da morte, sim.

— Óptimo. Uma resposta digna de um...

Não, não me irritar. Acima de tudo, não me irritar. O cliente é que assina a razão, o cliente é que assina a razão, o cliente é que...

— De um judeu?

— Eu ia a dizer de um homem inteligente. — O director esfregou uma mão na outra. — Bom, sr. Espinosa, vamos ao que interessa?

— Como quiser.

O director estendeu a Sam uma folha com um retrato robô (Sam nunca percebera por que se chamava robô a um desenho) de um tipo magro, ar desvairado, olhar sufocado. Lembrava o conde de Montecristo, antes de fugir do castelo de If; ou, pensando melhor, um heroinómano desesperando pela sua dose: Bela Lugosi, volta, estás perdoado. Sam nunca conhecera nenhum dos condes pessoalmente, nem o Drácula chupador de sangue nem o de Montecristo génio sedento de vinganças, e planeava continuar assim.

Em contrapartida, tivera a sua dose de drogados. Nova Iorque nem sempre fora a cidade bem comportada em que se tornara, por mérito da mão pesada do *Mayor* Giulliani, certo, mas também pelos vapores de santidade que o 11 de Setembro trouxera a Manhattan. A cidade antes tinha quase tudo, excepto um lugar sagrado — o que havia de mais parecido ainda era o estádio dos Yankees, que ficava no Bronx. Agora, Nova Iorque tinha *mesmo* tudo. Jesus, as torres eram hoje mais visitadas, quase *mais reais*, do que durante os seus vinte e nove anos de existência. *Rói-te de inveja, Meca.*

Bom, voltando à realidade:

— Gostaríamos que procurasse este indivíduo, sr. Espinosa.

— A fotografia não é muito nítida — resmungou Sam.

Estava a ser irónico, pois se aquilo nem fotografia era! O seu interlocutor, no entanto, nem pestanejou. A fleuma das Barbies, caramba. Sam sentiu mais uma gota de suor descer atrevida a pista de esqui que lhe ia da testa para o nariz. E o outro sacana na maior! Bonecos sem alma, bonecos com alma de plástico, como cartões *American Express* platina de plasticina. Esta gente nunca transpirava.

— Tem razão, sr. Espinosa, a imagem não é nítida, mas o que se pode fazer? Por isso mesmo é que precisamos de um bom detective. E por isso é que lhe pedimos apenas para o *procurar*, não o culpamos de nada se, como é altamente provável, você não o encontrar.

— É bom saber isso...

— Por outro lado, se tivéssemos uma fotografia não precisaríamos dos seus talentos, pois nessa altura até a Interpol ou a CIA conseguiriam encontrá-lo, não acha?

Sam fez-se de parvo:

— A vossa clínica tem contactos com a CIA?

— Ah, que ideia! Era apenas uma imagem... Se calhar fui pouco claro.

— Como esta imagem — rematou Sam.

Em cheio.

No alvo.

O director encolheu os ombros, e até nesse gesto que, desde o início dos tempos, mais não expressava do que impotência conformada, o casaco lhe assentava insuportavelmente bem.

Ora, merda.

— Como lhe disse, sr. Espinosa, foi o que se pôde arranjar.

— Pode ser qualquer pessoa.

— Acha que podia ser você, sr. Espinosa? — O homem era fino. — Ou eu? Ou a Heidi?

— A Heidi?

— A bonita enfermeira que está na recepção. Decerto reparou...

— Ah, sim. A Heidi.

Mas para mim, querida, serás sempre Barbie. Até ao fim dos nossos dias.

— Podia?

Não, admitiu Sam, não podia.

— Então — concluiu o homem, satisfeito. — Este retrato, admito que um tanto ou quanto vago, não parece *qualquer* pessoa.

Um ponto para a casa, Sam tinha de reconhecer. Ou não:

— Ainda assim, continua a poder ser muita gente. Parece um Cristo... um cantor de *rock*... ou o Charles Manson. Isto só para dar um par de exemplos.

— Charles Manson está preso. E já passaram muitos anos desde que ele podia parecer-se com esse retrato. O sr. Espinosa deve estar a referir-se a Marilyn Manson que, esse, sim, é um cantor de *rock*.

— Está bem. Então quem é?

— Quem é o quê?

Sam suspirou. Isto ia ser difícil:

— Quem é que está neste retrato?

O director fez o seu sorriso de menino bem comportado. Tal qual uma Barbie, de facto, só que em versão masculina.

— E se lhe disser que é Jesus Cristo?

Sam bufou. Isto ia ser mesmo difícil:

— Está a brincar comigo? Acha-me com cara de cómico?

O director alargou o sorriso.

— Desculpe, sr. Espinosa, não resisti. Mas foi você que...

Sam tentou, mais uma vez:

— É algum familiar seu? — inquiriu com a voz suave de um orogotango ao megafone.

O director deixou de sorrir para soltar o que lhe devia ter sido vendido como um riso-franco. Tinham-no enganado.

— Ah! Ah! Um familiar meu?

Era uma lágrima, uma lágrima-furtiva, o que o director estava a limpar no olho? Na compra de uma gargalhada-sincera recebe ainda como bónus uma lágrima-de-tanto-rir?

— Não, sr. Espinosa, não me parece. Não se trata de um familiar... meu. Nem sei se deva dizer felizmente ou infelizmente, mas não, não somos família.

— Está bem — disse Sam.

— Estou curioso. Por que lhe havia de passar semelhante ideia pela cabeça?

— É uma pergunta de rotina. Metade dos meus clientes procura um membro da família perdido, um pai, um irmão, um primo...

— E a outra metade?

— Provas materiais para iniciar um processo de divórcio com justa causa.

— Ah. Interessante. Não, não é nenhuma das alternativas.

— Então é um... Um...

— Um...? — repetiu o diabo do homem, fazendo-se parvo.

Obrigando Sam a dizer o óbvio:

— Um criminoso. Roubou-vos dinheiro? Alguma patente? Matou alguém?

— Um criminoso? — O director pareceu ponderar a hipótese. — Não, nem por isso. Apenas um doente.

— Tem a certeza?

— Um doente. Isso mesmo. Um doente.

— Um doente... E não têm uma fotografia do vosso doente? — estranhou Sam.

O director fez um ar resignado.

— Receio que não. Sabe, sr. Espinosa, para ser sincero, a nossa clínica lida mais com doenças do que com doentes.

— Não percebo, então...

— Mas há excepções para tudo. De qualquer forma, é apenas isso, um doente. Um doente que precisa de tratamento, e a quem nós podemos fornecer o devido tratamento.

— Muito generoso da vossa parte.

O director sorriu novamente. Pensando bem, ele não era a Barbie. Era o Ken.

— Agora está a ser irónico, sr. Espinosa. Bem vejo que não se lhe pode esconder nada.

— Sou um detective da Grande Maçã — disse Sam. — Só nos dão carteira profissional se fizermos *Introdução à Ironia* no primeiro semestre.

— Claro que nós temos as nossas razões. Razões que o conselho de administração conhece.

— Tais como?

— Talvez este pobre homem seja um ente querido de um dos nossos mais generosos beneméritos. Ou o filho pródigo de alguém particularmente poderoso que deseja ficar no anonimato, quem sabe? Mas isso já não é importante para si, pois não?

— Não, de facto, não — teve Sam de admitir. — É contagioso?

Ken recostou-se na cadeira:

— Você faz perguntas muito interessantes, sr. Espinosa.

— Obrigado.

— Suponho que isso será a marca de um bom detective.

— Vou reformular a pergunta. Corro algum risco ao encontrá-lo? Em lhe tocar ou algo assim?

Ken adoptou uma expressão pensativa. Era a primeira vez que Sam via um boneco de plástico com uma expressão pensativa. Mudam-se os tempos, mudam-se as vontades, todo o mundo é composto de mudança...

— Desculpe a minha ignorância, sr. Espinosa, mas supunha que a sua profissão implicava alguns riscos.

— De ser atacado com um punho de ferro, uma navalha, ou mesmo levar um tiro? Nunca me aconteceu, mas sim, tem razão, faz parte do negócio.

— Então...

— Outra história completamente diferente é tocar num indivíduo e ficar cheio de doenças esquisitas.

— Compreendo. Faz sentido. Eu digo que tem de encontrar um doente, e você pensa logo numa doença infecto-contagiosa. Interessante.

— E...?

— Não há qualquer problema. Se isso o sossega, posso garantir-lhe que a doença deste homem não é do foro físico. Ela é mais, como dizer?, espiritual. Para ser completamente franco, e é o mais que eu posso fazer, trata-se de alguém que nos é muito querido mas a quem... perdemos o rasto.

— É chato — corroborou Sam — perder o rasto a alguém que nos é querido.

Ou Ken não entendeu ou então decidiu deixar passar esta.

— E confiamos em si para o encontrar.

Sam sentiu a garganta seca. O ar condicionado tinha sempre este efeito sobre a sua garganta, razão pela qual, no escritório, o máximo que havia era uma ventoinha, que tinha ainda a dupla vantagem de ser barata e servir de homenagem aos detectives de antigamente, Humphrey Bogart, Dashiell Hammet, Tiger Mann. Sam apercebeu-se então de que Ken não lhe tinha oferecido nada para beber. Essa falta de cortesia pô-lo mal disposto.

— Porquê eu?

— Ora, sr. Espinosa, por que não o senhor? É um bom detective, tem as melhores ref...

Bateram à porta. Era Barbie, trazia um tabuleiro com café e águas, que poisou numa pequena mesa. Saiu logo, mas os seus dentes magníficos deixaram uma aura de brancura, frescura e, quase de certeza, colagénio na sala. Sam percebeu que fora injusto para com Ken. Bem, perdido por cem...

— Podiam ir ter com uma grande agência. É o que empresas como a vossa fazem.

— Empresas *como a nossa*? A nossa clínica? Será que estou a ouvir no seu tom algum desprezo?

— Empresas prósperas. Com clientela prestigiada. Com meios, contactos...

— Bem, bem. Nós achámos que o senhor era a pessoa indicada. Pensávamos que tivesse uma melhor opinião de si próprio, enfim. Ou... — Ken teve uma súbita inspiração: — Será que não está satisfeito com a nossa proposta de honorários? Podemos sempre melhorá-la, se é essa a questão. O que diz, vamos melhorá-la?

— Não, não é esse o probl... — Sam sentia o suor a descer-lhe pela testa. Pensando bem, já que o queriam assim tanto...

— Enfim, agora que fala nisso...

Ken sorriu. E o seu sorriso dizia: é bom perceber um homem. É bom falar a mesma linguagem. É bom perceber que as suas reticências são, não de fundo ético ou ideológico, apenas pecuniárias. Banal ganância. E isso era bom, porque a ganância era humana, a ética, não. A ética era uma invenção esquisita para tentar contrabalançar as pulsões humanas, inatamente mesquinhas. Havia até um livro, justamente intitulado *O Gene Egoísta* (Oxford U.P., 1976), que, embora de divulgação ao grande público, explicava isso tudo com bastante clareza. A ética não dava gente humana, com quem se podia conversar; apenas produzia fanáticos, puritanos encardidos, militantes do Bem e da Verdade, ou mesmo terroristas. Ná, a ética não era boa. A ganância, sim.

O sorriso de Ken não disse *exactamente* isto nem *exactamente* desta maneira, mas foi assim que Sam o interpretou. E Sam era um profissional expressamente treinado para detectar indícios e, tal como um pisteiro *Navajo*, ler os sinais de fumo, por mais ínfimos que fossem.

Ora, acontecia que a única coisa que ele lia e detectava melhor do que os mais ínfimos indícios de fumo no horizonte era um saldo positivo na sua conta bancária. E quem o podia censurar?

— Tudo bem, sr. Espinosa, não há nada que não se resolva. Acrescentamos um zero, de acordo? Mesmo que não encontre o nosso querido desaparecido. Basta que nos mostre que o procurou usando de todos os talentos e recursos de que sabemos ser capaz, e temos um acordo. Com um substancial adiantamento, naturalmente. Mais despesas...

Acrescentavam um zero? Isso significava que... Meu Deus, Sam, fizeste o negócio da tua vida! Claro que, naquele momento, Sam não tinha noção de quão certo estava.

De que acabara, literalmente, de fazer o negócio da sua vida.

— Este assunto está então tratado. Mais algum problema, sr. Espinosa?

— N-não...

— Muito bem. E, conforme lhe foi dito, não tem inconvenientes em viajar, espero?

Sam disse que não, nenhum inconveniente. Tinha até um amigo numa agência que lhe arranjava o passaporte em três dias. Talvez menos, pelo preço certo.

Ken Barbie foi então directo ao assunto.

O doente (Sam decidiu que preferiria chamar-lhe cliente, mas guardou o resultado da votação só para si) fora pela última vez visto em Adis Abeba. O sr. Espinosa sabia decerto onde ficava Adis Abeba, não? Na Etiópia. Em África, na parte oriental, perto da Somália que tantas dores de cabeça dera ao mundo em anos recentes. Era possível que o doente já não estivesse lá, apesar dos seus evidentes problemas. E de lhe fazer imenso mal à saúde. O infeliz tinha o irritante hábito de andar de um lado para o outro e uma surpreendente facilidade em fazê-lo. "O quê, mesmo sem as peças todas na cabeça?" Sim, sr. Espinosa, mesmo sem dinheiro nem identificação, deve haver um santo protector dos pobres de espírito ou algo assim.

Tanto quanto Ken sabia, o doente podia estar agora em qualquer lado — a varrer ruas no Japão, a pedir esmola no Pólo Norte ou no Amazonas a dar alpista às piranhas. Que era praticamente o mesmo que dizer: não tinham pista nenhuma. Mas talvez a Etiópia fosse um bom ponto para começar e tinham-se permitido a liberdade de reservar em seu nome um lugar em *Business Class* num 747 da American Airlines *non-stop* JFK-Roma, onde apanharia a ligação (infelizmente num voo da Alitalia) para a capital etíope. De acordo, sr. Espinosa?

— De acordo — murmurou Sam.

Ken estava tão satisfeito consigo mesmo que se permitiu uma pequena piada: Sam que fizesse um esforço para resistir às tendências atávicas do seu povo e não poupasse nas despesas, sim?

Sam franziu a testa e Ken sorriu, cristal cristalino, como se tivesse proferido apenas o mais inocente dito de espírito — e a rudeza, caso ele tivesse o mau gosto de se ofender, estivesse toda do lado de Sam. Mas, está bem, Ken, por esta passava, mais um zero pagaria muitas bebidas para consolar um orgulho magoado por uma insinuação de cariz anti-semita. Por isso, Sam apenas grunhiu:

— Não poupar nas despesas, diz você?

Para provar que não eram palavras vãs, Ken estendeu um envelope amarelo, espesso como a mais generosa sanduíche de *pastrami* na melhor Delicatessen do mundo, que, obviamente, ficava algures entre a Broadway e a 7ª avenida.

— Se precisar de mais, o que sinceramente duvido, não hesite em ligar para este número. O dinheiro, ou qualquer outro tipo de apoio, chegar-lhe-á em menos de vinte e quatro horas.

— Suponho que vai querer que guarde os recibos...

Ken fez um gesto displicente.

— Ora, quais recibos? Isso só o faria perder tempo e o tempo, não preciso de ensinar a missa ao padre, pois não?, é dinheiro. Aqui somos todos pessoas de bem, não precisamos de recibos para nada.

— Como quiser — disse Sam, seco.

Ken levantou-se e estendeu-lhe a mão.

— Sabe de uma coisa, sr. Espinosa? Tenho um bom alvitre sobre o seu faro, não sei porquê, mas tenho plena confiança nos seus instintos. Acho que você vai conseguir. É a sensação que tenho.

Quando Barbie o acompanhou à porta principal, o táxi lá estava, com o mesmo condutor. Sam não estranhou, deviam tê-lo chamado durante a reunião, ou então dito logo de início para ficar à espera. Sam ia para perguntar ao condutor qual das hipóteses, apenas por curiosidade, mas esqueceu-se, ao conferir os zeros no cheque que o irritante (mas generoso) Ken lhe assinara.

Depois, distraidamente, passou os olhos pelo retrato-robô, decerto desenhado por um artista-polícia a partir de relatos de terceiros. Parecia que, apesar de não se importarem com as despesas, alguém tinha querido poupar nas fotocópias, porque *o cliente* parecia mesmo um vagabundo esgrouviado, as feições mascarradas a grossos traços de carvão, bruscos mas, de algum modo, indefinidos. Lembrava-lhe alguém, mas quem? Ah, claro, o velho do corredor do metro, só que em mais novo: *O dia do Juízo Final está próximo...*

Rico embrulho, não havia dúvida. O homem, quem quer que ele fosse, devia ser uma linda peça. E as indicações de Ken eram mais vagas do que as de um mudo a um cego.

Mas, tudo bem, Samuel Espinosa, detective particular de renome internacional, estava por tudo. Queriam que ele partisse mundo fora, em primeira classe, à caça aos gambozinos em 80 dias? Nenhum problema. Era só ele depositar o cheque, confirmar que era *real* e: adeus Nova Iorque, olá JFK, põe-te a pau, mundo.

ADIS ABEBA

Eu não procuro, encontro.
Pablo Picasso

2

O detective partiu, então. Dois dias depois chegava a Adis Abeba, uma cidade comparada com a qual Nova Iorque era um hospital sueco. Enfim, um hospital sueco na hora das visitas. Mas, ainda assim, um hospital sueco.

A cidade tentaculava-se, caótica, a partir de um eixo central, a desmazelada avenida Churchill, versão curta e apocalóptica da Quinta Avenida, dos Campos Elíseos ou, simplesmente, de um aeródromo amador num campo de cebolas.

Ken tinha telefonado a Sam, anunciando-lhe a boa nova de que, em Adis Abeba, teria à sua espera um eventual contacto. Quem? Ken sorrira (coisa fácil, para um detective treinado, pressentir um sorriso ao telefone) e dissera que Sam iria ver. Sam repetiu a pergunta, em mais detalhada: um etíope? Ken repetiu a graça: Sam iria ver. Sam disse, então: é uma mulher, não é? Ken assobiou admirativo (um assobio mental, metafísico, mas de admiração real, bem pragmática) e perguntou a Sam: como soube? Sam disse: é fácil, quando fazem tanto mistério já se sabe que o contacto é sempre, oh surpresa, uma gaja. Ou então, um gajo disfarçado de gaja. Ou então uma gaja disfarçada de gajo. Para um profissional, as possibilidades combinatórias não eram nem muitas nem aliciantes. Ken disse: muito bem, sr. Espinosa, apenas mais uma coisa. O quê? Não tente contactá-la, ela contactá-lo-á, se lhe aprover. Está bem, acho esquisito, mas está bem. A sério, isto é muito importante, senhor Espinosa, não tente contactá-la, sim? Está bem, Ken. Tu mandas, Ken.

Sam tinha um vago plano: semear dinheiro por potenciais informantes, na esperança de obter uma pista, um fumo que fosse sobre o objecto da sua demanda. Calculava que o faria primeiro com alguma cautela (era dinheiro), depois mais à vontade (não era o *seu* dinheiro).

Apesar de não estar habituado a ter tantos fundos para gastar, partir em classe super-executiva era um bom treino. E finalmente ficara a saber o porquê de os Jumbos 747 usarem chapéu de coco — era para os mais milionários dormirem na paz dos anjos no andar de cima, seis Bloody Marys acima dos restantes passageiros. E Sam estava até um bocadinho vaidoso, o que era compreensível: afinal, quantos detectives privados se podiam gabar de terem viajado no piso superior de um Titanic que trespassava os icebergs como se eles fossem nuvens... porque (sim, está bem, isso ajudava) os icebergs que trespassava eram mesmo nuvens e não icebergs?

Sim, a princípio custou-lhe passar por rico numa idade em que leite azedado já não voltava à teta da vaca, só que Sam Espinosa, mesmo que não o quisesse, estava condenado a ser fiel à Ordem Superior de não poupar nas despesas: Ken tinha-lhe reservado uma suite num hotel quase maior do que a cidade, tão estranho ao meio ambiente como uma sonda em Marte. O Preste João era um cinco estrelas desmesurado que, sob a inspecção severa de um olhar caridoso, poderia apesar de tudo ser considerado acessível a qualquer tipo de bolsa: rica, muito rica, muitíssimo rica, obscenamente rica, petrol-rica.

Palavras para quê? O Preste João não era um Ritz, um Sheraton, nem sequer um Four Seasons — era Xanadu ressuscitada, reencarnada e reembalada com policromados e raios gama. Tão-pouco era preciso ser um detective altamente treinado para ver que fora construído à medida do turismo árabe, não do decapitado rendimento *per capita* etíope. Cada quarto era uma suite, cada suite um salão, cada salão um palácio, cada palácio uma casa de jogos. Sete restaurantes temáticos cuidavam daquele que a sabedoria antiga descobrira ser o caminho mais lesto para o coração humano e, do cuscus ao sushi, cada um com a sua música, as suas gueixas, com ou sem véu, os seus paladares, odores, preços e adereços, aqueles sete templos asseguravam a felicidade dos hóspedes. Opulentas mansões autónomas tinham sido construídas dentro do hotel expressamente para os séquitos mais exigentes de privacidade, sobretudo se oriundos de países amantes das públicas virtudes. Nas duas piscinas para-olímpicas, um sistema integrado de colunas polifónicas assegurava música subaquática. Uma delas tinha uma escotilha gigante que dava para um lago artificial cheio de peixes exóticos; a outra devolvia aos utentes o fascínio da sua própria imagem. Sem grandes surpresas, a piscina-espelho era a mais popular.

Os poucos ocidentais com acesso ao Preste João eram sobretudo homens de negócios; das areias quentes do deserto vinham *playboys* perfumados a petrodólares, uns com a cabeça protegida por toalhas de restaurante italiano seguras por halos de anjo caído, outros vestindo simplesmente fatos escuros de uma qualquer marca fantástica.

Não era, podia dizer-se, um hotel adequado a turistas de pé descalço ou gente que decidisse usar o dinheiro noutras iguarias ou necessidades que não naquilo que, por um um preconceito em grande parte infundado, se convencionou designar de *luxo asiático.*

Talvez por isso, talvez porque o Deus dos detectives estava nos pormenores, Sam estranhou quando, dirigindo-se ao Casablanca Bar em visita de estudo (prospecção do terreno, estudo de caso), viu um padre sentado a uma mesa. Um padre no Preste João já era suficientemente conspícuo. Muito mais um padre beberricando um Dry Martini na companhia de uma mulher elegante, cabelos longos caídos sobre o rosto, segurando um Cosmopolitan — ou seria um Singapura Sling?

Samuel Espinosa decidiu olhar filosoficamente para o quadro. Tudo bem, a igreja teria decerto fichas de jogo suficientes para pagar a bebida do padre e a da sua convidada. Se fosse caso disso, até para pagar uma suite, uma vivenda, umas odaliscas para aquecer os pés. Geralmente, no entanto, o prelado tentava não dar tanto nas vistas quando... Quando este género de coisas.

Sam encolheu os ombros, não os do corpo, antes os da alma, ainda eram os mais adequados a este tipo de estupefacção. Por muito divertidos que fossem os exercícios especulativos, e eram, pelo menos mais divertidos do que os exercícios espirituais de Santo Inácio de Loiola (o fundador da Companhia de Jesus), ambos tinham tendência para redundarem em menos que nada, fumo fátuo ou mesmo coisa nenhuma.

E tanto melhor assim, até porque o padre não pareceu ver Sam. Também, o que veria ele, se não havia nada para ver? O mesmo não se passou, no entanto, com a mulher, que estacou a taça entre a mesa e os lábios. Não fosse Sam um homem experiente e devidamente cicatrizado, diria: *Olá, aqui há história*. Felizmente, para toda a gente, ele era um homem experiente — e cicatrizado.

*

Nos dois primeiros dias, Sam não fez amigos, mas foi tentando entrar em contacto afável com os locais, apesar das barreiras da língua e tudo o resto. Voltava ao fim da tarde, não porque não fosse seguro sair à noite (ter-lhe-iam dito, na recepção, se não o fosse), mas porque não saberia para onde ir. Até porque Adis Abeba não era um prodígio de iluminação natalícia, acontecendo-lhe o mesmo que à maioria das capitais do mundo: todas as desvantagens das grandes cidades, muito poucas das vantagens.

Assim como assim, resistiu à tentação de ficar no hotel a ver passar os poucos turistas que achavam interessante viajar a um país pobre, alvo de piadas de mau gosto (*O que faz um etíope com uma galinha? Abre um restaurante, ah ah!*), cuja única glória era ter batido os italianos na segunda guerra mundial — o que, desde a queda do império romano, deixara de ser um feito digno de nota. E como se as sucessivas secas não bastassem, era também um país consumido por uma sazonal guerra fratricida com a Eritreia, o vizinho mais pequeno mas com um cobiçável acesso ao mar, essa eterna fonte, não de juventude, mas de riqueza e dores de cabeça.

Ah, sim, havia ainda umas conversões ao cristianismo há mais de quinhentos anos, peregrinações de portugueses enlouquecidos em busca do *Preste João*, que Sam ficou a saber ter sido, antes de ressuscitar transformado em hotel, um rei negro rico e cristão, descendente directo da rainha do Sabá, a famosa amante de Salomão, o sábio. A isto se associavam algumas lendas de ouro e diamantes aparecidos e desaparecidos, e nada mais até aos nossos dias senão os cantores *rastafarai* na Jamaica, fãs do rei Hailé Selassié e fumadores da Cannabis Sagrada.

Espertos, os jamaicanos... Sam já vira muitas boas desculpas para fumar e beber, mas dizer que era Deus que os obrigava a queimar maconha, essa tinha de admitir que era espectacular.

Quanto aos etíopes, no geral eram de uma elegância, uma linha, de fazer inveja à mais anoréctica das manequins. Tipos de rosto impassível como os dos índios nos cartazes à entrada da cornucópia de casinos que agora, dia sim, dia sim, nasciam nas reservas e que, do dia para a noite, de alcoólicos autodestrutivos, transformara os Crow, os Apaches, os Navajos, em Escroques, Pachás, Nababos. Milagre? Melhor que milagre — lei. Uma lei aprovada pelo Congresso em 1988, concedendo aos Nativo-Americanos o direito a gerir jogos de azar nas reservas. E ainda se queixavam os índios de terem sido massacrados... Certa gente nunca estava contente. Alguém imaginava, por exemplo, os judeus a abrirem casinos na Alemanha?

Sam levou a mão à boca — ná, isto já não tinha piada. Não era homem de rancores, de resto a sua família era de origem sefardita, pouco religiosa, vivendo em zonas do globo onde as garras de

Hitler não tinham chegado. O seu tio Albert até falava de Rommel com algum respeito, como um alemão que fora para o norte de África fazer a guerra aos ingleses, e não caçar judeus. Tão-pouco achava que os alemães nascidos depois da guerra deviam pagar pelos crimes dos pais... Todavia, um bocadinho de culpa nunca matara ninguém, ao contrário do inverso, a *des*-culpa, e havia feridas que se deviam deixar abertas precisamente para evitar o que aconteceria caso fossem fechadas antes de sararem por completo: cicatrizarem mal, apanharem pus, voltarem a infectar.

Na primeira noite, Sam jantou no restaurante temático El Haroun, onde comeu um *tadjine* digno de uma conversão serôdia ao islamismo. Na segunda noite, porque um detective não deve ser cobarde, arriscou o Shiai, especializado em peixe cru. Obviamente, não comeu peixe cru. Enfrentou sozinho um *fondue* de bife de vaca massajada em vida e em morte (uma máquina, aqueles japoneses, apesar de esquisitos) acompanhado por *tempura* e *saké* gelado, o que se revelou uma boa escolha, pois assim gostou do que comeu.

Do que Sam não gostou tanto foi de ver, pela segunda noite consecutiva, o padre e a sua... companheira? Amiga? Camarada? O que se dizia de uma mulher que acompanhava um padre? Irmã? Freira? A menos que ele não fosse um padre, mas sim um doente mental (mais um, isto ia ser uma alegria) e aí seria fácil saber como a designar: enfermeira.

Uma vez era coincidência, duas... Tanto mais que já de manhã os vira (a ela e ao padre) no mercado. Bem, o mercado era um sítio turístico e não era assim tão estranho as pessoas irem lá; e o restaurante era um sítio para comer e eles também tinham direito a jantar. No entanto, Sam estava, como dizer?, cá *com uma fé.* Podia estar a ver coisas, é certo; mas também podia estar *mesmo* a ver coisas. E, pelo andar da carruagem, a menos que eles avançassem um peão, um cavalo, um bispo, não tinha muitas opções: esperar e desesperar ou arriscar e arriscar-se a meter água.

Postas as coisas deste modo, o melhor se calhar ainda era ser discreto e deixar que revelassem o seu jogo, se jogo houvesse, antes de ele próprio ir a jogo.

Por outro lado, Sam terminara a sobremesa e tinham acabado de lhe trazer um digestivo. E, bom sinal, num adequadíssimo copo em balão, com duas pedras de gelo. Ora, o que era um detective senão alguém que sabia ler os sinais?

Pegou no uísque, levantou-se e aproximou-se da mesa deles:

— Boa noite? Posso?...

O padre franziu o sobrolho, constrangido.

A mulher não se mostrou incomodada:

— Faça favor, sente-se. Senhor?... — Um sotaque carregado, latino. Argentino... Italiano?

— Espinosa. Sam Espinosa.

Ela sorriu. Sorriso com três filas de dentes:

— Como Bond, James Bond. É um agente secreto, sr. Espinosa?

Sam sentou-se.

— Não, sou um homem de negócios. E a menina? Ou senhora?...

— Chiara. Só Chiara.

Sam apertou-lhe a mão.

— Kyara?

— Pronuncia-se assim, mas em italiano escreve-se com "ch".

— Muito prazer, Chiara.

— E este é o padre O'Reilly — disse ela, desviando o cabelo dos olhos.

Sam estendeu a mão sobre a mesa.

— Muito prazer, padre. Irlandês, presumo.

O padre foi tão caloroso como um termómetro congelado, apesar de, ao menos isso, não fazer mão mole:

— Gostaria de poder dizer o mesmo, senhor Espinosa.

— Que eu também fosse irlandês, padre?

— Não. Que é um prazer.

— Ah.

Chiara fez de quebra-gelos:

— O que o traz a Adis Abeba, senhor Espinosa?

Sam respondeu com bonomia à pergunta dela, mas o seu olhar estava virado para o padre:

— Negócios, como disse. E a si, padre, o que o traz à Etiópia? — Sam piscou-lhe o olho. — Amor à posição de missionário?

A expressão do padre foi, desta vez, mais glacial que um burocrata conservado a criogénio:

— Uma missão, senhor Espinosa. Uma missão ao serviço de Deus. Mas duvido que o senhor saiba o que isso quer dizer.

— Não percebo...

Chiara deitou água na fervura. Ou, mais exactamente, algum mel no ambiente:

— Eu perguntar-lhe-ia se quer beber alguma coisa, sr. Espinosa...

— Sam.

— Sam... Mas vejo que já veio preparado.

Sam fez um ar modesto:

— É a chave do negócio, suponho.

— Concordo, Sam. A questão é: preparado para quê?

— Para tudo. Não é o melhor?

— Ora, aí está o problema dos não-crentes — disse o padre, com um sorriso forçado.

— Perdão?

— É que estar preparado para tudo é o mesmo que não estar preparado para nada.

— Acha mesmo, padre?

— Não acho nem deixo de achar, é a verdade. Achar é para quem não sabe o que procura.

— É uma opinião — aquiesceu Sam.

O padre fixou-o com dureza:

— Não tem medo de, julgando estar preparado para tudo, descobrir da pior maneira que não está preparado para nada, sr. Espinosa?

3

Sam acordou no dia seguinte com uma ressaca desagradável, tanto da bebida como da conversa com o padre O'Reilly e a... Ah, sim, Chiara. Pouco mais ficara a saber sobre eles do que duas coisas: que ela era atrevida, e que o padre antipatizava com ele. Nenhuma era razão particular para desconfiar deles. Excêntricos, era tudo. E já era de mais, para a sua dor de cabeça.

Sem pistas, sem nada, Sam apenas não desesperava porque tinha muita sola gasta, muita noite mal dormida, muitos anos de rodagem em cada perna. Normalmente, a melhor forma de obter informações, quando não se sabia por onde começar, era junto dos porteiros ou dos taxistas, por esta ordem e, em terceiro lugar, nas tascas de pior reputação. O aspecto delicado era que, quanto mais circulasse, mais corria o risco de ser visto por olhos indesejados.

Aqui nem haveria tanto esse problema, pelo que Sam contrariou o seu brio profissional, que consistia em ser discreto, quase invisível, e acatou o conselho de Ken de seguir os seus instintos.

Passou então a mostrar-se, ostensiva e descaradamente, por tudo quanto era café, ruela, mercado. Apesar de se sentir ridículo, lá ia exibindo o tosco retrato-robô... que podia ser praticamente de qualquer pessoa. Enfim, não de um etíope, apesar de tudo — logo, não parecido com *toda* a gente. Ken tinha aí alguma razão: o cliente não era nem gordo nem preto nem asiático nem mulher nem criança nem velho. Isso reduzia consideravelmente o número de potenciais suspeitos — de seis biliões para uns escassos milhões. Não havia dúvida, este raciocínio facilitava-lhe imenso a tarefa.

Mais de uma vez, Sam foi levado ao engano. Alguém lhe sorria ou fazia sinal, e ele pensava então que, das duas uma, ou era para o puxarem para uma viela e o roubarem, ou mesmo esfaquearem, ou então iria realmente ser conduzido a quem tinha informações sobre o seu homem.

Sempre falso alarme: ou era um rapazito que o levava até uma casa de barro, sem porta, na qual um grupo de mulheres acocoradas em pequenos bancos tecia tapetes com figuras humanas que lembravam ícones russos: rostos toscos de barba negra e grandes olhos cheios de rímel. Ou então (quase a mesma coisa) era um desocupado descalço que o apresentava a um Genuíno Pintor Etíope, que por sua vez lhe mostrava retratos não completamente diferentes do que tinha na mão, com a vantagem de nem serem fotocópias mas originais — e a cores. Ou ainda retábulos em papel, sequências de imagens contando uma história, como quadradinhos primitivos.

Sam não duvidava de que fossem interessantes... para quem estivesse interessado. A princípio estranhou; depois, quando finalmente compreendeu, deu-lhe vontade de rir: os desgraçados *pensavam* que ele buscava representações pictóricas de um qualquer Cristo!

Era um equívoco compreensível. Para eles, todos os brancos deviam parecer mais ou menos iguais, variações distorcidas, como numa casa de espelhos, da mesma figura desbotada. Vossemecê busca um homem magro, com barba, olhos de louco? Ora, sai um Jesus para a mesa do canto!

E quem os podia censurar? Não ele, de certeza. Ainda assim, não desistia. Alguém tinha uma ideia melhor?

*

Sem saber muito bem como nem porquê, Sam deu por si a frequentar pequenos grupos de homens que, sentados o dia inteiro em cafés abertos, ou mesmo no chão de uma praceta, mascavam uma erva chamada *khat*. Eles não falavam a língua de Sam, ele não falava a deles, mas eram afáveis e não se pareciam aborrecer por aí além com a sua presença.

Se calhar até os divertia e não o surpreenderia saber que era ele um dos motivos do riso trocista que pontualmente os assemelhava a bonecos asmáticos com a corda a dar as últimas. *O que é gordo, branco e parece uma vivenda com uma antena de televisão? Um americano a comer Yebeg Alecha com um garfo, ah ah.*

Sam suspeitava de que o *khat* tinha capacidades alucinogéneas; acabou por descobrir, à sua custa, que era pouco mais do que uma anfetamina natural — bastante amarga, aliás. E não, não era igual ao tabaco de mascar, conseguia ser pior.

O lado bom era que, enfim, sempre tinha descoberto alguma coisa. O lado mau foi que durante várias noites ainda lhe custou mais a adormecer do que de costume.

4

Um dia, sem avisar, como uma monção abrupta, chegou a época das festas.

O Preste João foi invadido por uma marabunta de antropólogos, decerto um congresso daqueles que misturavam sabiamente ciência e turismo. Jornalistas é que nem por isso, o que em África era sempre bom sinal. Muito sangue, muitos abutres. Poucos abutres, pouco sangue.

O'Reilly e Chiara continuavam por lá, pelo Casablanca, a beber Cosmopolitas, Martinis Secos, Russos Brancos, Vodkas Laranja, Rum com Cola, Caipirinhas, Cafés Irlandeses, Margueritas, Mojitos. Uma festa, abençoados fossem.

Ela sorria-lhe quando o via, ou parecia sorrir. Às vezes acenava-lhe com uma taça, em jeito de convite. O padre nem por isso. E Sam achava melhor não se voltar a aproximar deles, depois do desaire inicial. Ainda pensara que ela era o contacto, mas fora falso alarme. Chiara era atraente, e Sam sentira alguma corrente a passar entre os dois, não o negava, mas ela revelara-se menos um contacto do que o oposto de um contacto: um falso contacto.

Enfim. Não havia de ser nada.

De todo o país, cidade adentro, insinuando-se como odaliscas por entre os carros e as carroças, chegaram pastores com carneiros, dezenas de carneiros, centenas de carneiros, milhares de carneiros para vender. Sam viu, pela primeira vez na vida (e, se um Deus houvesse, pela última), engarrafamentos de carros e carneiros, uns a balirem, outros a buzinarem, e a certa altura já não se sabia quem fazia o quê, era uma alegria.

De um lado as buzinas dos carneiros, do outro os balidos dos carros, que aflição. E às buzinas e aos balidos e ao zurrar dos burros que puxavam as carroças, quando não era a arrastarem um carro cujo motor pifara quatro séculos atrás, juntava-se ainda a confusão das línguas: o amárico, dominante em Adis Abeba, via-se agora acotovelado pela guturalidade brusca do orominga, a volúpia salina do tigrino, a majestade tensa do somali.

Para cúmulo, a polícia e o exército reforçaram o controle das ruas principais, receando choques entre cristãos e muçulmanos, protestantes e ortodoxos, animistas e... Sam não queria acreditar: *judeus*? Sim, homem, judeus. Judeus etíopes.

Já tinha vagamente ouvido falar de judeus negros, mas Sam pensava que eram sobretudo na América, *only in America*, os frutos de paixões vulcânicas entre judias burguesas (comunistas e cocainómanas) e negros pobres (saxofonistas e heroinómanos) — um tipo de engate que estivera muito na moda durante os anos loucos do *jazz* e que, pronto, quem era ele para criticar?, lá dera os seus frutos.

Sam descobria agora que aqui também havia judeus pretos, e bem antigos, e bastante isolados, tão antigos e isolados que, a dada altura, no século onze, tão onze como o onze de Setembro, tinham pensado ser os últimos judeus em todo o planeta.

E daí? Sam achava tudo isto muito interessante, muito giro, mas não levava a nada, pois não?

*

Durante dois dias a cidade inteira fedeu a carneiro imolado. Poluição dos tubos de escape, onde estás quando precisamos de ti?

Entrementes, Sam mascara *khat*, comprara quadros a uma dúzia de pintores locais ao ponto de quase abrir um museu, cruzara tantas vezes a cidade que ele próprio já podia guiar um táxi, visitara galerias, museus, monumentos, igrejas, mesquitas, sinagogas, ruínas históricas antigas e recentes, mercados mais infernais do que uma sala de aula numa favela. Só que continuava tão a zero como um Ferrari com o depósito vazio.

Descoroçoado, encostou os seus instintos às boxes e passou à técnica seguinte, aquela que o manual do bom detective, se tal coisa existisse, teria por versículo primeiro: quando não souberes mesmo o que fazer, senta-te e bebe, meu filho, de preferência num bar onde sirvam um Dry Martini decente.

Só que encontrar fora do Preste João ou de outro hotel de luxo um bar onde servissem uma boa bebida não era fácil. A influência muçulmana, que até nem era a religião dominante, mantinha a população afastada do álcool. Oh, muitos deviam beber, sobretudo os que tinham experiência de emigração, mas fá-lo-iam em casa, apenas com um ou dois amigos, a resguardo de olhares indiscretos.

Ainda assim, com ou sem álcool, um bar era sempre um mar: mesmo quando uma pessoa pensava que estava sozinha, havia sempre um destroço, uma bóia, um estafilococo que vinha ao nosso encontro. Quando não um tubarão, claro.

E Sam encontrou o seu tubarão. Ou melhor, reencontrou-o. Ela espreitara apenas, e preparava-se já para ir embora, mas Sam não lhe deixou saída. (E talvez nem ela quisesse.)

— Anda a seguir-me? — disse.

Ela olhou-o sem medo. Divertida:

— Isso pergunto eu.

— Eu entrei primeiro — disse Sam. — E perguntei primeiro.

— Não me convida a sentar?

— Claro. Quer sentar-se?

— Gostava muito. Obrigada.

O empregado veio à mesa. Chiara pediu um *amaretto*, Sam um uísque. O empregado disse que não vendiam esse tipo de bebidas. Ambos se conformaram com um chá.

— Então, diga lá. Você anda a seguir-me ou é impressão minha? — disse Sam.

— Deve ser impressão sua — disse Chiara.

— E agora, foi...

— Coincidência. Que mais poderia ser?

— E ontem? Mais uma coincidência?

— Adis Abeba é pequena — sorriu Chiara.

— Adis Abeba não é assim tão pequena.

O sorriso dela ficou ainda maior. E mesmo bonito, assim todo cheio de dentes. Era um sorriso sensual, insinuante. Era também um sorriso carnívoro:

— Está bem, tem razão. Quando soube?

— De certo modo, desde a primeira vez que falámos.

— Desde o princípio?

Sam não viu razão para não se identificar. A experiência ensinara-o que a melhor forma de arrancar uma informação a alguém era fornecer-lhe outra primeiro. Mostrou a carteira.

— Sou um profissional.

— E é bom profissional?

Resposta na ponta da língua, nem pestanejou. Era ela o contacto, afinal de contas. Só podia ser. Ainda assim, mantinha-se fechada em copas. Uma dama de copas fechada em copas. Até teria graça, se tivesse graça. Mas não tinha graça. Sam passou a língua pelos lábios:

— Sabe o que Bogey disse uma vez?

— Bogey?

— Humphrey Bogart.

— Ah, sim. O actor do *Casablanca*?

— Para muitos, o senhor Casablanca em pessoa.

— Ah. Devia estar impressionada?

— Bogey é o santo padroeiro dos detectives.

— Interessante.

— E sabe o que ele uma vez disse, Chiara?

— Não, Sam. Diga-me.

— Deus me livre dos amadores.

— Deus me livre dos amadores? Só isso?

— Só isso.

— E?

— É o que você é, Chiara. Uma amadora.

— Deixe-me ver se compreendo. Uma profissional não teria sido apanhada tão depressa.

— Certo.

— E se eu quisesse que você me descobrisse? E se eu lhe tivesse dito logo, Sam, que era o seu contacto? Que foi para eu o encontrar que os seus empregadores o puseram no melhor hotel de Adis Abeba?

— Amadora à mesma.

— Amadora à mesma?

— Se é o meu contacto, por que não veio logo então falar directamente comigo? Para quê andar com rodeios?

— Talvez a companhia não quisesse...

— Está a referir-se ao padre? Um padre com ciúmes?

— Não, mas...

— Está a ver, Chiara? Nem mentir sabe.

— Não me subestime, Sam.

— Porquê? Pode ser perigoso?

— Você é que o está a dizer, Sam.

Sam respirou fundo.

— Não a subestimo, Chiara. Pois se nem sequer a estimo...

Ela fez um ar falsamente triste:

— Isso quer dizer que não está feliz por me ver?

— Não, até estou. Isto aqui não é nenhuma pistola.

Ela não compreendeu:

— Perdão?

— Uma piada — explicou Sam. — A minha geração ria-se muito com esta piada. "Isso no teu bolso é uma pistola ou estás apenas contente de me ver?"

— Ah — fez Chiara. — E tinha assim tanta graça?

— Nós ríamos a bandeiras despregadas.

— Você não está a rir, Sam.

— É normal, já conheço a anedota.

— Senão ria-se?

— Senão ria-me.

— Não acredito em si, Sam.

— Ainda bem. Porque eu também não confio em si, Chiara.

— Ainda bem?

— Menos com menos dá mais. Logo, isto pode ser o princípio de uma bela amizade.

*

Chiara era mesmo quem dizia que era. Sam quase acrescentaria "coisa rara numa mulher", se não soubesse que a escassez desse estado (a honestidade) não era exclusivo de nenhum sexo.

De qualquer modo, mesmo que esta italiana fosse quem dizia que era, o seu contacto em Adis Abeba, isso não implicava que Sam tivesse de confiar inteiramente nela.

— Diga-me lá, então. Onde está o cliente?

— Há aqui um equívoco, Sam. Você é que tem de me dizer onde ele está.

— Perdão?

— Ouviu bem, Sam. Você é que é o perdigueiro.

— Não estou a entender.

— Perdigueiro. Cão de caça. É isso que um detective é, não? Um farejador.

— Acho que me devia sentir ofendido.

— Ora, Sam, porquê? Os americanos chamam *pigs*, porcos, aos polícias. Os porcos como sabe são quase melhores farejadores ainda de que os cães. Então para as trufas, não há melhor. Já os franceses lhes chamam *flics*, do alemão *fliege*, mosca, porque andam sempre a zumbir atrás da merda.

— E isso deve fazer-me feliz?

— Foi você que escolheu ser detective, não eu.

— Quem lhe diz que escolhi?

— Ora, Sam. Você não tem ar de homem que deixa que escolham a sua vida por si.

— As aparências enganam.

— Ah ah, Sam. Essa tem mais piada do que a outra da pistola.

— Em que ficamos, então? Não tem mesmo nada para me dizer?

— Quando tiver, digo-lhe, Sam. Prometo.

— E o padre? Talvez ele...

Chiara aqui já não sorriu:

— Não se meta com o padre, Sam. Ele é problema meu.

— Ele parece gostar da sua companhia, mas não da minha...

Chiara semicerrou os olhos.

— Sabe como é, Sam. Embora toda a gente goste de trufas, nem toda a gente gosta de farejadores de trufas.

— Não me parece justo.

— É a vida, meu caro Sam. Além de curta, é injusta. Não sabia?

5

Nessa noite, Sam sonhou que matara alguém. Quem, era outra questão.

Foi um sonho estranho. Como toda a gente, Sam já sonhara que morria, era aliás um sonho recorrente (e também relativamente aceitável) numa profissão que, apesar de mais nos filmes do que na realidade, tinha uma componente de risco. E nos filmes, então, o detective tinha com frequência a triste sina de ser a carne para canhão, o eterno candidato ao Óscar do mais efémero actor secundário: morto a meio da investigação por um assassino-em-série que eliminava toda a gente como quem cortava fatias de fiambre para, no fim, ser miseravelmente batido pela rapariguinha, que acabava feliz, acompanhada ou sozinha, numa praia do México a beber daiquiris de framboesa.

Sim, sonhar que morria era banal para Sam Espinosa — que morria atirado a um poço, defenestrado de um arranha-céus, alvejado pelas costas (oh, quantas vezes, e ninguém se atrevesse a dizer que era indício de homossexualidade reprimida), atropelado por um carro, com as goelas cortadas na cadeira do barbeiro, na melhor tradição mafiosa. Mas sonhar que matava alguém? Com mil trombetas, por todos os anjos e mais alguns trocos, tanto quanto se lembrava era a primeira vez.

E, estranhamente, Sam descobria que matar (fosse lá saber-se porquê) era mais desagradável do que morrer.

Ele matava alguém, não percebia quem, nem sequer se era homem ou mulher, e depois passava o tempo todo (o resto do sonho) a tentar não se trair perante os outros.

Não, não tanto com problemas de consciência, isso era curioso; apenas com um contínuo mal-estar, um zumbido, um medo mesquinho de ser apanhado, descoberto, condenado.

Um medo mesquinho de ser apanhado, descoberto, condenado.

*

A qualidade da comida deteriorava-se, muito por culpa das festas do carneiro. Até mesmo naquele hotel de ultra-luxo os pratos se tornavam, por aqueles dias, monocórdicos: *meskerem, meskerem, meskerem, meskerem*. Carneiro com ervas. Carneiro com amoras. Carneiro com passas secas. Carneiro com azevinho. Carneiro à Mar Morto. Carneiro assado no espeto. Carneiro aromático com ervas da Baviera. Carneiro *en su* cabidela. Carneiro frio debruado em azeite do Irão. Carneiro desossado. Carneiro com túbaros em azeite. Carneiro com vegetais mistos. Carneiro macio, carneiro duro, carneiro morno, carneiro frio, carneiro quente, carneiro mal morto, carneiro vivo e de olhos arregalados e disposto a ajudar a humanidade a atravessar a rua mesmo quando o que a humanidade queria era ficar no passeio, a fazer as suas necessidades.

Isso ajudava talvez a compreender a degradação do sono e dos sonhos. E aquele estranho casal, a italiana e o padre. Estavam juntos, mas ela não lhe contava tudo. E também não contara tudo a Sam. A bem dizer, não contara nada. Era como se houvesse um triângulo entre eles, um triângulo com vocação para quadrado e ao qual faltasse a aresta principal.

Ou outra coisa qualquer.

Sabia que não podia confiar em Chiara. Não que a achasse ofensiva. Para dizer a verdade, se algo a achasse, era desejável. E incongruente: para quê ser o seu contacto se não o contactava e se, quando por fim o contactava, nada tinha para lhe dizer? E para quê segui-lo se ele próprio andava à deriva?

O reverso, Sam reconhecia-o, também tinha pertinência: para quê evitar ser seguido se ele próprio não sabia para onde ia? A menos que o insulto dela fizesse sentido: ele, mesmo sem o saber, ser um bom farejador de trufas. O verdadeiro milagre: um detective tão bom, tão bom, que até sem saber lá muito bem o que procurava corria o sério risco de encontrar mesmo o que procurava.

Cansado (de tanto pensar, caramba), Sam entrou num dos raros cafés que ainda não visitara, uma tasca medonha. Para não variar, cheirava a carneiro, mas Sam já estava por tudo. Sentou-se a uma mesa suja e semicerrou as pálpebras. Quando não podes lutar contra eles, junta-te a eles. Ele próprio já se sentia um bocado a modos que com cara de carneiro. Pronto, vá lá, imolem-me, a ver se eu me importo.

Quando ergueu os olhos tinha um homem sentado à sua frente.

— Você procura-o. Não é verdade?

— Hum? — disse Sam. Estava mesmo cansado. Na volta, estava a chocar uma gripe, ou uma febre. Azares de dormir pouco.

O homem à sua frente era um etíope igual a todos os outros: magro, um ralar de barba de bode a regurgitar no queixo, fio dourado ao pescoço, barrete a descair para trás deixando, lânguida, a testa a descoberto.

— Você procura-o — disse o etíope. Não era uma pergunta.

— Perdão?

— Pague-me um chá. — Também não era uma pergunta.

Em Nova Iorque, Sam daria uma cabeçada ao primeiro idiota que lhe aparecesse daquela maneira a pedir um chá. Nem que fosse um charro! Aqui, no entanto, estava fora do seu território. Longe de Nova Iorque, pelo menos. E não era ele quem pagava as despesas — Ken tinha sido muito claro em relação a isso. E estava demasiado cansado para discutir.

— Um chá?

— Sim, mas não aqui — disse o etíope. — Farid!

O empregado podia ser primo dele, ou irmão gémeo, ou mesmo irmão gémeo colado pela cabeça. Tanto quanto era possível ver, o esqueleto dolente de Farid apenas tinha forças para segurar a bandeja graças ao *khat* e à lei da gravidade que, no seu caso, evitava que caísse para o chão. Em silêncio, ergueu um cortinado atrás do balcão.

Sam faria melhor em não ir. Podia ser uma armadilha. O etíope cheirava a carneiro e vestia como um pastor, andrajos desbotados, o casaco sujo demasiado curto nas mangas. Lembrava-lhe O'Reilly, na expressão, só que sem o ressentimento frio do padre. Sam olhou para o empregado: este sorriu ligeiramente, e manteve a mesma expressão deferente, acrescentada com um não-sei-quê de urgência. *Decida-se depressa, homem*, dizia o seu olhar. Sam lembrou-se de uma frase que lera algures, talvez num daqueles panfletos que os loucos e os pobres (parecia ter sido já há tanto tempo) distribuíam nas ruas de Nova Iorque: *Feliz do homem que não deseja nada, porque assim também não receia nada.* Isso decidiu Sam a aceitar o convite. Isso, bem entendido, e a percepção de que, sozinho, chegaria para pelo menos cinco etíopes.

*

Atrás da cortina, um cubículo, paredes carcomidas. No chão, um tapete, almofadas e uma mesa de pernas cortadas. O etíope sentou-se no tapete, encostou-se a um par de almofadas, e Sam imitou-o, tentando encontrar uma posição o mais confortável possível. O empregado trouxe dois chás.

O etíope estava silencioso. Sam manteve-se tranquilo. O homem é que o tinha abordado. O homem saberia qual era o seu ritmo.

O etíope sorveu o seu chá. Passaram alguns minutos.

— O chá está bom? — perguntou por fim Sam, farto, com a doçura artificial dum edulcorante de pacote. — Não está demasiado quente?

O etíope pareceu não entender o sarcasmo. Ou fingiu não entender. Qual a diferença?

— Obrigado. Está perfeito.

O seu sotaque também era quase perfeito. Não inexistente (se não existisse, seria um sotaque perfeito, o que provava que perfeita só a inexistência), até era carregado, e parecia... *escocês*?

— Bela vida levam vocês aqui em Adis Abeba. Bebem chá, mascam *khat*...

— Eu não sou de Adis Abeba. Vim só cá vender os meus carneiros.

— Ah. E agora?

— Vendi os meus carneiros.

— Ah. Parabéns.

— Tens sorte, tu, que eu tenha vindo cá vender os meus carneiros.

— Sorte?

— Sorte ou... outra coisa.

— Outra coisa...

Manual do bom detective, versículo 36, 13: quando estivermos na Etiópia a falar com um informante desconhecido e não compreendermos patavina, repetir sempre o final das suas frases, por mais absurdas ou enigmáticas que sejam.

— Outra coisa, sim. A Etiópia é o cruzamento de três religiões do mundo. O Deus uno anda por aqui há muito tempo.

— Pois, acho que li isso num guia...

— Por outro lado, a Etiópia é também África.

— O corno de África, não é? Também li isso no...

— O corno de África, sim. Como o corno do rinoceronte, que dá força a um homem, quando quer estar com mais de uma mulher ao mesmo tempo.

— Ah, bom.

— Seria assim de estranhar que não houvesse também uma mistura africana no meio desta tríade de irmãos desavindos fiéis do Deus uno.

— Uma mistura?

— Animismo. Nós, os africanos, somos animistas. Sabes o que isso significa, americano?

— Sei lá... Espíritos em todo o lado? — alvitrou Sam, sorvendo um gole de chá.

O etíope sorriu. E o seu sorriso dizia, no esperanto das expressões faciais: *Nada mau, para um branco*. E daí, talvez Sam estivesse a ler mal. Talvez o sorriso dissesse apenas: *Nada mau, para um americano*.

— Espíritos, sim. E agora o espírito que procuras foi para outro lado.

— Como sabes o que procuro?

O etíope ignorou a pergunta.

— Ele simplesmente foi para outro lado.

Sam decidiu ir com o vento:

— Para outro lado? Onde?

O etíope sorveu mais um pouco de chá. Tinha dedos longos, magros. Os dedos de Sam eram curtos e grossos. Sam sempre tivera inveja dos tipos com dedos longos e magros.

— O espírito que procuras tem muitos amigos. Eles tomam conta dele.

— Não sei se estamos a falar da mesma pessoa. Se sim, ouvi dizer que o desgraçado estava meio xexé...

O etíope ignorou esta última observação.

— Ele tem alguns amigos. Também tem inimigos. E nem sempre é fácil distinguir.

— Os amigos?

— Dos inimigos.

— Não compreendo.

O etíope desta vez fez que ouviu a pergunta, ou quase:

— É como em tudo na vida. Há os inimigos que se fingem amigos, mas não são. Há os que se julgam nossos amigos, mas não são...

— E?...

— E há ainda os que se julgam nossos inimigos, mas não são.

— Complicado.

— Pelo contrário, americano, parece-me bastante simples.

— Não te queres explicar melhor?

— Não.

O etíope verteu mais chá do bule prateado.

— Falas muito bem inglês — disse Sam.

— Obrigado. Gostava de poder dizer o mesmo de ti, mas detesto o sotaque novaiorquino.

— E tens uma língua afiada.

— Obrigado. Vivi muitos anos em Dublin, a vender arte africana na rua.

— Dublin? És um negro irlandês?

— Não, sou um falacha. — Levou a mão ao peito e, com dois dedos, mostrou o que estava na ponta do cordão que trazia ao pescoço: uma estrela de David.

— O quê? Tu és?...

— Sou um falacha.

— Se és um...

— Falacha.

— ... por que emigraste então para Dublin e não para Israel?

— Dinheiro. E tinha também curiosidade de ver que cidade era aquela onde um homem podia falar com um sapato.

Sam não entendeu. O etíope também não fez questão de explicar. Enfim, não vinha daí mal ao mundo, desde que ficassem os dois felizes: o etíope com a sua sapiência, o americano com a sua ignorância.

— Tudo isso é muito interessante — disse Sam, com um minúsculo tom de exaspero. — Mas...

— E acima de tudo sou um etíope. Um etíope que tem duas coisas para te dizer e uma para te dar. Uma já disse...

— Uma já disseste... Uma *já* disseste?

— Sim, que ele foi para outro lado.

— Ah. Está bem. E a segunda?

O falacha sorveu mais um pouco de chá. Sam, por mimetismo, sorveu também mais um pouco do seu. Só agora reparava, estranho, como era amargo por baixo do açúcar, como se houvesse duas camadas autónomas, uma à superfície, outra nas águas profundas da chávena. Teve um sopro de pânico: estariam a envenená-lo? Obrigou-se a acalmar: se sim, o que ganhariam com isso?

A sua pergunta interior foi respondida com uma pergunta exterior:

— Tens a certeza de que o queres encontrar, americano?

Sam sentiu-se zonzo. Teriam mesmo posto alguma coisa no chá?

— Desculpa?

— Reformulo a pergunta, Sam. Tens a certeza de que estás preparado para o encontrar?

Sam reformulou também a sua pergunta, numa resposta segura: sim, tinham mesmo posto algo no chá. O quê, era outra questão. Mas estava já a fazer efeito. O homem agora até já o tratava pelo nome.

— Preparado...

— Espiritualmente, Sam.

Que raiva. Preparado para quê? Só lhe apetecia partir os dentes ao homem, mas Sam não tinha a certeza de ter já forças para isso. As pálpebras desabavam-lhe sobre os olhos, como um prédio a implodir em câmara lenta.

— Estou aqui, não estou? — disse. — Ou julgas que é porque sofro de insónias e o meu médico me mandou vir para Adis Abeba contar carneiros?

O falacha pareceu gostar da resposta, irritação e tudo, porque disse:

— Então, senta-te e escuta, Sam.

— Já estou sentado.

— É uma forma de dizer. Vais ter de fazer uma viagem.

— Já estou a fazer uma viagem...

— Vais ter de fazer uma viagem, Sam. E ver uma mulher, para ver melhor.

— Lamento, sou divorciado e bastante feliz sem elas. Não preciso de...

— Uma viagem a Roma. Uma experiência interessante, Sam, juro-te. Nada que se compare à arte de agradar de uma mulher macua mas, à vossa maneira, também com alguma classe.

— Apre... — murmurou Sam. — És o chulo com o braço mais comprido que já vi...

O falacha não percebeu a piada, ou então não ligou. Estendeu a mão, e Sam, pensando que o homem se queria já despedir, apertou-lha.

Era engraçado, iria jurar que aqui já estava completamente a dormir. O estranho é que continuava a falar:

— A Roma? Fazer o quê?...

— Há informações que só se podem saber em Roma.

— Ah.

— Mas não te esqueças, Roma é o contrário de amor.

— Não gosto de jogos de palavras...

— Não é um jogo de palavras, Sam. É um anagrama. Devias ter mais respeito por anagramas, Sam. Nunca ouviste falar na cabala? A fonte mística que mata todas as sedes?

— Bem...

— Mas que pode matar quem não souber que sede quer saciar?

ROMA

Então Jesus foi levado pelo Espírito para o deserto, para ser tentado pelo diabo. Por quarenta dias e quarenta noites esteve jejuando. Depois teve fome.

Mateus, 4, 1

6

Um homem que, com a minha idade, se põe a viajar, fá-lo porquê? Porque acredita na viagem? Porque não tem mais que fazer? Por amor ao dinheiro? Até mesmo esta última razão, a melhor, mais bela, mais linda, mais justa e adequada de todas, é insuficiente. Mais valia desistir, que é o que toda a gente faz, que é o que toda a gente, se bom senso tivesse, faria. Desistir. Desistir é bom, desistir é óptimo, desistir é formidável, desistir é excelente, desistir é a única verdadeira vocação humana. E desde há anos que eu sou, modéstia à parte, campeão para-olímpico dessa mui nobre qualidade. Sam Espinosa, aqui tem o meu cartão: Homem Amputado, especialista em desistências, derrotado profissional ao seu dispor. Serviço ao domicílio. Discrição assegurada.

Não sei se vou a voar num avião ou pelas minhas próprias asas — enfim, num sonho tudo deve ser permitido. Roma é amor escrito ao contrário? Também não sei se há razão para assim ser, mas num sonho não tem de haver razão para tudo, pois não? Um sonho é tudo menos razoável, pode ser esquisito, ou mesmo absurdo, que é carnaval, ninguém leva a mal.

(Apesar de haver quem diga o contrário, que num sonho tudo tem razão para tudo. Enfim, feitios.)

*

Roma é um retrato do inferno, um caos onde organizado só se for o crime. O que é pena, porque em parte até lembra Brooklyn — só que, claro, com mais ruínas romanas.

Quanto a mim, estou desgraçado. Caído feito anjo caído no *casting* de um episódio d'*O Poderoso Chefão*. Até as estátuas gesticulam como coelhos aos quais nunca se gastam as pilhas. O trânsito? Lembra uma orgia onde todos os participantes têm Alzheimer, e paira no ar uma permanente nuvem acinzentada com mais cheiro a rescaldo de ensaio nuclear mal sucedido do que a santidade. Toda a cidade, desde a grande empresa de construção ao modesto cidadão contribuinte, é uma sinfonia de tubos de escape, chaminés, martelos compressores, miasmas pessoais e transmissíveis.

Eu também já vou de pé atrás, até teria um ataque de culpa se me sentisse bem na terra-mãe do Vaticano, das cruzadas do papado: ainda os cossacos não sabiam pronunciar *pogrom* e já a igreja católica perseguia judeus. Isto para já não falar das piores invenções italianas: a pintura renascentista, com as suas obsessivas representações da crucificação, e o Clint Eastwood, que nunca teria existido sem o santo ofício dos *westerns spaghetti*.

*

De repente, estou numa esplanada, mesmo em plena praça de S. Pedro. A toda a volta, as colunas ondulam como se grossas cordas de marinheiro as estivessem a apertar e a fazer cócegas. O Papa lá está, à janela, uma figura dentro de um selo, a dar a sua bênção papal — só que a praça está vazia. É verdade. Não há mais nada a toda a volta senão uma mesa com um guarda-sol, duas cadeiras e uma garrafa de Martini — Rosso, claro, cor de sangue, tem de ser. E a multidão? Mesmo num sonho (e eu sei que é um sonho, parece um jogo vídeo mas é um sonho) não faz sentido que o Papa esteja à janela e a praça não se encontre a abarrotar de gente.

Ah, eu sabia, tinham de estar aqui, tinham de estar nalgum lado. É até bastante razoável: instalaram um tampo de vidro a todo o diâmetro da praça, um disco transparente mas firme, como nas discotecas, e a multidão está aqui por baixo, mesmo por baixo dos nossos pés, a rezar, os braços erguidos em preces, esgazeados no fervor da fé.

Posso ver-lhes os rostos, os braços, alguns estão a dizer-me adeus, ou se calhar é apenas impressão minha mas, pelo sim pelo não, também lhes digo adeus. Na volta ainda me confundem com o outro, até porque, reparo agora, estou vestido de branco e tenho um solidéu na cabeça, como Sua Santidade. Enfim, não há-de ser nada. Faço-lhes, já que isso parece ser o que eles querem, um vago sinal de aprovação. Com dois dedos, em forma de pistola, não é?

À minha frente está Chiara, eu reconheço-a, ela não me reconhece. É natural, é um sonho, eu lembro-me de como ela é na realidade mas, como se trata de um sonho, do *meu* sonho, ela não se lembra de mim. A menos que esteja a fingir. Capazes disso são elas, até nos nossos sonhos.

Obrigada por me fazer companhia, senhor?...

Sam.

Sam... Chiara saboreia-me o nome, como se estivesse a provar um vinho novo. É o diminutivo de Samuel?

Não, isso seria Sammy.

Mas é Samuel.

Sim, é Samuel. Mas eu prefiro Sam.

Sam... Como o tio Sam, não é? O tio Sam da América. Não entendo. O Sam prefere ser associado a um tio americano do que ao profeta Samuel?

Sabe, menina, os meus conhecimentos bíblicos...

Chiara.

Chiara. Como eu ia dizendo, os meus conhecimentos bíblicos são... Não vou dizer abaixo de cão, porque isso seria ofender os cães.

E você não é um cão?

Não, sou um corpo.

Os olhos dela dançam à minha frente. Através deles, como de duas frinchas, consigo vê-la nua.

Acertaste, Sam. É isso mesmo que fazem as feiticeiras. Transformam os homens em corpos.

É então que olho para baixo: a multidão continua a acenar-nos, debaixo do desmesurado tampo de vidro. Olho melhor: não estão a acenar, estão em pânico. Estão todos no duche, por baixo de mim, e a água está a subir e o vapor a sufocá-los. Estão em pânico. É horrível, penso. Mas não sinto nada. Estou sereno. Só penso na minha palaciana conversa com Chiara. E na promessa que os seus olhos me fazem. É horrível, a minha serenidade é horrível. És um monstro, Sam, digo para mim mesmo, mas não sinto nada. E respondo: não, não sou um monstro. Sou apenas uma pessoa normal.

Foi o que eu disse, Sam.

Quê? Quem falou? Não importa, o povo é sereno.

*

Ora pois. Onde podíamos nós agora estar já senão no doce leito? O doce leito do mais doce dos rios... Deixámos a praça de S. Marcos, estamos agora no Lido, um hotel flutuante onde até os quartos metem água, a cama flutua contra uma e outra parede ao sabor das ondas e, sobretudo, das nossas ancas. Descubro, com algum estupor, que sou estupendo. Já não era sem tempo: ao menos aqui, neste lugar, sou aquela máquina que se sabe. Um ponto a favor do falacha: drogaste-me, pá, mas os efeitos secundários são óptimos, estás perdoado e até te agradeço. Agora se faz favor acorda-me.

Lido? S. Marcos? Enfim, num sonho não é preciso cumprir as regras do trânsito, pois não? Podemos muito bem escrever torto por linhas tortas.

Fumamos um cigarro. Sim, um cigarro pós-coito, porquê, há azar? A imaginação tem os seus limites e a minha, pelos vistos, em extensão é mais parecida com o Liechtenstein do que com as grandes pradarias. Não me queixo. Ao menos é um sonho onde se pode fumar, ao contrário de outros comboios, por muito imaginativos que sejam.

Oh, Sam, geme Chiara.

Tem a cabeça encostada ao meu peito. Faz ela senão bem.

É altura de lhe sacar informações. Afinal, é para isso que aqui estou, acho.

Sabes alguma coisa do padre?

Ela faz-se santinha.

Não sei a quem te referes, Sam.

Eu próprio não sei. Por que fui falar em padre? Mas deixo correr.

Vai tomar um duche, querida. Para irmos almoçar.

Não sabia se era dia, se era noite — agora já sei, são horas de almoço. Ela vai tomar o seu duche. Aproveito para lhe remexer nos bolsos. Encontro num bolso das calças o que procuro:

Padre O'Reilly

Casamentos, baptizados, confissões, extremas-unções

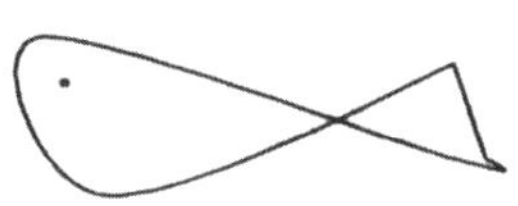

A única coisa estranha é o desenho, rudimentar, apenas duas linhas entrelaçadas e um ponto no lugar dos olhos, de um peixe. Não uma cruz, um peixe. No quarto bolso, apenas um embrulho, vazio, de rebuçado. Não fazia ideia de que os padres católicos tivessem cartões de visita a anunciar os seus serviços. A vida, pelos vistos, está má para todos.

Almoçamos no Coliseu. Há chamas por todo o lado, Roma está a arder. É natural, o músico que toca para nós enquanto mastigamos não é outro senão o famoso Nero e o seu concerto para lira e cidade incendiada. É espantoso, é tal e qual o Elvis, só que de toga. Dava até um estudo, reflicto, alguém devia fazer uma tese de doutoramento sobre isso. Podia até chamar-se Nero e Elvis — quando o César encontra o Rei. A música, essa, não é tão má como se poderia supor. Quando acordar (se acordar) gostava de tentar encontrar o disco.

Era aqui que os césares davam ao povo panem et circenses, diz Chiara.

Pan am? (Sou um brincalhão.)

És um brincalhão, meu tio Sam. Pão e circo.

Pão e Circe? (Sou um brincalhão.)

És um brincalhão, meu tio Sam. Pão e circo. Lutas de gladiadores, reconstituições de batalhas históricas. E, a partir de certa altura, horror, feras a devorarem cristãos.

Só cristãos? Nada de judeus?

Bom, admite ela. *Muitos judeus tinham-se convertido ao cristianismo. Portanto...*

Mas não por serem judeus? Lançados às feras não por...

Lançados às feras por serem cristãos, confirma.

Curioso, murmuro. *Curioso.*

E, mesmo tratando-se apenas da merda de um sonho (e de eu ser um porcalhão) tenho o bom senso suficiente para não acrescentar: *Bons tempos, bons tempos.*

Daí que Roma fosse atravessada por dezenas de quilómetros de catacumbas, explica Chiara. *Se quiseres podemos visitar as catacumbas. Estão cheias de turistas, claro, como tutta Roma, mas mesmo assim valem a pena.*

Os subterrâneos da liberdade, ocorre-me, não sei porquê. Os subterrâneos do amor. Os subterrâneos da coisa humana. Os subterrâneos onde velhos de veneranda barba dão panfletos tremendos aos transeuntes...

O meu homem está lá?, pergunto.

Lá? Chiara fita-me, divertida. Parece uma foca em vias de devorar o tratador. *Não, não está lá. Nem em sonhos faço ideia de onde esteja, isso é o teu trabalho.*

O meu trabalho...

Claro, Sam, porcellino mio. Quem é o perdigueiro, tu ou eu?

*

Bem, então não queres catacumbas, Sam, mas há o suficiente para ficarmos uma vida inteira a passear. As ruas da baixa, óptimas para compras...

Passo.

Monumentos, jardins...

Jardins? Passo.

Igrejas, ruínas romanas...

Isso, talvez. Nunca visitei muitas igrejas.

Ah, diz Chiara, limpando, com delicadeza, os lábios ao guardanapo. *Conheço precisamente uma pequena igreja, muito bonita, e que fica não longe daqui.*

Vamos a pé?

Podemos ir a pé, Sam, ou então apanhar uma cruz. É perto, de cruz são só dez minutos.

Parece óptimo, mas prefiro ir a pé. E como se chama a igreja?

Chiesa dello Christo Rissuscitato.

Em cheio. Parabéns, Sam. Pelo menos em sonhos, ainda não perdeste completamente o jeito. *Play it again, Espinosa.*

*

Como num duelo, a igreja faz um frente-a-frente com um cinema de sessões contínuas besuntado de cartazes pálidos: *Donne pazze di piacere! Stupendi scene lascivi in technicolore!*

O meu faro diz-me que ambos os templos estão desertos. A igreja, é compreensível que assim seja, mas o cine-teatro, Senhor? Pobre mundo onde já nem a figuração dos prazeres da carne é rentável.

A porta é pesada, com batentes de ferro em forma de disco de praia, pesada e grossa. Uma boa forma de insonorizar o interior, uma má forma de atrair clientes, sobretudo se mais idosos e com menos poder muscular do que um detective novaiorquino com o amor próprio revigorado por uma batalhada *notte di amore*.

Entramos. Numa coluna, ao nível dum balcão de bar, a inevitável bacia de água tépida. Chiara molha as pontas dos dedos e leva-os, pela ordem indicada, à testa, ao rego dos seios, ao mamilo esquerdo, ao mamilo direito.

Água benta, explica, para o caso de eu não saber. *É costume benzermo-nos quando entramos na Chiesa. Tem graça, é bastante refrescante para a alma, dá-nos mesmo a sensação de nos lavarmos dos nossos pecados. O Sam não quer experimentar?*

Desculpo-me, dizendo que não sou muito dado a coisas de religião. O que até é verdade.

Apesar da penumbra, posso ver duas filas de bancos por entre as quais um corredor desemboca num pequeno estrado sobre o qual está assente, maciço, um tabernáculo coberto com uma toalha debruada a ouro, ou imitação de ouro. Há uma cruz, grande, atrás do altar, mas sem figuração humana. Apenas uma cruz, que parece despida, não tanto de sentido como de alguém.

Pelo que sei, as igrejas católicas distinguem-se das protestantes por terem a representação da mãe do avançado-de-centro. E, na cruz, o próprio Cristo em pessoa, com o seu ar de Che Guevara, Charles Manson ou, na mais recente das associações, Kurt Cobain, dos Nirvana, o sangue a jorrar das mãos e dos pés. Belos exemplos dão à juventude: para os rapazes *pop-stars* com tendências suicidárias, para as raparigas *top-models* a vomitarem o pequeno-almoço ao pequeno-almoço.

A história dos pregos nos pés e nas mãos não é lá muito credível — desde logo porque a ciência prova que o peso de um corpo com mais de cinqüenta quilos, seguro daquela maneira, fará com que em poucos minutos a carne e a pele se rasguem. A pessoa, quem quer que seja, cairá para o chão e lá terão de a pregar novamente à cruz. Uma trabalheira.

Não quero blasfemar na Casa de uma religião merecedora de todo o meu respeito, mas há limites para a credulidade. Eu sei, também não sou assim tão idiota, qual é o dogma da fé: se acreditas, o milagre revela-se-te. O milagre não te aparece? É porque não acreditas como deve ser, pazinho.

Contudo, aqui não se trata de ter fé ou não — trata-se de física concreta, da porcaria das leis da gravidade! Nem sequer contesto que tenham posto pregos no homem, embora ache que esse pormenor está lá sobretudo para chatear o juízo à rapaziada judia. *Vocês mataram Nosso Senhor, vocês mataram Nosso Senhor etc.*

Tudo bem. Ao menos então aceitem uma versão mais razoável: primeiro (alínea A) prenderam-no bem seguro com cordas grossas e nós de marinheiro, à volta dos pulsos, da cintura, dos tornozelos; e depois (alínea B) por malícia, por crueldade, por requinte, puseram-lhe a coroa de espinhos e a porcaria dos pregos. Só para chatear. Não parece mais lógico? E faz algum mal ter sido assim? Então, se é tão simples, para quê complicar?

*

Um padre, de sotaina até aos pés, vem na nossa direcção. Ao ver-nos, sobressalta-se ou algo assim, porque faz bruscamente meia volta. Acho estranho, a igreja não deve ter mesmo muitos visitantes, para o homem se perturbar desta maneira.

Acho que me vou confessar, diz Chiara, fazendo beicinho. *Não se importa, tio Sam? Deve levar pouco tempo...*

Tens assim tão poucos pecados?, digo eu.

*

O confessionário é um casinhoto de madeira, um pouco parecido com uma cabana da festa de Sukkos. Não que eu alguma vez na vida, nem mesmo em criança, tenha festejado Sukkos... Para quê fazer uma cabana, dizia o meu pai, quando podemos comprar uma canadiana por quinze dólares? Enfim, o importante é que eu sei que Chiara não se quer nada confessar. Eu bem vi a cara do padre. Ele não se sobressaltou por ter visto o lobo mau, mas porque sabe o que estou aqui a fazer.

Tentar escutar a conversa é inútil, eu não falo italiano e, a julgar pelo estado das coisas, podem até estar a conferenciar em latim.

Calma aí, idiota, penso, isto é um sonho. Num sonho podes fazer o que quiseres, é um bocado como um filme em que até os extraterrestres falam inglês.

Bom, concordo, então só falta então saber como entro para o confessionário...

Transformas-te nalguma coisa, digo para mim mesmo.

E transformo-me em quê, pergunto. Em barata?

Ná, respondo-me, não há necessidade de entrares, basta que o som saia até ti.

Óptimo, concluo: eles não o sabem, mas o confessionário está ligado a um auricular no meu cérebro.

Dito e feito, sintonizo as antenas e fico, como os telhados de Paris, de patas para o ar. O som a princípio é mau, depois regulo-o e fica bom:

Por que o trouxeste aqui?

Não sei. Foi ele...

Não o devias ter trazido...

Não pude resistir.

Dormiste com ele?

Bem...

Dormiste com ele.

Que quer, padre? Foi mais forte do que eu... Aconteceu tão de repente... Nem sequer imaginava que ele fosse o meu tipo.

(É natural, rapariga, trata-se do meu sonho.)

Acho que o devemos eliminar já.

Aqui?

Não. Este é o sonho dele, pelo que ele tem aqui mais poder do que nós. Lidamos com ele quando regressar a Adis Abeba.

Será mesmo necessário? Ele ainda pode ser útil.

Em quê?

Pode ajudar-nos a encontrá-lo.

Mudei de ideias. Já não o quero encontrar.

Pensei que...

Pensaste mal, rapariga. Agora apenas quero que não o encontrem.

Mas...

Sabes porquê, não sabes?

Sim...

Estive a reflectir e ainda é o melhor. Nunca o conseguiremos proteger completamente.

Durante bastante tempo isso foi conseguido.

Esses tempos acabaram. Não lês os jornais?

Eu sei, mas...

Reflecti bastante e não vejo alternativa.

É mesmo isso que quer, padre? Tem a certeza?

O que eu quero? O que eu quero não vem ao caso. É a única solução viável.

Talvez...

O que eu me pergunto é o que queres tu.

É melhor eu ir ter com ele, padre. Ele pode desconfiar...

Em Adis Abeba, ouviste? Eliminamo-lo em Adis Abeba.

Está bem, padre.

Já o devíamos ter feito há uma semana. Andámos a perder tempo.

Quer que eu trate disso?

Não, eu trato. Esta mesma noite. Quando ele voltar ao seu quarto, terá uma surpresa.

*

Chiara sai do confessionário e olha para mim. O padre emerge quase no mesmo momento. Não sorri, nem sequer tenta, ou não consegue, esconder o seu rancor. Quase se podem tocar os vapores de hostilidade.

Acresce que sou um profissional. Qualquer pessoa que abrace a profissão de espiar e tramar os outros por dinheiro (dentro dos limites da legalidade, claro, é isso que distingue os bons dos maus) acaba por desenvolver um sexto sentido contra as vibrações agressivas, sob risco de ganhar, grátis, um apêndice em aço inoxidável na barriga, pescoço, vista, artéria femoral.

Você não tem vergonha?, grita o padre. *Não sabe o que está a fazer?*

Vergonha de escutar a conversa deles? Ou de outra coisa?

O padre está possesso: *Não sabe o que me vai obrigar a fazer?*

Isto lembra-me outra frase, não sei por que me vem à ideia, a frase do outro homem, aquele preso com cordas à cruz — a única explicação lógica, os pregos não seriam suficientes. Como era mesmo a frase, dita no momento do calvário? Ah, já sei:

Pai, perdoa-lhes, eles não sabem o que fazem.

Uma boa frase. Uma frase tão boa que é difícil acreditar que tenha sido dita naquele momento. E quem seriam as testemunhas? Sim, nestas coisas de grandes frases, é sempre importante saber quem são as testemunhas.

*

Está a chover. Entrámos na igreja com um magnífico sol de tarde e agora escureceu. O cinema em frente da *Chiesa dello Cristo Rissuscitato* parece, à chuva, ainda mais triste. Um homem de idade indefinida, debaixo de um chapéu de chuva, saco de plástico na mão pingando a calçada como um regador o faria às flores de um jardim, compra um bilhete para *Le Schiave Sessuali dei Campi di Conzentrazione.*

Um regador?

Ah! Sei agora onde encontrei pela primeira vez o padre. E não, não foi no Preste João. Foi antes.

Muito inteligente, sim senhor, mas o senhor padre O'Reilly não contou com a memória fotográfica que todo o detective privado armazena no seu cérebro, como um dos principais utensílios para a arte de bem detectivar.

O jardineiro na clínica, claro. Não lhe reconheci o rosto, mas a postura. Bem que o jardineiro me parecera grande de mais para um jardineiro.

*

Chiara explica o incidente tão bem como pode, o que mesmo assim é bastante mal, mas não a pressiono e finjo-me satisfeito quando ela pede desculpa, o padre deve ter feito uma qualquer confusão, ela na confissão cometeu a asneira de mencionar que estava com um amigo judeu e ele passou-se.

E passou-se porquê? Bem, ou porque jejuou o dia inteiro ou porque tem preocupações de foro íntimo ou porque a igreja está com falta de fundos para fazer obras ou porque anteontem algum miúdo por velhacaria típica de crianças roubou a caixa de esmolas ou porque recebeu uma carta de Moçambique a dizer que mais uma irmã de uma confraria irmã morreu de sida contaminada involuntariamente por uma criança doente. Estas crianças, de facto...

Enfim, o que Chiara quer dizer é que alguma destas razões ou uma outra razão qualquer suscitou no pobre e exausto homem de Deus que não dorme há duas noites um ataque abrupto de anti-semitismo.

Anti-semitismo? Ainda essa história de nós termos matado o Cristo? Passado tanto tempo ainda vêm falar nisso?

Chiara faz um gesto vago, em sinal de impotência. Foi só um achaquezinho. O padre não é assim, normalmente até é um encanto de pessoa. Eu pergunto-lhe: ele quer matar-me, mas é um encanto de pessoa? Ela ri: *Que ideia, onde foi o Sam buscar isso?*

Não acredito nem numa palavra. O homem não teve ataque nenhum. É desolador, não acreditar numa única palavra da mulher com quem dormi, nem que tenha sido apenas em sonhos, mas deve ser a minha sina, acreditar pouco e confiar ainda menos. Depois chamem-me misógino. O que posso eu fazer? Contra factos não há argumentos.

E é neste mesmo momento que o padre incha e rebenta com as paredes da igreja. Ficou enorme, tem mais de quinze metros de altura e cada braço é um guindaste. E lança-se contra mim, a espumar baba, os olhos em sangue:

Blasfémia, grita, *blasfémia*!

Tem cinco cruzes em cada mão. Eu abro os braços, num pânico estúpido, aqueles pânicos horríveis que felizmente só nos dão em sonhos. Ele lança uma cruz, que se me crava na minha mão esquerda. *Zaaac*! Outra cruz que se me crava na mão direita. É estúpido, mas estou empalado contra o hediondo cartaz a anunciar a projecção, em sessões contínuas, de *Le Schiave Sessuali dei Campi di Conzentrazione*. E não é preciso saber italiano para adivinhar de que delírio obsceno se trata. O colosso prepara-se para lançar outra cruz, e essa irá direito ao meu coração, ou ao meu fígado, ou ao meu pâncreas. E Chiara? A cabra sorri, abraçada à perna à dele...

E eu percebo neste momento que, se não acordar imediatamente, eles não vão sequer esperar que eu regresse a Adis Abeba para me emboscarem. Porque eu morrerei, aqui e agora, da forma mais estúpida de morrer.

Asfixiado dentro do meu próprio sonho.

ADIS ABEBA

Devemos a Marciónio o ter anunciado que Jesus não necessita de acreditação, pois são as suas palavras e as suas acções que o acreditam.
Adolf von Harnack

7

O falacha desenlaçou os dedos. Com a mesma mão com que segurara a de Sam, levou a taça de barro aos lábios e sorveu um gole de chá.

— Então? Foi boa, a viagem?

Sam não entendeu. Tinha a mão dormente.

— Que viagem?

— A que fizeste agora.

Ah, sim... Ele fora a Roma e agora estava... espojado numa cave escura?

Sam lembrava-se. O sonho. Fora apenas um sonho? E depois: o etíope, a porta das traseiras, o chá...

— Eu... Eu estive mesmo lá, não estive?

— De certo modo.

— Vocês drogaram-me?

O falacha encolheu os ombros:

— Um bocadinho. Para te ajudar a ver coisas.

Isso queria dizer que... aqueles dias em Roma não tinham passado de uma alucinação?

— *Khat?*

— O *khat* não dá visões, sabes isso.

Não, claro, não podia ser, o *khat* era apenas uma anfetamina natural para tirar a fome e estimular a conversa, não um alucinogénio. Os condutores de camiões mascavam-no para ficarem acordados longas horas, ninguém o mascava para ter sonhos erótico-belalugosianos...

— O quê, então?

— *Peyotl.* Cogumelos místicos. Dão-se bem aqui. Vantagens de ter um clima parecido com o do México.

Sam queria irritar-se, mas não conseguia. Sentia-se abatido, como se tivesse trocado fusos horários dentro dos neurónios. Apenas uma quebra de tensão, talvez. Pelo menos, esperava que assim fosse.

— Não me sinto bem.

O falacha puxou a cortina e fez um sinal com a cabeça. Passado um momento, durante o qual Sam tentou pôr as ideias em ordem, Farid trouxe uma malga de um líquido cor de âmbar.

— O que é isto?

— Bebe. Vai fazer-te bem.

— O que é?

— Cola com mel e limão, uma gema de ovo cru, duas colheres de café turco e um dedal de uísque. É bom, prova. Vais ver que te sentes melhor.

Sam olhou para a malga, e para o líquido oleoso dentro da malga. Bem, se a mistela tinha uísque... A sua garganta estava seca e era demasiado tarde (e sentia-se demasiado sonolento) para ser cauteloso. Sonolento não era exactamente a palavra. Enfim, palavra nenhuma é nunca exactamente a palavra. Sam estava mais a dar para o estremunhado, como se acabasse de acordar de um daqueles sonos excessivos que nos arruinavam o dia, por termos deixado passar a hora em que o sono era revigorante para se degradar em energia negra, sobretudo se o sol nos batia há mais de meia hora nas pálpebras.

A mistela nem era má. Sam talvez prescindisse do limão, do mel, da cola, do café e do ovo. À parte isso, nem era nada má. A garganta doía-lhe como se não tivesse bebido nada durante uma semana. Escorreu o líquido devagar, gota a gota, e sentiu a glote a arder, apesar de uma curiosa noção de que aquilo lhe estava a fazer bem. *Toma a tua medicina, filho. O que cura arde.*

Sam lembrou-se do que acontecera com Chiara, e depois aquele padre...

— O'Reilly — murmurou, sem se dar conta sequer de que mexera os lábios. — O filho da mãe tentou matar-me! — Em seguida, corrigiu: — O filho da mãe vai tentar matar-me! Esta noite!

O falacha assentiu com a cabeça, devagar. Pouco impressionado:

— É esse então o nome do teu adversário.

Sam sentia-se, aos poucos, a sair do torpor:

— Hmm?

O falacha prendeu os lábios no que poderia muito bem ser um sorriso amargo.

— Sabes agora a identidade do teu adversário.

— Do meu inimigo...

— Não, do teu adversário — corrigiu o falacha. — O teu inimigo ainda é cedo para o descobrires.

Sam achou aquilo insultuoso mas, estranhamente, não se sentiu insultado. O etíope nem parecia ser mais velho do que ele, quem lá chegava sabia que, a partir dos quarentas, já não havia propriamente ninguém mais velho do que nós; mas aquela magreza toda, aquela barbicha à Lincoln, aquele barretinho caído para trás, deixando a testa a descoberto, davam-lhe um ar de quem sabia o que estava a dizer, pelo menos enquanto falasse por enigmas e não tentasse explicar a Sam como se mudava o carburador de um Buick 1957. E, essa é que era essa, não era o falacha quem estava a precisar de beber um *cocktail* bio-energético de uísque com café e mel e limão e Coca-Cola... Certo?

Foi, pois, mais para ser fiel ao guião dos diálogos masculinos do que por outro motivo qualquer que, sem grande convicção, Sam protestou:

— Achas-me ainda demasiado verde? Demasiado ignorante?... Demasiado *americano*?

O falacha nem precisou de contestar. Apenas o olhou, com ar de impaciente paciência. *Não, não é isso*, disseram os seus olhos.

Sam estalou os dedos, como se tivesse descoberto uma ideia brilhante:

— Ah, percebo! O que queres dizer é que tu também não sabes quem é esse famoso inimigo.

— Não brinques. Brincar pode-te custar a vida.

Sam não se deixou intimidar:

— Sabe-se lá mesmo se existe, esse famoso inimigo!

— Existe — disse o falacha, com suavidade. — Não tenhas a mínima dúvida de que existe, homenzinho.

— Está bem, se tu o dizes.

— Mas tens razão, gorducho, eu próprio ainda não sei quem é o teu inimigo.

Gorducho? Sam tentou fazer um olhar furibundo, mas não conseguiu, e o que viu no rosto do falacha não indicava que ele tivesse dito nada que achasse insultuoso para um americano que, se fossem a vias de facto, tinha não só a vantagem do peso (gorducho, não, talvez um pouco forte, enfim) como do arcaboiço ossário. Ósseo. Ossário era outra coisa, ossário era o lugar onde se guardavam os ossos. O certo é que era improvável que este esqueleto pretensioso tivesse levantado pesos ou feito algum boxe. Levantar e baixar a chávena era quiçá a coisa mais parecida com musculação aeróbica que ele alguma vez fizera.

Por momentos ficaram em silêncio, cada um sorvendo a sua bebida. O chá do falacha devia estar frio, mas ele não parecia importar-se. Também não parecia importar-se com o silêncio. Sam optou por fingir acreditar que tivera alucinações auditivas. Até fazia sentido: se o que acontecera com Chiara podia ser uma alucinação, por que não as palavras *homenzinho* e *gorducho* na boca de um etíope com sotaque irlandês?

— E a mulher... — suspirou. — Caramba, não sei qual é o jogo dela, mas era uma serpente na cama.

— O teu sonho, não o meu — retorquiu o falacha, malcriado. — O teu problema.

Ele disse *o teu sonho* ou *o teu problema?* Ou ambas as coisas? Enfim, não era muito importante. O importante era saber se, também na vida real (e não apenas em sonhos), o padre planeava libertá-lo das nem sempre desagradáveis agruras da vida. Chiara ser ou não sua cúmplice era, até certo ponto, secundário.

— Esse O'Reilly quer mesmo matar-me? Ou foi só uma vez, à experiência?

— Não. O que eu disse é que é só adversário, não inimigo.

— Ah, bom. Estou mais descansado.

— Isso não significa que não te mate, se tiver a oportunidade.

— Ah.

— Mas isto já tu sabes, não?

— Sim...

— Se eu fosse a ti partia discretamente o mais depressa possível. E não ficava nem mais uma noite no Preste João.

— E as minhas coisas?

— Eles tentar-te-ão matar apenas à noite, quando estiveres a dormir. Se fores rápido a ir buscá-las, não terás problema.

— E parto para onde? Para o espaço exterior?

— Não brinques, Samuel Espinosa. Isto não é para brincar. Achas que estás preparado para seguir viagem?

Sam não disse nada. Que chatice, sentia-se como um adolescente apanhado em falta. Era irritante, não se queria sentir assim, não havia motivo nenhum para se sentir assim... E o que acontecia? Sentia-se assim. Que raiva.

— Tudo bem — suspirou o falacha. — Retiro a pergunta.

— A pergunta? Qual pergunta?

— Acho que estás preparado. Enfim, tanto quanto é possível a um não-crente.

— Não crente? Sou tão ou mais judeu que tu... Lá por descenderes da tribo dos Beta Israel, e eu apenas da dos Brooklyn Jets, não significa que tenhas direito a...

O falacha ficou especado, o que Sam contou como uma vitória.

— Sim, estás surpreendido que eu saiba o que são os Beta Israel?

— Não é disso que estou a falar — cortou o falacha. — Tu és um não-crente, vives no mundo material, como aquela mulher que vocês têm que se apropriou de um nome que merecia mais respeito... Ah, como é que ela se chama?

— Uma mulher?

— Aquela cantora, uma fulana irritante, que canta uma canção em que diz que é uma rapariga material...

— Ah. A Madonna. Nisso estamos de acordo, também não lhe acho piada nenhuma.

— Isso mesmo. O que ela fez é impróprio.

— Achas mesmo? E o que te importa isso a ti? Não és catól...

— Não preciso de ser cristão para o achar. No vosso mundo acham muita piada a isso: *Nirvana, Os Mortos Agradecidos, Sabá Negro, Os Mortos Podem Dançar, Anjos do Inferno...*

— Que mal tem?

O falacha pareceu subitamente a incarnação da Justa Ira:

— Que mal tem, Samuel Espinosa? Perguntas-me isso a mim, que mal tem? Estão a vulgarizar aquilo que não foi feito para ser trivial, apenas isso. Percebes, Samuel Espinosa?

— Bem...

— Há tantas palavras no mundo, e podem ser inventadas tantas e tantas mais, por que carga de água hão-de ir contaminar com as suas mentes sujas e saturadas de quotidiano aquilo que, ao longo de séculos, deu tanto trabalho a preservar? Podes responder-me a isto, Samuel Espinosa?

Não, Sam não podia. Agora já estava desperto, o *cocktail* da casa tinha sido miraculoso, mas toda esta conversa dava-lhe dores de cabeça. Nunca imaginara sentir saudades de uma boa investigaçãozinha tão sórdida quão inócua, e no entanto aqui estava ele, a suspirar por um caso simples que fosse pegar, resolver e largar, mesmo que isso implicasse a esposa enganada suicidar-se e depois de morta, com o desgosto, envenenar o marido. Não era por acaso que, nestes casos, Sam pedia sempre que lhe pagassem adiantado, chamassem-lhe parvo...

— Não podes responder a isto, pois não? — concluiu o falacha. — Era o que eu pensava.

Sam sentia-se injustamente avaliado, o que não eliminava a evidência de ser ele, e não o seu interlocutor, quem precisava de ajuda.

— Bem — resmungou. — Preparado ou não, o que tens para me dizer? Onde posso encontrar o gajo para arrumar o assunto?

Por momentos, Sam receou que o etíope lhe fosse dar uma resposta seráfica, tipo "Não és tu que o encontras, é ele que te encontra", "Vê com os olhos do espírito, não do rosto", "O amor é uma janela para a vida" ou (isso seria mesmo a gota de água) "Vai onde te leva o coração".

Felizmente, o falacha não fez nada disso.

— Vais ter com um amigo meu a Joanesburgo. Ele ajudar-te-á.

Sam fez um ar incrédulo:

— O quê?

O falacha mostrou-lhe a palma das mãos:

— Acreditas que eu te posso ajudar?

O homem fazia cada pergunta... O que podia Sam dizer? O facto era que, tendo-o narcotizado e à sua mercê, o falacha não lhe espetara caninos nenhuns no pescoço. Isso não era razão suficiente para confiar inteiramente nele, mas a coisa talvez devesse ser vista de outra maneira: o que tinha Sam a perder, senão tempo e dinheiro? Sendo que o seu tempo estava a ser pago com o dinheiro alheio precisamente para ser perdido desta mesma maneira.

— Acreditas?

Sam lembrou-se da pescadinha de rabo-na-boca, desse bicho estranho chamado fé: se acreditarmos temos a garantia absoluta de que a coisa resulta; se não acontecer nada é porque não acreditámos como devia-de-ser.

— Está bem, acredito...

— Então, dentro de três dias faz por estares no aeroporto internacional de Joanesburgo.

— Como reconheço o contacto?

— Não te preocupes, ele reconhecer-te-á.

— Ele reconhecer-me-á?

— Sim, ele reconhecer-te-á. Sabes, Samuel Espinosa, para detective privado, não és o homem mais discreto do mundo.

JOANESBURGO

A ruína não é ela para os perversos, e o sofrimento
para os iníquos?
Job, 21, 3

8

Não foi fácil arranjar lugar num avião, não foi fácil descobrir um trajecto de ligação a Joanesburgo, era como se de repente a Etiópia inteira se tivesse posto a viajar — para Londres abrir um restaurante, para Nova Iorque abrir um restaurante, para Paris abrir um restaurante, esta eterna mania que os países pobres tinham de abrir restaurantes por todo o santo planeta. Ou então em peregrinação a um qualquer dos lugares sagrados daquela gente, Meca, Jerusalém, Roma, o supermercado mais próximo, uma qualquer praia nas Caraíbas, Jamaica, Trinidad, ou essa Vudulândia chamada Haiti, onde os convertidos se transmutavam em mortos-vivos e perseguiam virgens assustadas. A Sam tanto se lhe dava, desde que o deixassem ir embora em paz.

Ir.

Embora.

Em.

Paz.

Tá?

Os voos estavam cheios mas, graças a Deus, o dinheiro mantinha a sua voz maviosa e acabou por cantar mais alto — e com melhor caixa de ressonância — do que as contrariedades.

Sam sentia-se estúpido em ir para outra cidade sem saber quem encontrar, apenas com a indicação *Espera no aeroporto, junto às Chegadas, há-de aparecer alguém*, simplesmente era tarde para ter um ataque de sensibilidade. Uma das vantagens da experiência de vida era aliás essa — a capacidade de distinguir o acessório do essencial. E o essencial era: tinham-no mandado caçar gambozinos? E depois? Ele estava a ser regiamente pago para andar aos pulos pelo mundo a caçar gambozinos. E viva o rei. E vivam os gambozinos.

Muita sorte era a dele em ter um trabalho tão bom, sobretudo desde a depressão que parecia não se querer ir embora. Sam já nem sabia se era do milénio, se era do onze do nove, se era da guerra (qual o próximo país a ser bombardeado? já se começava a perder a conta), se era do buraco do ozono ou do degelo da calota polar... O certo é que o desemprego chegava a muitas profissões que, até há pouco, pareciam beneficiar de um qualquer sistema de insulamento contra as catástrofes sociais. Nomeadamente, a indústria do crime e do pecadilho, com as suas duas sucursais — a dos que os cometiam e a dos que tentavam apanhar os outros em flagrante delito — costumava ser um bom negócio em que toda a gente andava contente. Agora... Os costumes também não ajudavam, a moda agora era a indiferença, havia cada vez menos maridos e mulheres a quererem saber o que o cônjuge fazia quando dizia que tinha:

a) uma reunião até tarde □
b) uma consulta com Madame Zaza □
c) uma aula de aeróbica □
d) outras desculpas ☑

Tudo razões razoabilíssimas pelas quais a parte suspeita se sentira obrigada a tomar um duche e pôr um perfume/*after-shave* fresco antes de regressar à mansidão agridoce do lar, agridoce lar.

A menos que a questão fosse outra — já ninguém tivesse dinheiro para se oferecer esse luxo caro alcunhado de Verdade.

E a Verdade era que Sam estivera mais de seis meses sem trabalho e este caso, apesar de tudo, fora uma bênção caída do céu.

Bom, mas Sam não era o único felizardo nesta história, muita sorte tinha também Ken em o ter contratado. Outro qualquer (oh, Sam conhecia muitos assim) teria ficado recostado junto à piscina do hotel a beber Daiquiris, Black Russians, Cosmopolitans, Vodkas Laranja, Bloody Marys, Virgin Marys, Long Island Ice Teas, Dry Martinis, Extra-dry Martinis, Cubas Libres, Gibsons, Scuba Divers, Margueritas, Piñas Coladas ao lado de profissionais do bronze insufladas a chutos de silicone e, quando muito, investigaria se elas eram loiras naturais ou não.

Sim, Ken tinha muita sorte, porque ele era zeloso, não zelo-ta, apenas zeloso, apesar de começar a desconfiar de que isto não iria dar em nada. Enfim, que remédio, ele bulia, cumpria escrupulosamente o seu trabalho de investigação, mesmo sem dados nenhuns, mesmo tendo de fazer esta coisa absurda, pouco profissional (parecida talvez com os livros e os filmes mas completamente alheia à realidade), que era tentar chegar a algum lado a partir de informação truncada, vaga, confusa, nebulosa — numa palavra, inexistente.

*

Sam teve de tomar um avião para oeste, e ficar algumas horas na capital de um país considerado vulcão em vias de erupção pelo último relatório das Nações Unidas. Aí, aos preços inflacionados de um contrato de futebol, apanhou uma boleia militar para Luanda num Tupolev.

Passou a noite na antiga residência de um chefe de posto transformada em hotel clandestino, a dez quilómetros do aeroporto, sob a vigilância alcoolizada de um grupo de soldados tão maltrapilhos como os *bandidos armados* contra os quais o governo os mandara defender os turistas inocentes e prósperos como Sam Espinosa, detective registado, com carteira profissional e licença para gastar.

Turistas mais prósperos do que inocentes, claro. A inocência, ao contrário da prosperidade, nunca na vida foi critério para nada.

Ao longo de toda a noite ecoaram tiros esporádicos. Podiam ser de confrontações com os insurrectos ou com bandidos à séria, que também os havia, e em mui grã quantidade. O mais provável, no entanto, era os tiros não passarem de fruto do tédio de soldados-meninos cuja única mais-valia, num país tão rico quão espoliado, passava por ainda serem felizes proprietários de um par de pernas, uma à esquerda, outra à direita, mais os respectivos pés.

Sam não o sabia mas, nas mãos de alguém com olho para o negócio, poderia tornar-se até na maior atracção turística do país:

Quer perder peso sem fazer dieta?
Venha à nossa linda terra pisar uma mina anti-pessoal!
Sigilo assegurado. Resultado garantido.

Enfim, resquícios de anos a fio de prática do desporto favorito na região, sob a visão plácida, benévola, benemérita, dos senhores da guerra e dos habituais patrocinadores internacionais.

Sam ficou contente por, logo de madrugada, ser conduzido num jipe para o aeroporto, onde apanhou um avião regular das South Africa Airlines que o levou, voando surpreendentemente baixo, através do deserto da Namíbia, com as suas dunas (segundo a lenda) repletas de diamantes, até à antiga pátria do *apartheid*, fama em parte injusta, na medida em que, nos próprios Estados Unidos, no Alabama, no Tennessee, no estado de Louisiana, houvera segregação até mesmo depois de ele nascer, mas isso também Sam não sabia, para já não falar de que ainda hoje o *apartamento étnico*, legal ou factual era prática comum em grande parte do globo, da Líbia a Israel, do Kosovo aos Urais, mas isso também Sam não sabia.

A bem dizer, para um detective tão bom, Sam não sabia lá grande coisa. Mas pronto, quando uma pessoa se metia a fundo numa profissão, era sempre assim, ficava fechada ao resto do mundo. Uma pessoa olhava, e o que via? Via o que queria ver. Via o que já sabia que ia ver. Via o que fora treinada para ver — e chamava a isso, com toda a lata e estupidez natural, realidade.

Bom novaiorquino que era, Sam nunca pernoitara no Alabama ou no Tennessee, mas imaginava que tivessem algo em comum com a África do Sul.

Era engraçado. Durante anos esquivara-se a aceitar casos no sul, pensando que, mesmo nos dias de hoje, um detective judeu não seria lá muito bem vindo entre aqueles saloios que tresliam a Bíblia, desconfiados do mundo como se ele fosse a Serpente da Peçonha e armados até aos dentes (geralmente estragados) com espingardas, fuzis, caçadeiras de canos serrados, cérebros de canos cerrados. E agora aqui estava ele, aos saltos pelo *mapa-mundi* como uma rã num charco, em busca de...

Boa pergunta, em busca de quê?

Já não havia *apartheid*, certo, mesmo assim surpreendeu-o ver que os funcionários da alfândega eram todos pretos e não louros caras pálidas. Em contrapartida, não o surpreendeu ver que, tal como os seus antecessores, os novéis guardas fronteiriços já dominavam em pleno a arte de fazer a vida afro-americana aos viajantes.

— Qual o motivo da visita, turismo ou negócios?

Sam pôs a mais fácil, turismo.

Nos Estados Unidos, a sacrossanta pergunta até há uns anos era: *Qual a sua religião?*

Aqui a pergunta era: *Tem Aids?*

Não, não tenho sida, apeteceu-lhe responder. *Ainda não, pelo menos. Porquê, tenho cara disso?*

O que Sam não sabia, mas ficou a saber, era que estava a entrar na capital mundial da Síndroma de Imuno-Deficiência Adquirida. Não Joanesburgo, mais aquela zona do globo: o Botsuana, o Burundi, o Moçambique...

9

Surpresa, o contacto estava à espera com um enorme cartão, todo à maneira, as letras do seu nome rabiscadas a marcador grosso:

Mr. Espinoza

E dizia o falacha que Sam não era discreto...

— Está à minha espera?

— Mr. Espinosa? — O gigante que segurava o cartaz estendeu uma mão enorme. — Greg Van Nuydem, *sir*, é um prazer conhecê-lo.

Além de grande, Van Nuydem era barbudo, talvez com cinquenta e tal anos, calções caqui e um chapéu de abas amarrotadas, como um caçador saído de um filme antigo. Barba amarelada, decerto do tabaco.

— Van Duynem? — Sam dava pelo ombro do homem, mas já não tinha idade nem feitio para se intimidar com pormenores.

— Van Nuydem. *Nuy*dem. Mas chame-me Greg.

— Está bem. E a mim chame-me Sam.

— Sam... O meu amigo Musa disse-me que você vinha...

— Musa?

— Quer dizer Moisés, como sabe. Em aramaico.

— Aramaico?!?

— Perdão, amárico. Aramaico era a língua de Jesus, claro.

Musa... Era então esse o nome do etíope? E precisara de fazer seis mil milhas para obter essa preciosa informação? Bem, podia ver as coisas por um lado mais optimista: estava a afinar a pontaria. Já sabia o nome do falacha armado em esperto, já sabia que o padre O'Reilly lhe queria dar a extrema-unção, já sabia que Chiara era muito boa actriz... Só faltava mesmo saber em que cartola o coelho que procurava fizera a sua toca. *Não desistas agora, Sam, estás a ganhar qualidades: frio, morno, quente...*

Desgraça. Desgraça completa.

— E por isso decidi vir esperá-lo. É mais seguro.

Mais seguro? Mais seguro do que o quê, exactamente? Se Van Nuydem não o tivesse vindo esperar, o que aconteceria? Ou será que o boer não sabia que não havia alternativa? Sam estremeceu, ao perceber que tudo poderia ter corrido desastradamente mal. Depois lembrou-se da viagem, da noite em Luanda, e percebeu que estava a ser picuinhas. Havia que manter o espírito aberto. Para quê aborrecer-se por um plano mal cozinhado dar certo? Não seria bastante pior um plano bem concebido dar errado?

— Tem as suas bagagens todas? É melhor irmos embora, sabe, temos uma sagrada viagem pela frente. Mas como entrara o falacha em contacto com Van Nuydem a dizer que ele vinha? Sam perguntou ao boer, como quem não quer a coisa, e este olhou-o desconcertado:

— *Email*, claro. — E acrescentou — Foi seguido?

Sam disse que, tanto quanto podia ver, não, não fora seguido. Bem, não podia jurar. Era mais fácil uma pessoa saber se era seguida quando sabia *por que* era seguida — e Sam, apesar do sonho escaldante com Chiara, continuava às escuras... pelos vistos até nos jogos de palavras.

— Como este país, hoje em dia — murmurou Van Nuydem, sombrio. — O *apartheid*, sim, está bem, não era um bom sistema, mas ao menos havia ordem, não era esta confusão. Agora, é crime por todo o lado. Gosta de crime, Sam?

O que se respondia a isto?

— Não, não gosto.

— Claro que não gosta. Eu também não. Agora evito ir à cidade. Prefiro mil vezes atravessar um rio junto a uma manada de hipopótamos a passar uma noite que seja em Joanesburgo, ha!

Nada que surpreendesse Sam, um boer racista. Só que: um boer racista... amigo de um etíope? Bem, talvez só se conhecessem via internet, e o bom do senhor Van Nuydem não soubesse que Musa era um negro matreiro de meia idade, antes julgasse que se tratava de uma menina inglesa, de doze anos, branca e prendada...

Como Chiara, por exemplo. Chiara era prendada. Oh, bastante prendada.

— Sabe que os hipopótamos são o animal mais perigoso de África, não sabe?

Não, Sam não sabia. Mais uma coisa que não sabia.

— Matam mais gente do que os outros animais todos. Oh, não fazem parte dos cinco grandes porque não são caça grossa, nem dão grande luta se nos pusermos a seco a disparar de longe sobre eles. Mas num rio... Mais perigosos que crocodilos.

— Mais perigosos que crocodilos? — Sam quase engoliu a maçã de Adão. — Há crocodilos onde vamos?

— Não se preocupe com os crocodilos, Sam. Os crocodilos não viram barcos nem canoas nem mordem pneus. Preocupe-se antes com as cobras.

— Cobras?

— Ora, Sam. Pode não saber muito, mas já ouviu ao menos dizer que há cobras em África, não?

10

Uma carrinha Toyota bastante amachucada aguardava-os no silo aberto, de cimento nu, tão feio como qualquer outro parque de estacionamento em qualquer parte do mundo. E, mãos atrás das costas, preguiçosamente encostado à capota, um negro de fato-macaco azul.

— Cassamo? Ajudas o sr. Espinosa a pôr as coisas no carro?

— Sam.

— Sam. Sim, tem razão. Sam. — Van Nuydem abriu uma arca congeladora, daquelas de piquenique. Atirou uma lata para Cassamo, que a apanhou com as duas mãos em concha. — Que me diz, Sam? Uma cerveja para a estrada?

Sam alargou o nó da gravata, que pusera porque, segundo o manual do bom detective (versículo 17,3), era sempre conveniente pôr uma gravata quando se atravessava a fronteira de um país cujas regras do jogo desconhecíamos.

— Pode ser — disse. — Na minha religião, é pecado dizer que não a uma boa cerveja.

Greg Van Nuydem sorriu, mas não foi um sorriso muito convincente, foi mais um sorriso polido, desconfiado. Sam teve a sensação de escutar os olhos do boer perguntarem, muito de mansinho: *E que religião é essa, Mr. Espinosa? Pode saber-se?*

Sam teve uma visão e era uma visão assaz desagradável: estava a ser apanhado numa armadilha, estes dois não eram quem diziam ser. De algum modo, O'Reilly conseguira interceptar a mensagem, matar o verdadeiro contacto, e agora iam levá-lo para o mato (longe da cidade, Van Nuydem *achava* que na cidade havia demasiado crime) e... enfiar-lhe um tiro de misericórdia na nuca. Expressão aliás profundamente cínica e perversa, esta, como se matar um homem fosse alguma vez um acto misericordioso. *Bang* — e até amanhã, camarada, boa viagem ao inferno. Um clássico, afinal: injectavam-lhe confiança e depois... Sam mordeu os lábios, lá estava ele novamente a transpirar.

Podia ser apenas paranóia mas também podia não ser apenas paranóia, e o certo é que um paranóico tinha menos hipóteses de ser apanhado descalço do que um optimista. Seria, pois, bastante útil ter agora a sua arma consigo, ou uma arma qualquer, não precisava de ser a sua, desde que tivesse balas e as projectasse a velocidade q.b. para penetrar a roupa, a pele, a carne de quem estivesse na sua trajectória. Podia ser uma Smith & Wesson, uma Beretta, não precisava de ser um grande calibre, 22 bastava, não era necessário ir para mastodontes de conotações fálicas como a Magnum do desgraçado do Clint Eastwood, que lá teria os seus problemas para compensar, grande pistola, tiro curto, etc. Enfim, qualquer arma, por mais insegura que fosse, seria neste momento reconfortante.

Assim, de bolsos vazios... O que tinha ele que pudesse aproximar-se de uma semi-automática de doze tiros? Nada, apenas um canivete suíço, mas mesmo esse jazia inerte dentro do estojo da barba.

— Desculpem, posso só tirar uma coisa da mala?

— À vontade, Sam. A mala é sua.

— Obrigado. É só um instante.

Sam encontrou o canivete e enfiou-o discretamente no bolso das calças. Subiu para o banco de trás. Bem, sempre era melhor que nada. Iria ter de manter os olhos abertos e rezar para que, caso a coisa desse para o torto, o boer fosse apenas altura e ventre insuflado, e o negro pouco mais soubesse do que conduzir e obedecer a ordens. Sim, manter os olhos abertos... Manter os olhos bem abertos... Manter os olhos ab...

11

Sam?

Hmm?

Sam?

— Hmm?

— Sam?

— O que...?

— Não quer esticar um bocado as pernas, Sam?

Sam abriu os olhos.

— O-onde estamos?

— Na estrada para nordeste, já não muito longe do Kruger Park. Você devia estar mesmo cansado, adormeceu mal saímos de Joanesburgo.

Sam olhou em volta, fazendo contas à vida. A carrinha parara. Ele dormira três horas. E ninguém lhe dera um tiro na nuca.

Estavam numa espécie de bomba de gasolina, no meio de nenhures, quilómetros e quilómetros de nada em redor. No parque de estacionamento, frente a uma casa de piso térreo, falso telhado de colmo, como as tabancas nativas dos postais, três ou quatro jipes e carrinhas, o mesmo ar desmazelado e chocalhado da Toyota de Van Nuydem e Cassamo.

— Que tal irmos comer qualquer coisa, Sam? Tirar esse vazio do estômago antes de entrarmos no mundo selvagem?

Sam sentiu-se estúpido. Mas não havia razão para tal. Afinal, cair num sono profundo à mercê deles fora o perfeito tira-teimas: se lhe tivessem aberto a garganta, ficaria definitivamente a saber que eram os maus, não? Assim, como não o eliminaram, já podia descansar, esperançado de que fossem os bons. *Parabéns, Sam, és um génio, se não existisses merecias ser inventado.*

Ná, a ideia nem era de todo má: fingir que adormecia para os tornar confiantes, logo, desleixados. Só que depois... depois, bem, como tantas vezes na vida, o fingimento tornara-se realidade.

Enfim, o senhor Van Nuydem podia ser muita coisa, mas não parecia ter intenção de o matar.

Não para já, pelo menos.

*

Comeram carne seca, compraram mais cerveja. A carne lembrava o *Pemmican* dos índios, dura como sola, quase podre, mais sal do que carne, para puxar à cerveja. Saborosa, apesar de tudo, sobretudo se a alternativa fosse comer jibóia crua. E talvez não lembrasse assim tanto o *Pemmican* que, segundo Sam lera num livro qualquer sobre os Huron, tinha tripas e farinha de mandioca à mistura, enquanto que aqui eram boas lascas de antílope.

Van Nuydem e Cassamo atacaram com gosto as cervejas. Sam também não disse que não, embora suspeitasse, por experiência própria, que calor e álcool eram uma combinação que arriscava sonolência. Além de ser ilegal.

E daí? Onde parava a polícia?

Puseram-se de novo a caminho.

A paisagem era um destroço de vegetação seca cortada, aqui e ali, por árvores solitárias inclinadas feitas torres de Pisa, rasas no topo, como se tivessem sido aparadas rente por um disco voador conduzido por um marciano embriagado mesmo a pedir que lhe apreendessem a carta.

Cada vez cruzavam menos carros, o horizonte era uma desolação poeirenta. Podiam assim abrir de consciência tranquila mais umas latas de cerveja: a monotonia vazia da paisagem e os baixos riscos de acidente grave em caso de despiste — pois se não havia contra o que bater...

A noite caiu, abrupta, surpreendente pela rapidez violenta com que, após um brevíssimo crepúsculo, tudo ficou na mais completa ausência de luz, à excepção de uma poeira de pontilhados brancos no céu negro.

Cassamo ia ao volante. Era estranho, ele conduzia bem, mas as mãos, parecia que conduzia com... Sam apercebeu-se, só então, só então se apercebeu: as mãos. As mãos não tinham polegares. Nem uma, nem outra — zero polegares. Sam ia para perguntar porquê, depois achou melhor não o fazer, as pessoas com defeitos físicos nem sempre gostavam que lhos apontassem. E, se até agora não notara aquela mutilação (acidental? genética?), era porque Cassamo a conseguia (e se calhar queria) disfarçar muito bem. Em vez disso perguntou, quando Cassamo baixou a velocidade:

— Por que vamos mais devagar? Polícia?

— Animais — respondeu Van Nuydem. — À noite fazem coisas estúpidas, como atravessar a estrada.

— Ah. É simpático pensar nos animais.

— Não queremos que um rino nos dê cabo do carro, pois não? Ou que um boi-palhaço nos parta um farolim...

*

Era a primeira vez que Sam via o hemisfério sul da abóbada celeste; e mesmo que fosse o hemisfério norte... Em Nova Iorque, era mais fácil ver as estrelas de Hollywood a actuarem na Broadway do que as outras, as do céu, a actuarem no céu. A culpa devia ser do asfalto, da acumulação louca de edifícios, da descomunal energia eléctrica consumida pela cidade-que-nunca-dormia (apenas ressonava), excepto quando de um ou outro apagão. Bem, agora havia dois arranha-céus a menos — o problema era que, logo no ano seguinte à tragédia, quando decidiram substituí-los (simbolicamente), a única coisa que lhes ocorreu foi produzirem dois gigantescos feixes longilíneos disparados para Marte por centenas de projectores alinhados em duas gigantescas baterias que quase esvaziaram as barragens todas do Canadá e arredores. Uma vez mais, adeus estrelas, olá mania das grandezas.

Sam passou a mão pelos cabelos que lhe restavam: devia estar mesmo cansado, não era seu hábito perder-se em merdices filosóficas. Elas eram, aliás, a morte do artista ou, neste caso, do detective. Um detective detectava, um artista artimanhava, um filósofo filosofava. Cada macaco no seu galho, cada gorila na sua bruma, cada caracol na sua casa, cada rã no seu charco, cada crocodilo no seu pântano, cada marfim no seu de elefante dente.

Um detective que perdesse o sentido prático, a noção da realidade, do pormenor, das coisas concretas e palpáveis, mensuráveis, identificáveis, localizáveis, estava a meio passo de perder a cabeça.

E a expressão *perder a cabeça* podia ser mesmo literal. Como aquele desgraçado que, no zelo de obter a melhor foto em flagrante para o cliente, se aproximara tanto do quarto de motel onde os adúlteros adulteravam que entalara a cabeça na janela do quarto número 7, por azar em... guilhotina. E o par ficara tão furioso pela interrupção que decidira acabar o trabalho da janela. Depois fizeram tudo certo, limparam o sangue, enterraram a cabeça, esconderam o corpo. Acabaram por ser apanhados apenas porque esqueceram um preservativo no cesto dos papéis e a ciência actual não brincava em serviço, os teste do ADN eram conclusivos. Praticar sexo seguro levara-os ao corredor da morte. Dava que pensar, não?

Pouquíssimas vezes na vida tivera Sam necessidade de dar um tiro e, graças a Deus, de nenhuma delas acertara, mas o princípio era válido (versículo 27,6): se metêssemos a mão num ninho de víboras, era mais aconselhável estarmos armados com uma automática do que besuntar o cérebro com protector solar.

Van Nuydem ia agora a conduzir, com Sam ao seu lado e Cassamo atrás, era difícil dizer se acordado ou a dormir. Cassamo, fosse como fosse, não parecia muito falador.

— Continuamos, Sam? — perguntou Van Nuydem. — Ou está cansado?

Sam não quis perceber se Van Nuydem estava a ser irónico:

— Por mim, tudo bem. Falta muito?

— Até Moçambique? Dia e meio. O Kruger é que começa já a um par de horas daqui.

— Vamos para Moçambique?

— Sim. Onde pensava que...?

— Sei lá — Sam não queria passar por chato, mas acabou por dizer o que pensava. Com franqueza... — Se o destino era Moçambique, não teria sido mais prático eu ter apanhado directamente o avião para...

— Maputo? É mais seguro assim. Eles lá vigiam o aeroporto, percebe?

— Eles? Eles quem?

— Não se faça parvo, Sam. Você sabe. Aqueles que não querem que você o encontre.

Sam ia a protestar, mas decidiu experimentar outra estratégia. Olhando de soslaio para Van Nuydem, lançou, displicente:

— E você? Quer que eu o encontre?

Van Nuydem coçou a barba. Com o chapéu caqui, de abas largas, lembrava mesmo Hemingway. Um Hemingway mais forte, mais corpulento e talvez mais rijo do que o original.

Van Nuydem não olhava muito para o lado, não era o tipo de condutor que sentia necessidade de verificar todos os dez segundos se o interlocutor prestava atenção ao que dizia. Sam até preferia assim, era mais seguro. Teria também preferido que um efeito secundário de tão cautelosa condução não fosse uma espécie de auto-suficiência esfíngica. O carregado sotaque *afrikaner*, que era uma espécie de holandês rude com África e seixos lá dentro, ampliava o efeito de estranheza.

— Desculpe, Sam. Qual era mesmo a pergunta?

Sam repetiu-a:

— Se você, Greg, quer que eu encontre o homem.

Van Nuydem pareceu procurar a resposta nas luzes dos médios, projectadas na estrada.

— Não sei... Acredito apenas que a minha vontade não vem muito ao caso. Do modo como vejo as coisas, é simples.

Sam ficou à espera do resto da frase. Mas Van Nuydem não acrescentou mais nada.

— Simples? — disse Sam. — Simples, como?

Van Nuydem encolheu os ombros:

— Se tiver de o encontrar, encontra. Senão, não encontra.

Este raciocínio era, no mínimo, jesuítico. E Sam não deixou de o observar:

— Mas, sendo assim, ajudar-me ou opor-se-me vai a dar no mesmo.

— Bem visto — disse Van Nuydem, com o tom de quem nunca tinha genuinamente pensado nisso.

— Porquê então ajudar-me? Podia escolher impedir-me de...

— Uma pessoa tem de escolher um lado.

— Como num jogo?

— Como num jogo, bem visto. Como num jogo, por que não?

— E?

— Um jogo não tem piada se uma pessoa não escolhe um lado.

— E?

— E acho que este é o lado do bem.

— O lado do bem? Quer dizer o bom lado, não?

— É a mesma coisa.

— Mas se você tivesse escolhido o outro lado, também acharia que era o bom lado.

— Talvez — concordou Van Nuydem. — Mas não o lado do bem.

12

Chegaram ao Kruger perto da meia-noite. Van Nuydem desligou o motor e Cassamo tirou uma mochila do carro.

— O que está ele a fazer?

Van Nuydem estranhou a pergunta:

— Vai montar a tenda, claro. Uma cerveja?

Sam aquiesceu. Em quantas cervejas já iam? Olhou em volta. Não havia ruído nenhum.

Correcção: ele não ouvia ruído nenhum.

— Há animais aqui à volta?

— Animais? Claro que há animais. Animais é o que mais há por aqui.

— Digo selvagens. Daqueles que mordem.

— Daqueles que mordem, daqueles que arranham, daqueles que nos sugam o sangue de uma só dentada. Há de tudo. Isto é África. Onde há uma gota de água há vida. E onde não há sequer uma gota de água, há vida na mesma. — Os olhos de Van Nuydem piscaram. — Não me diga que está com medo dos tigres, Sam...

— Não há tigres em África.

— Muito bem.

— Mas há leões, leopardos, panteras...

— Pior que os leões, são as leoas. E pior que as leoas, as hienas. Muito mais perigosas e, acredite ou não, corajosas. Uma hiena é capaz de se virar a uma leoa, se necessário. Como dizer?... Embora mais pequena, ela é muito mais mulher. Mais agressiva, quando a fome aperta. E pior que as hienas são os escorpiões. E pior que os escorpiões são os porcos selvagens. Correm que se fartam e só deixam de nos morder a mão quando ela estiver ao longe a dizer adeus ao corpo.

— Parece terrível.

— E pior que eles todos são as mambas.

— As mambas?

— O veneno mais poderoso de toda a África. Está a ver áspides, Sam? Moreias, cobras capelo, víboras, cascavéis, boas constrictor?

— Sim...

— Parecem saídas de um filme do vosso... Ah, do vosso realizador infantil...

— Spielberg?

— Não, o outro. O dos desenhos animados.

— Disney?

— Disney, sim, Walt Disney, é o que parecem essas todas, comparadas com as mambas. As únicas cobras verdadeiramente agressivas de África, as mambas. Todos os anos morrem dezenas de pessoas mordidas por mambas. Lembram o diabo, quase parece que têm um prazer especial em matar gente.

— Mambas, é? São muito grandes?

— Grandes? Era bom, era. A ver se esclarecemos uma coisa, Sam: se fossem grandes não eram perigosas.

— Ah, bom.

— Pois. O pior é que a mamba quase nunca chega sequer a meio metro, e nunca passa da largura de um punho de criança. É toda negra e ninguém dá por ela... até ser demasiado tarde. Olhe, só lhe digo, a serpente no paraíso devia quase de certeza ser uma mamba.

Sam acabou a sua cerveja. E, pela primeira vez em muitas horas, sentiu que tinha uma palavra a dizer:

— Não, não era.

— Como?

— Não era uma mamba. Se a mamba é uma cobra tão perigosa como o Greg diz, então não era uma mamba. A serpente do paraíso tinha de ser mais do estilo dialogante. Uma cobra esperta, toda falinhas mansas.

— O que quer dizer, Sam?

— Ajudava à queda, não a causava.

Van Nuydem ponderou. Depois, deu outra lata a Sam.

— Bem visto — disse.

Cassamo acabou de montar a tenda. Van Nuydem atirou-lhe uma lata. Por um instante, Sam pensou: atirou-lhe a lata como um osso a um cão. Depois percebeu que não era nada disso, o boer apenas lançara a cerveja como se lançava uma cerveja a um amigo.

Como um amigo lançava uma cerveja a um amigo, depois de um longo dia de trabalho em cima de um andaime num arranha-céus em construção, a centenas de metros do solo.

Os operários no cimo das novas torres haviam de ter, decerto, muitos gestos como este, pensou Sam. E muitos seriam negros, outros brancos, outros ainda mexicanos ou índios. Não, índios, não, agora os índios tinham ganho o *jackpot*, estavam ricos com os casinos nas reservas. Fosse como fosse, seria uma salada russa com molho italiano e pimentos mexicanos a construir mais uma torre de Babel, as mafias étnicas todas a tentar sacar algum por fora — e não faziam elas senão bem.

13

Acordaram de manhã. Manhã, ali, era às cinco horas. Sam tinha a impressão de ser a primeira vez que estava em África, na verdadeira África. Comparada com esta imensa planície aberta, Adis Abeba era, quando muito, Médio Oriente. Sam sentia aqui uma força na terra, um peso no céu, um cheiro, sim, um cheiro. Não um cheiro que se percebesse apenas com o olfacto, antes um cheiro que nos vandalizava todos os sentidos — uma *presença.*

Tomaram o pequeno-almoço e Sam viu então a famosa entrada para o maior parque-safari de África, quiçá do mundo. Não, do mundo, não. O maior parque do mundo tinha de ser na América, não havia nada a fazer, estava-lhe no sangue, no código genético, era fatal como o destino.

E o que viu quase o fez entornar a frigideira e os ovos (e eram estrelados) no chão. A entrada era... um portão no meio do nada?

Um grande portão de madeira com uma placa a toda a altura, tipo Jurassic Park, a dizer Kruger Park. Claro que a expressão "uma placa tipo Jurassic Park" não fazia sentido. O Kruger era anterior ao filme em mais de meio século.

Mas essa era a nova lei pela qual o mundo se regia, e à qual não nos podíamos senão resignar: o novo era a bóia de sinalização e não o velho, a cópia é que era a referência reconhecível, não o original. Triste facto, talvez, mas um facto da vida ainda assim. Um facto tão evidente como a escassez de água nesta parte de África.

E, sim, o portão era enorme e, sim, de cada lado, nada, nada de nada.

Apenas um imenso vazio. Nem muro, nem paliçada, nem gradeamento, nem sequer pastilha elástica, mascada e esticada de modo a sustentar uma placa de cartão a dizer:

É favor não entrar fora das horas de expediente

Apenas um portão vazio, sozinho, patético, como se o castelo (do qual fosse imponente entrada) se tivesse desmoronado.

E era por isto que tinham perdido uma noite inteira?

— Podíamos ter entrado ontem à noite!

Van Nuydem estava ocupado a ajudar Cassamo a desfazer a tenda.

— Não, não podíamos. O parque não estava aberto.

Sam abriu os braços. O homem era estúpido ou quê?

—É apenas um portão a imitar os dos filmes, com franqueza! Não há muros, arame farpado, nem sequer uma teia de aranha!

Van Nuydem olhou para o detective. A sua expressão dizia: *filho, tu podes ser muito esperto lá em Nova Iorque, mas aqui estás na minha terra.*

— Sam, a ver se nos entendemos. O Kruger é do tamanho de meia dúzia de países europeus. Se fossem pôr-lhe um muro à volta, mais valia importarem a grande muralha da China...

Sam considerou o argumento. Está bem, fazia algum sentido. Mas...

— E os animais? Os animais assim podem sair livremente.

— Pois podem.

— E então? Isso não é grave?

— Os animais fazem o que querem. Não são contratados pelo parque.

— Não percebo.

— Sam, o Kruger é um santuário, não uma prisão ou um jardim zoológico. Os animais não são estúpidos. Eles aprendem que aqui ninguém os caça, ninguém humano, pelo menos, e que aqui têm comida e, mais importante, água. A questão da comida, enfim, eles próprios lá resolvem entre eles. Mas a da água, não, e sem água nenhum animal pode viver, nem mesmo um animal africano. É isso que os atrai a ficarem no parque. Mas, se se quiserem ir embora, vão embora. Para Moçambique, para o Botsuana, para o Zimbabué. Para eles não há fronteiras, não há senhas de saída, como nas discotecas, ninguém lhes tatua a pata com um carimbo fluorescente para o caso de quererem voltar a entrar.

Sam baixou a voz. Está bem, percebia os argumentos de Van Nuydem...

— Mas podíamos ter entrado, não? Isso não ia fazer mal nenhum...

— Sam, se não entramos pelo portão como deve ser, os guardas podem descobrir e fazer-nos pagar caro. O Kruger não é Sun City!

— Sun City?

Van Nuydem tirou o chapéu. Sam entendeu, o boer estava a chegar aos limites da paciência e apenas por cortesia de gigante mantinha um tom suave:

— Sun City é um casino no meio do deserto. Uma feira popular desmesurada. Leões de ouro à entrada, todas as noites um espectáculo diferente, milhares de máquinas a movimentarem dinheiro ao mesmo tempo, roleta, bacará, suites sumptuosas, mulheres fáceis mas caras... Segundo dizem as más línguas, é uma versão melhorada, mais sofisticada e louca, da vossa Las Vegas.

— Eu nunca fui a Las Vegas — exclamou Sam e, mal disse isto, teve a perfeita noção de que estava a mentir.

Não era sua intenção, apenas se tinha esquecido, fora há tanto tempo... Para dizer a verdade, fora noutra vida.

14

E declaro-vos marido e mulher, a partir deste momento, de acordo com os valores ecuménicos da Santa Madre Igreja Suprema de Elvis, o Rei...

O próprio padre parecia ele um rei, ou melhor, um bolo-rei, mega-poupa brilhantinada, queixo emoldurado por dois farfalhos onde se poderia albergar a população do Mónaco, princesas grávidas e respectivos guarda-costas inclusive. Capa azul-celeste à Super-Homem, camisa de lantejoulas douradas sobre uma barriga sabiamente contida por uma cinta de campeão de boxe com altos relevos incrustados. Calças-néon, acendendo e apagando graças a um engenhoso sistema eléctrico embutido, enfiadas numas botas brancas de tacões XXL com mais plumas coloridas do que o cocar de um chefe Sioux num anúncio a uma nova marca de iogurte líquido com frutos silvestres ou (na versão dietética) aroma de manga-laranja.

Pode beijar a noiva, disse ainda o padre, antes de começar a cantar, em *playback*, um dos sucessos de Elvis. Provavelmente *Only you*, mas também poderia ter sido *Blue Moon, Santa Lucia, Love me tender* ou *Jailhouse Rock*.

Doze dias depois, estavam divorciados.

A culpa fora dele, provavelmente. Ah, sim, Sam lembrava-se, agora estava a lembrar-se. E sentiu, com o regresso da memória, um ferrão a espicaçar-lhe o fígado, e uma onda de bílis a escalar-lhe corpo acima, abrupta como a espuma da maré enchente quando uma pessoa passeava descontraída à beira-mar e de repente vinha uma vaga molhar-nos as calças, dar-nos cabo dos sapatos, encharcar-nos o corpo todo. Ou, pior ainda, era como pisar uma alforreca no momento exacto em que decidimos tirar os sapatos para andar de pés nus na areia molhada.

Cindy... Uma bela peça, como pudera ele ser tão estúpido que não vira isso? Oh, na altura Sam nem sequer desguarnecido de pilosidade em cima era, mas devia saber de cor e salteado que uma rapariga como Cindy só se apaixonaria por um homem como ele enquanto houvesse algum interesse... de outra natureza.

Sam acabara de sair da tropa, era divertido, herdara algum dinheiro que devia servir para abrir um negócio e, afinal, essa imensa fortuna quase nem chegara para levar Cindy a Las Vegas — e para se desvanecer em fumo, junto com Cindy, em Las Vegas. Sam já não se lembrava dos pormenores: fora ela (não fora?) que o convencera a jogar na roleta, quando ambos sabiam (deviam saber) que as hipóteses eram diminutas, que a casa ganhava sempre, que Sam nunca tivera sorte nenhuma ao jogo, mas ele impressioná-la quisera, não era?

Se calhar, bem vistas as coisas, a culpa fora dele, mas a bílis informava-o, a bílis sussurrava-lhe, feita Iago ou outro qualquer demónio intriguista, a culpa é da gaja, a culpa foi da gaja, tu foste uma mera vítima nas mãos da gaja, um peão da gaja e da tua vaidade e da tua falta de cabeça, estavas a pensar com a extremidade errada, pá.

Sam ainda hesitara — ao sentar-se na cadeira eléctrica. Havia ali algo de errado, mas o cigarro ao canto da boca ficava-lhe tão bem, e os dedos de Cindy pousados sobre o seu ombro sabiam tão bem, e quando Cindy se inclinava por detrás dele, ela de pé, ele sentado com as pernas e os braços presos pelas cintas de cabedal, e lhe sussurrava *amo-te* ao ouvido e essas palavras lhe sabiam como se ela lhe tivesse dado um beijo (húmido) no lóbulo da orelha, a sua coragem ressuscitava e Sam sentia-se Elvis do mundo, pairando sobre a sala, sobre os outros parceiros de mesa, até sobre o *croupier* que repetia, com voz monocórdica: *O jogo fechou, senhores.*

Tens medo, Sam? Tens medo de perder? Não tens medo, pois não, Sam? Meu Sam. O meu Sam não tem medo. Oh, as mulheres adoravam os homens que não tinham medo, já então ele sabia que não era bonito, de alguma maneira havia de compensar, não? Sam Espinosa, o homem sem medo. Mais alguns centímetros de altura, alguns quilos menos de largura e teríamos um verdadeiro super-herói: *Daredevil*, o Demolidor, o homem sem medo. Sim, o Demolidor era um super-herói cego, um acidente com um barril radioactivo tornara-o cego na adolescência mas também lhe dera super-poderes, super-audição, e um super-radar que compensava com lucro a perda de visão. O super-herói vestido de diabo era cego, e então? Também Sam o era, naquela altura.

*

O divórcio foi celebrado doze dias depois, doze apóstolos depois, doze trabalhos de Hércules depois. Pretexto: Cindy apaixonou-se por um mafioso cubano de terceira classe. Sam compreendia, não compreendia? Ele ainda podia ver uma Cindy inocente, piscando muito os olhos, uma Cindy muito vítima, explicando-lhe, doce (mas se me provocas, filho, juro-te que saberei ser amarga), Sam podia sentir as unhas prontas a saírem para fora se ele a provocasse, ele não a compreendia, *Tu percebes Sam tu não me compreendes*, era demasiado mole para ela, *És demasiado mole para mim*, ele não compreendia que tipo de mulher ela era, *Tu não compreendes que tipo de mulher eu sou*, que tipo de necessidades ela tinha... E por isso Sam tinha de compreender, não era? *Tu compreendes Sam não compreendes?*

Compreender? O que havia para compreender? Sam estava falido, estupidamente falido antes mesmo de ter começado a trabalhar, a cabeça doía-lhe do álcool, o estômago naufragava num mar de azia, mal conseguia juntar duas ideias seguidas. Tinham começado por ficar no Pink Flamingo, cinco estrelas, não numa suite mas num bom quarto no 34º piso, com uma cama do tamanho de uma roda gigante seis velocidades em forma de esófago (não, Sam estava a brincar, em forma de coração, claro) e maxi-bar. E dias depois davam por si despromovidos para um motel rasca no meio do deserto, a vinte quilómetros do centro, de onde a *acção* acontecia, de onde as coisas aconteciam, de onde a excitação era excitante.

Compreender? Sam apenas podia compreender que Cindy nem o achava mau tipo, apenas não era o tipo certo para ela. *Nem te acho mau tipo Sam. Apenas não és o tipo certo para mim Sam...*

Mas Cindy também tivera azar. O mafioso afinal não o era, mafioso, trabalhava à comissão como vendedor de automóveis e, sim, isso era verdade, vendera uma vez um Cadillac vermelho a um verdadeiro gangster, um verdadeiro gangster tão verdadeiro que daí a pouco tempo apareceu numa rua de Miami com um orifício novo na nuca — óptimo para arejar as ideias, péssimo para quem planeava continuar vivo. Fora o mais perto que Pepe chegara de um mafioso e, depois de ver a fotografia do cadáver, nunca mais ousou passar por bandido, minha rica vida banal como vendedor de automóveis, Virgem Santíssima, e Cindy lá ficou a arder de aventura.

Sam lidara com a derrota, fazendo o que, desde a noite dos tempos, os homens sempre fizeram em circunstâncias semelhantes: protegeu-se sob uma camada extra de cinismo, tornou-se ainda mais misógino do que era, e refez a história dos acontecimentos à luz de uma proverbial sabedoria sobre a Malfadada Condição Feminina, dizendo para si mesmo (e para quem o queria ouvir) que, no fundo, tivera imensa sorte em Cindy desaparecer do mapa tão cedo; uma Cindy que o aguentasse durante um ano ou dois seria infinitamente mais cara. Assim, bastaram quarenta dólares e o Sacerdote Supremo da Via Láctea declarou-os livres e infelizes para todo o sempre... *Pode beijar a divorciada.*

*

Está bem, Sam. Já contaste a tua versão. Estás mais calmo? A irritação de Sam atenuou-se, de facto. Então, agora, se não te importas, a realidade. Cindy era...

Cindy era... era o quê? Sam já mal se recordava de como ela era, tantas as Cindys que encontrara depois ao longo dos anos. Cindys vivas, Cindys mortas, Cindys a servirem café em *diners* revivalistas, Cindys a tentarem ser cantoras, Cindys a fazerem-se à vida nas ruas de Manhattan, Cindys viciadas em *crack*, Cindys à chuva de mini-saia a abraçarem-se para enganar o frio, Cindys a falarem que se desunhavam de si próprias e dos seus projectos e de como *adoravam* escrever poesia e de como eram sensíveis e de como não compreendiam como o mundo podia ser assim tão mau e cruel. Cindys que não compreendiam, não, não *compreendiam* como podia haver gente no mundo que podia sentir prazer em fazer mal aos outros, nomeadamente a elas. Cindys secretárias, Cindys profissionais, Cindys de salto alto a magoarem-lhes os pés, Cindys a não perceberem porquê, por que é que as coisas eram *assim*, por que é que a vida as tratava *assim*, por que é que a vida era *assim*, por que é que...

Não, Cindy não era má rapariga, tinham simplesmente tido azar, eram ambos muito novos e, de qualquer modo, o dinheiro de Sam nem era assim tanto, provavelmente não daria para nada e... foram uns dias divertidos, isso nem ele próprio o poderia negar. Foram, não foram, Cindy?

A última vez que a vira, há uns cinco anos, tinham-se cruzado na sétima avenida, na esquina com a Rua 34, um daqueles acidentes que aconteciam quando uma pessoa menos esperava. Sorriram desajeitados, eram para tomar um café juntos, mas depois não tomaram, Sam (estúpido) disse que estava com pressa, tinha uma reunião com um cliente, e nem sequer era verdade, e mesmo que fosse daria perfeitamente para tomarem um café — porem a escrita em dia, compararem cicatrizes, tatuagens, rugas. Mas pronto, ficaria para outra altura, não era?

Sam apenas tivera tempo para mentir que, sim, sim, ser detective era mesmo uma profissão bastante confortável, então numa cidade como Nova Iorque, capital mundial de tudo, inclusive do crime, e nunca faltavam casos. O caso da mulher desaparecida, o caso do colar roubado, o caso do cofre-forte que adormecera fechado e acordara aberto, o caso da filha que não conhecia o pai, o caso do homem-criança que gostava de dormir com crianças e não via mal nenhum nisso. Só não lhe falara do caso das torres desaparecidas, porque então ainda não existia, esse caso.

E Cindy a contar que estava novamente divorciada mas feliz, ah sim, muito feliz, muito melhor agora, agora sou livre, faço o quero, sou livre como um passarinho de fazer o que quiser, e Sam pôde ler, com tristeza, mas sem parar de sorrir, quão desesperado era o optimismo dela, sim, sim, a vida corria-lhe bem, estava mudada, estava mais rica espiritualmente, estava finalmente a descobrir o seu verdadeiro eu, tinha visto há meses um anúncio e fazia agora parte de um círculo que se reunia às quartas-feiras, era uma mistura de seminário de escrita criativa e grupo de auto-ajuda, era muito bom e ela sentia que estava a progredir imenso. A tarefa para esta semana era fazer um conto autobiográfico e depois lê-lo em voz alta perante as outras mulheres, todas elas também muito auto-descobertas, muito espiritualizadas, muito metafisicadas, muito libertas desse vagalume falso e ilusório chamado amor, sim, sim, era tudo emocionante.

Quando se despediram, Sam tentou lembrar-se, ao certo, por que se tinham separado. Mas não valia a pena fazer o esforço, era um mistério quase tão grande como o motivo por que se tinham casado. De resto, o mais curioso caso de todos — o caso do amor acontecido.

15

Sam sentia-se estranho. Não era seu hábito entrar em devaneios, e ultimamente fazia-o com cada vez mais frequência. Ainda não havia razão para pânico, mas já começava a chatear. Que diabo, parecia uma menina.

Talvez fosse do calor... Dizer *o calor era insuportável* seria um pleonasmo. Bastava dizer o calor. *O calor, o calor*. Sam tinha dificuldade em estar acordado, e só podia ser do calor. *O calor, o calor.*

Atravessavam agora uma enorme, interminável picada, o horizonte era cor de palha, aqui e ali uma daquelas árvores capadas rente no topo, horizontais absolutas, o tronco descaído mais para um lado ou para o outro, como se um leopardo as tivesse deformado com o uso, ou um mestre das flores se tivesse esquecido de inibir o crescimento do seu bonsai.

— Ainda falta muito?

Van Nuydem só olhou para Cassamo. Estes americanos...

— Pensávamos que você estaria habituado aos grandes espaços, Sam...

— Eu sou de Nova Iorque, Greg. Nova Iorque. Uma ilha com seis milhas de comprido por uma e meia de largo, e nove ponto quatro milhões de pessoas egoístas aos encontrões lá dentro. Grandes espaços? Quais grandes espaços?

Van Nuydem tirou o chapéu e limpou com a aba o suor da testa.

— Sam, atravessar o Kruger é a forma mais fácil de chegar a Moçambique. Vamos como turistas, percebe?

— Turistas? Quem? O Cassamo?

— Você é o turista, Sam. Eu sou um caçador profissional e o Cassamo, um pisteiro. O que por acaso é verdade, no que nos toca aos dois. Só o Sam é que vem um pouco a fingir que é o que não é. — Van Nuydem piscou o olho a Cassamo. — Mas não muito.

— Não percebo.

— O Sam é, digamos, um rico dentista ocidental que veio até África para realizar o seu sonho de infância. Agora já percebe? E é o meu trabalho e o do Cassamo fazer com que tudo corra bem com o cliente enquanto for nosso hóspede.

— Andar a ver bichos num jardim zoológico hipertrofiado é o meu sonho de infância?

— Não. Matar um leão é o seu sonho de infância.

Sam repetiu, tentando assimilar o que Van Nuydem estava a dizer:

— Matar um leão.

Van Nuydem assentiu.

— Matar um leão.

16

Horas mais tarde, cruzaram um elefante mal disposto entretido a derrubar uma árvore, com a displicência de um adolescente futebolando caixotes.

A árvore não tinha qualquer hipótese contra aquela enorme massa cinzenta com orelhas.

— Em África, cada elefante que se irrita é uma floresta que arde — disse Cassamo. Cansado como estava, Sam nem reparou que era a primeira vez que o ouvia falar. Ignorante como era, também não tinha elementos para saber que as palavras de Cassamo eram uma glosa de outras não menos verdadeiras: em África, cada velho que morre é uma biblioteca que arde.

Bibliotecas, florestas, a mesma luta? Se tivesse reflectido no assunto, Sam poderia ter pensado que assim era, pelo menos na cabeça de Cassamo. Mas não reflectiu, lamentavelmente a reflexão não era um dos grandes dotes de Sam Espinosa.

*

Um leopardo em cima de um arranha-céus em forma de árvore. Foi Cassamo quem o avistou. O jipe imobilizou-se a uns trinta metros, nem tanto, do animal. Durante um bocado Sam não viu nada. Depois, ah sim, reparou na cauda descendo de um ramo, como uma cedilha tímida. A partir daí foi fácil identificar o dorso do animal, os formidáveis, e sempre em repouso, e sempre tensos, músculos felinos.

— Um embondeiro — disse Cassamo.

— Perdão?

— A árvore. É um embondeiro. A sombra mágica de África. Um embondeiro é uma coisa boa. Em princípio, deveria dar-nos sorte.

Por alguma razão, Sam esperava que Cassamo falasse com os verbos trocados. *Ele dar sorte nós*, etc., e lhe chamasse Buana. Que desapontamento!

— Cassamo é moçambicano — disse Van Nuydem. — Fala melhor português do que inglês. Mas não se safa nada mal, pois não?

— Não — anuiu Sam. — Nada mal.

— E havia de ouvir o seu Afrikaans. Quase não tem sotaque. Não fosse a cor da pele dava um boer perfeito.

— Parámos porquê?

— Pense, Sam — disse Cassamo. — Faça um esforço.

— Para esperar que o leopardo mude de lugar?

— Nada mau, Sam — parabenizou Van Nuydem. — Com treino, ainda dá um bom dentista alemão. Outra cerveja?

*

Uma manada de antílopes escanzelados, as costelas à mostra, cabeças bovinas demasiado grandes para o corpo e maquilhadas como máscaras de teatro Kabuki.

— Bois-palhaços. Uns chatos. Nem a carne se aproveita — disse Cassamo.

17

Ao terceiro dia, Cassamo disse:

— Moçambique!

Sam não notou qualquer diferença, mas ficou satisfeito pela oportunidade de sair da carrinha e esticar as pernas.

Estavam na savana, havia sandinos (os tais bonsais insuflados), ou mesmo embondeiros (os tais arranha-céus com folhas e raízes) de tantos em tantos quilómetros; tinham visto rinocerontes, quase cegos, pesados e antigos; impalas, ágeis; zebras com as suas pinturas de guerra; búfalos resfolegando, prontos para investir; porcos africanos, os dentes em forma de chifre; crocodilos camuflando à beira-rio; leões espojados, controlando o esquema enquanto faziam a sesta... Até hienas tinham visto e não, não davam vontade de rir, com o seu corpo malhado desembocando num focinho escuro, os dentes escorrendo uma baba desagradável, doentia.

Sam agachou-se para apertar os atacadores das botas. Ná, podia fazer melhor que isso: ergueu uma perna e pôs o pé em cima do pneu do carro.

— Só não vimos mesmo foi cobras — silvou.

— Não diga isso, Sam — avisou Cassamo. — Dá azar.

— Não percebo porquê — respondeu Sam. — Ai! Mas o que?...

E, a partir desse momento, o homem conhecido como Sam Espinosa não disse mais nada.

18

— Uma mamba — exclamou Cassamo.

— Estamos feitos — disse Van Nuydem.

Cassamo corrigiu:

— Ele está feito.

19

A cobra introduzira-se provavelmente entre as rodas, e reagira a um ataque imaginário — se soubesse que ela estava ali, Sam talvez lhe pudesse ter explicado que tentava apenas dar um laço aos atacadores da bota.

A resposta da mamba, essa, não foi imaginária. Sentindo-se agredido, este réptil de sangue frio desguarnecido de membros anteriores, posteriores, superiores ou inferiores recorreu à única arma com que Deus o dotara: os dois dentes da mandíbula superior. Ferra-os na parte mais a jeito do adversário — a mão. A mão de Sam.

Van Nuydem limpou o suor da testa com a aba do chapéu.

—E eu que estava a começar a ficar convencido de que ele até talvez...

Cassamo torceu o nariz:

— Este tipo?

— Precisamente. Tinha um aspecto demasiado banal, para não dizer vulgar. O certo é que chegou aqui, não?

— Mas não passou daqui...

— Pois, isso também é verdade.

— E agora?

— Agora? Esperamos. Quem sabe o que vai acontecer? Acreditas em milagres, Cassamo?

20

Apesar de não acreditarem muito nas hipóteses de Sam, Van Nuydem e Cassamo foram diligentes. Cassamo tirou imediatamente da maleta de prontos-socorros uma invenção recente mas extremamente simples, mais simples do que eficaz, infelizmente: uma seringa de sucção *Venidorm™*. Aplicaram-na mal identificaram a ferida provocada pela mordedura da mamba, conseguindo aspirar uma parte do veneno. Que parte? Isso teriam de perguntar à mamba, se a encontrassem. Ao verem o que acontecera a Sam nem se lembraram de a procurar e assim, como tantas vezes na vida, o crime ficou sem castigo. Embora se pudesse duvidar da legitimidade do castigo, tendo em conta que, ao contrário da sua antecessora bíblica, a serpente não tinha noção do crime, ou mesmo noção do que fosse um crime. O certo é que ela não foi apanhada, e tanto melhor: um problema filosófico a menos.

Van Nuydem colocou a Cassamo a pergunta óbvia:

— O que fazemos agora?

E a resposta de Cassamo foi a mais elementar:

— Continuamos. Continuamos, que remédio. A ver o que acontece.

A ver o que acontecia. Agora já estavam em território moçambicano. De certo modo, se ficassem com um cadáver nas mãos, até seria mais fácil livrarem-se dele. A vida estava barata em Moçambique, o segundo país mais pobre do mundo, segundo o último relatório da OCDE.

— A ver o que acontece? Acreditas em milagres, Cassamo?

— Sabes bem que sim, Greg. E tu também.

— Eu sei. Mas a minha intuição diz-me que não vamos ver nenhum aqui.

— Também estou de acordo com a tua intuição.

— Oh, obrigado, Cassamo. É tão raro concordares comigo que quase é motivo para celebrar.

— Com a tua intuição, Greg, não contigo.

— Ah — Van Nuydem coçou a cabeça. — Está bem.

21

Sir, *não pode fumar neste comboio...*
O charuto está apagado, homem.
Sir, *não pode fumar neste comboio...*
Não vês, idiota? O charuto está apagado!
Sir, *não é permitido fumar neste comboio...*

*

Gostaríamos que procurasse este indivíduo, sr. Espinosa.
Sim, mas a fotografia não é muito nítida.
Sr. Espinosa, por favor, gostaríamos mesmo que procurasse este indivíduo.
Sim, mas a fotografia não está muito nítida.
Quer nitidez, sr. Espinosa? Mude de profissão.

*

Bom dia! Em que posso ajudá-lo?
Bom dia! Em que posso ajudá-lo?
Bom dia! Em que posso ajudá-lo?

Bom dia! Em que posso ajudá-lo?

*

Espinosa, claro. Judeu, não é?
Há algum problema?
Não, não, antes pelo contrário. Era só, digamos... curiosidade.
Não uso trancinhas sobre as orelhas, se é a isso que se refere.
Folgo em saber isso, sr. Espinosa. Folgo muito em saber isso. Mas não pense que há algum problema. Antes pelo contrário.

*

Antes pelo contrário.
Antes pelo contrário.
Antes pelo contrário.
Antes pelo contrário.

*

É um familiar seu?
Um familiar meu? Não, não me parece. Nem sei se deva dizer feliz ou infelizmente, mas não, não é. Que ideia mais interessante.

*

Está com medo, Sr. Espinosa? Supunha que a sua profissão implicava alguns riscos...

De ser atacado com um punho de ferro, uma navalha, ou levar um tiro? Nunca me aconteceu, mas sim, tem razão, faz parte do negócio. Só que é muito diferente tocar num indivíduo e ficar cheio de doenças esquisitas.

*

Tudo bem, nada que não se resolva. Mesmo que não encontre o nosso querido desaparecido. Basta que nos mostre que o procurou usando de todos os talentos e recursos de que sabemos ser capaz, sr. Espinosa, e acrescentamos um zero, de acordo?

*

Acrescentamos um zero, de acordo?
Acrescentamos um zero, de acordo?
Acrescentamos um zero, de acordo?
Acrescentamos um zero, de acordo?

*

Tens a certeza de que o queres encontrar? Olha que eu não sou de Adis Abeba. Vim cá apenas contar os meus carneiros.

*

Carneiros carneiros carneiros carneiros carneiros carneiros carneiros carneiros carneiros craneiros craneiros cranerios cranerios craniores craniores craniosre cranioser cranioser cranioser carnioser carnireso carneriso carne riso carne riso carne riso carne riso carne riso carne riso carne riso...

*

E como me reconhecerá essa pessoa?

*

Oh, o meu bom tio Sam. Tenho tanta pena, Sam. Tenho tanta, tanta pena...

*

Passa-se alguma coisa, Sam?

*

Oh, tio Sam, é tão bom!

Bem, nunca visitei muitas igrejas.

Oh, aqui há muitas para visitar. Mas não podemos ir a todas. Vai ter de escolher as melhores, maroto.

*

Agora acho que me vou confessar.

Não me deixes sozinho.

Não há problema, eu sou rápida.

Tens assim tão poucos pecados?

*

Eu bem disse ao padre O'Reilly: e se, em vez de ser para lhe fazer mal, o tio Sam tiver vindo para o proteger?

Proteger o quê? Quem? Proteger o quê, merda?

*

Oh, Sam, tenho tanta pena... Tenho tanta, tanta pena...

*

Roma. És capaz de gostar dela. Nada que se compare à arte de agradar de uma mulher macua mas, à sua maneira, também tem algum talento.

*

Já descobri o que me aconteceu.

Descobriste, Sam?

Foi O'Reilly quem mandou a mamba. Ele fez um acordo com a Serpente.

Achas mesmo?

Não sei como, mas ele fez um acordo com a Serpente. Tenho a certeza. E vou investigar.

Como, Sam? Tu estás morto...

Estou aqui a falar contigo, Cindy, não estou?

Não, Sam, não estás.

Não estou? Tens a certeza?

Não estás. Desculpa, mas não estás.

Foste tu!

Não, Sam. Eu juro-te.

Quem mais jura mais mente!

Não era isto que eu queria. Eu só...

És uma serpente! Mataste-me!

Não, Sam. Eu...

*

Meu nome é Sam Espinosa, detective moribundo. *Resolvo qualquer caso mas só no outro mundo.*

*

Não teve graça, Sam.
Bolas. Sou mesmo um falhado.
Falhado? Porquê?
Nem mesmo morto te faço rir, caramba.

*

Oh, Sam, tenho tanta pena... Tanta, tanta pena...
E eu ralado.
Não sejas assim, Sam.
Porquê? Por que não hei-de ser assim?
Estás morto, por que não aceitas isso?
Não quero estar morto.
Oh, Sam, escolheste uma bela altura para amuares.
Não quero estar morto.
Estás morto, Sam, a morte é uma coisa natural, mais cedo ou mais tarde acontece a qualquer um.
Não quero estar morto!
Oh, Sam, ninguém quer. Mas sabes que mais? Todos temos de morrer, um dia.
Não quero estar morto...

*

Silêncio, aí ao fundo. Há gente aqui a querer dormir!

*

Não quero est...

*

Passa-se alguma coisa, Sam? Estás esquisito.

22

— Talvez se safe. É grande.

—É gordo. Mas tens razão, Greg, talvez isso diminua a potência do veneno.

— Gordura é salvação, Cassamo? Achas mesmo?

*

Durante horas, Sam esteve entre a vida e a morte, um corpo pálido, inerte, gotículas de suor multiplicando-se pelo rosto vazio, como um exército de lentes de contacto sacudidas numa capulana. Sam fez decerto o que pôde, tal como Cassamo e Van Nuydem, que se revezaram ao volante, parando o menos possível, e conduziram dia e noite na esperança de chegarem a tempo ao acampamento, ou colónia, para quem preferisse a expressão, sito perto de Moatize, no norte de Moçambique.

O problema é que o veneno da mamba atacava o sistema nervoso e linfático, consumindo os órgãos e atrofiando as vias respiratórias. Ninguém poderia dizer que não dera uma boa luta mas, às dez da noite, a trezentos quilómetros de Maputo, Samuel Espinosa expirou.

Cassamo olhou para Van Nuydem. O homem estava morto.

— O que fazemos agora, buana?

— Não me buanes, Cassamo, por favor, não estou com paciência para isso.

— Tens razão, desculpa. — Cassamo tirou a boina. — Mas a pergunta mantém-se, Greg. O que fazemos, agora? Deixamo-lo aqui para ser devorado pelos animais?

— Não, por amor de Deus! No mínimo, enterramo-lo.

— Como queiras. Mas, para o meu povo, é mais nobre e respeitoso ser consumido pelos animais.

— O homem era americano, Cassamo, caramba!

— Precisamente. Americano, logo, sem tradições próprias. Logo, tanto faz. E morreu em África.

— Não me tantofaças, Cassamo. De qualquer modo, não o podemos deixar aqui, sabes isso.

— És um desmancha-prazeres, Greg Van Nuydem, mas a culpa não é tua. É uma característica inata dos boers, pobres desgraçados, nem holandeses souberam ser.

— Acabaste, Cassamo?

— Bom, com sorte o cheiro ainda leva umas horas a tornar-se nauseabundo... Temos é de ter cuidado com as formigas.

— Então, vamos ter cuidado com as formigas, Cassamo. Vamos sacudir bem os pés quando entrarmos para o carro.

Em África, os grandes devoradores não eram nem os crocodilos, nem os leões, nem as hienas. Nem sequer os elefantes, tristemente célebres pelos ataques de fúria em que chegavam a abater centenas de árvores. Os verdadeiros grandes predadores do continente negro não mediam sequer um centímetro de comprido; em contrapartida tinham, como as suas primas piranhas nos afluentes do Amazonas, a vantagem dos números.

Uma formiga que chegasse ao cadáver de Sam, uma formiga só, e estaria o caso arrumado. Mesmo em cima da carrinha, mesmo andando à velocidade máxima possível (30, 40 km/hora), o corpo seria localizado pelas suas confrades, num sistema de comunicação superior a qualquer constelação de satélites e — devorado.

A relevância dessa eventualidade era, nas actuais circunstâncias, diminuta. Samuel Espinosa, 48 anos, mau carácter, maus fígados e, pelos vistos, mau e azarado detective, estava mais morto do que um pedaço de atum enlatado a consumir antes de Dezembro de 1999.

LIVRO DOIS

Tudo o que é autenticamente cristão tem a sua raiz no facto de eu querer estar ligado a Deus e verificar que não estou, e isso produz uma espécie de fogo, de desejo, e essa é a essência de toda e qualquer vida espiritual.

Jacob Needleman

1

1855, Crimeia — ou será Insandlwana, 1879? Pouco importa. O sol levantou-se há pouco, o crepúsculo é dominado por uma camada de cacimba que caiu durante a noite, pesada, e ainda vai levar algum tempo a levantar, e mesmo assim não é seguro se completamente. Pelo monte abaixo desce um tapete verde soterrado vivo sob o colchão de neblina, as botas afundam-se no musgo húmido de orvalho, e os soldados sentiriam os pés gelados do frio, alguns estariam mesmo bons só já para amputação, se ainda sentissem alguma coisa. O problema é que já não sentem nada.

Talvez o velho general não seja tão velho assim, parece ter cento e oitenta anos mas ninguém se surpreenderia se ele revelasse ter apenas cento e quarenta e dois. O rosto é magro, quase só caveira, muito pálido, os olhos arregalam as órbitas, e as olheiras são tão acentuadas que quase se poderia pensar tratar-se de maquilhagem, uma base de rímel a contrastar com a farinha branca que lhe empastela as maçãs do rosto, e os lábios, e a própria barba, hirta como palha de aço gasta. O general é apenas mais um arlequim no teatro da guerra e os soldadinhos têm pés de chumbo, sobretudo sabendo que do outro lado, do outro lado do nevoeiro, estão selvagens habituados a este clima agreste, selvagens para quem o silêncio é mais do que um amigo, é sobretudo um fiel aliado na guerra contra as tropas invasoras.

Os soldados têm sido massacrados um a um, o inimigo nunca se mostra, sabem que os selvagens estão lá quer pelos tristes resultados, todos os dias mais alguns corpos que caem, quer pelos gritos de animais que se ouvem de vez em quando, um uivo de um mocho, um grasnar de uma galinha-do-mato, uma serpente-do-mato que arrulha, e os soldados sabem que são falsos barulhos animais, aqui não há outros animais senão os selvagens, e o terceiro sinal da sua presença é a paliçada gigantesca que impede o avanço dos soldados, e que se ergue como uma pira funerária, um monumento abjecto, abjecto e deslocado, ali, uma muralha de chapa amalgamada, pneus, chassis, braços humanos, dejectos, cabelos, farolins, restos de cérebro usados como cola para manter unidas vértebras e rodas, resquícios de borracha, cabelos arrancados junto com os escalpes e atados a retrovisores partidos, que já não reflectem nada senão o triste vazio das almas que por ali penam.

É mais um dia no teatro de guerra, e o velho general finge acreditar que hoje o vento mudará, hoje a batalha será decidida de outra forma, e reúne as tropas para lhes fazer o discurso adequado, e faz o discurso adequado, e é nítido que as centenas de soldados que ainda sobrevivem não acreditam no discurso mas, fiéis ao seu destino, fingem acreditar: hoje quem está comigo poderá dizer, um dia, eu estive em Azincourt com o rei Henrique IV, e um ou outro soldado sorri, mais uma vez o velho está a dizer o discurso errado. Mas não é grave, é um bom discurso, é um bom discurso que nunca foi proferido assim, não num teatro de guerra verdadeira, pelo menos, e por isso até se pode dizer que é um discurso original, plágio seria repetir um discurso de outras guerras, assim, não, até é justo, e adequado, e finalmente alguém faz justiça à beleza daquelas palavras e as lê num sítio adequado, adequado à função. Eu estive naquele dia em Azincourt e naquele dia fomos todos irmãos...

Perceberam, soldados?

Uma ovação ecoa colina abaixo até à planície, mais bazófia do que coragem verdadeira, mas talvez intimide os selvagens, estais a ouvir isto, animais? Ainda temos forças para vos bater, ainda estamos aqui para vos dar luta, até ao último homem.

O velho general olha com aprovação para as tropas, caras endurecidas pelas provações que ele conhece há muito tempo. Os braços estão erguidos, os punhos seguram espadas, maças, correntes com bolas de espigões na ponta, machados cuja lâmina se cola aos dedos, tantas as camadas de sangue que já derramaram, fuzis quase inutilizados mas que ainda disparam, arcabuzes, lanças, bestas, fisgas, pedras afiadas com outras pedras até ficarem tão cortantes como a mais calibrada lâmina.

É então que o velho general vê um rosto recém-chegado. Um tanto descomposto, a farda um pouco curta nas mangas, nada que não se possa resolver. Só ele sabe o quão precisados estão de novos braços. O general nota então que arma o soldado segura na mão, trémula talvez tanto do medo como do frio. Ah, não, isto é de mais, isto é inaceitável.

Soldado, isso é espada que se apresente?

Foi o que consegui arranjar à pressa, peço desculpa.

Não se traz uma espada de plástico para a batalha, soldado. Como te chamas?

N-não sei, senhor.

Ah, claro que não sabes como te chamas, raio de pergunta a minha. Muito bem. Eu digo-te como te chamas. Chamas-te Sam, soldado. Soldado Sam. De acordo, soldado?

Sim, meu general.

Bem... Mas isso continua a ser um utensílio impróprio para combate. Uma espada de plástico, ouviram isto, soldados?

Uma gargalhada geral ecoa por todo o vale. O general tem um prenúncio de que, sim, será um bom dia, será uma boa batalha. Os selvagens devem estar a perguntar-se por que rir eles? Que saberem estes brancos que nós não saber? Sim, tu precisas é de uma boa arma. Percebes porquê, soldado?

Não, senhor.

Hum, vou tentar explicar-te. Soldados, prestem atenção. Isto vai ser útil, talvez mesmo educativo.

O general vira-se para o maçarico e ordena-lhe: soldado, usa a tua espada e trespassa-me o coração.

O soldado não compreende.

Os soldados em volta riem à socapa, alguns põem a mão à frente da boca desdentada, outros viram-se de costas para disfarçarem melhor as gargalhadas surdas.

É uma ordem, soldado. Ninguém aqui te vai querer mal se me conseguires matar.

Novos risos. É, de facto, uma alegre companhia esta. Bom para o moral, pensa o velho, bom para o moral.

Empala-me, sem medo, diz. Aqui, aqui, e aponta para o local onde deve estar o coração, por baixo das medalhas, à esquerda do uniforme. Vá, sem medo.

O soldado percebe que não tem outra solução senão obedecer. Se mais tarde for julgado em corte marcial, poderá dizer que apenas seguiu ordens, e até apresentar testemunhas, se algum sobreviver ao embate de hoje contra os selvagens. O que infelizmente é pouco provável, pensa o soldado com melancolia. Enfim, ao trabalho.

O soldado ergue a espada de plástico e trespassa, para surpresa sua, o velho general. A lâmina não é forte, nem sequer é lâmina, apenas uma liga de plástico, uma versão à escala 1:2 de uma espada medieval, vendida por cinco dólares em qualquer loja dos trezentos. Contudo, não sai sangue.

Percebes agora, soldado?, ri o velho. Uma espada assim não consegue cortar nada.

O general, num gesto ágil, desembainha a espada que traz à cintura, e encosta-a à barriga pouco firme, um pouco saliente em demasia, do soldado.

Isto, soldado, isto, sim, é uma espada. Vou mostrar-te uma coisa, antes que a batalha comece. Vou mostrar-te como se faz.

E o velho general enfia-lhe a espada mesmo na zona do baço, apenas alguns centímetros, a princípio, depois mais fundo, até às costelas.

Ai! Isso dói!, exclama o soldado.

Os risos silenciam-se abruptamente e dão lugar a um murmúrio de incredulidade.

O general franze o sobrolho, e o seu olho esquerdo quase sai da órbita, como se fosse apenas um enorme berlinde de vidro.

Isso dói? Isso dói?!? Estás a brincar comigo, soldado?

Com a surpresa, o general largou o cabo, amplamente decorado, como convinha a uma espada de general.

E o soldado, justiça lhe seja feita, mantém-se de pé, as tripas derramando para fora, agarrado à espada com ambas as mãos.

N-não estou a brincar. Isto dói muito. Acho que vou...

Achas que vais quê, soldado? Agora o general já não falava, gritava, quase histérico, com rispidez. Achas que vais desmaiar? Achas que vais cair no chão como uma menina?

Acho que vou m-morrer...

Achas que vais morrer? Rapazes, ele acha que vai morrer. É muito sensível, este nosso marujo.

A gargalhada é geral, mas com um travo a falso, um riso já não tão convincente e brutal como há pouco.

O moral dos soldados está a ficar em baixo, pensa o general. Tenho de fazer alguma coisa. Sou o comandante. Tenho de fazer alguma coisa, senão a batalha está perdida.

Um machado, ordena, e estende a mão, e logo prontamente um sargento com uns grandes bigodes até ao queixo tira um machado das mãos de um soldado e entrega-lho.

Aqui está, meu general.

Sem dizer nada, uma regra da guerra é não dizer palavras desnecessárias, o general ergue o machado e abate-o sobre o braço direito do soldado, mesmo rente ao cotovelo. O soldado fica incrédulo a olhar para a sua mão caída no chão, em sangue, os dedos ainda tentando responder às ordens do cérebro, abrindo e fechando em espasmos desesperados.

Aaai!

Isto também dói?

Aaai! Dói! Dói muito!

Os soldados não dizem nada. O general não diz nada. De repente, não é mais do que um saco de ossos cansado, vazio, e sabe que os soldados também se encontram no mesmo estado. O pouco ânimo que podiam ter para enfrentar os bárbaros foi aniquilado por este filho da puta. Sim.

Filho da puta! Sortudo de merda! Egoísta, não passas de um egoísta!

M-mas... O soldado não compreende, segura com a mão boa a lâmina da espada que tem enterrada desde a barriga até às costas. Eu não fiz nada, eu só estou cheio de...

Dores, é? Estás cheio de dores? És um egoísta, só pensas em ti. O que achas que todos nós estamos a sentir, soldado? O que achas?

O velho general está fora de si. Roda o machado num movimento circular e decapita o sargento. A cabeça rola até aos pés do soldado, e a cabeça abre os olhos, e a boca do sargento cospe também, com raiva: O general tem razão, recruta de merda, és um egoísta, não mereces a sorte que tens, nós estamos aqui há...

O sargento talvez fosse a dizer séculos, mas não diz mais nada. De repente, os soldados começam a massacrar-se uns aos outros com gestos mecânicos, sem paixão, sem entusiasmo, sem medo. Olhos são arrancados, membros decepados, corpos separados ao meio, enquanto o nevoeiro se levanta, e o manto verde deixa ver alguns gamos saltarem junto à muralha de horror que faz fronteira com as hordas selvagens.

Mas não há selvagens do outro lado da paliçada. Nunca houve. Nunca houve selvagens. Estiveram o tempo todo à espera dos bárbaros mas não havia bárbaros. Nunca houve.

O general grita: Tu sentes! Porquê tu? Nós não sentimos nada, percebes? Nada! E tu sentes?!? És um egoísta, és um traidor, só pensas em ti! Sabes qual é a pena para os egoístas, soldado?

Não, responde, triste, desamparado, o soldado.

Nem isso sabes. E dizes tu que sentes dor? Como é que podes sentir dor, como é que podes ser tu precisamente a sentir dor, se não sabes nada de nada?

2

E foi assim que Samuel Espinosa morreu e eu nasci.

Talvez devesse mesmo a partir de agora contar a história na primeira pessoa, ou será que isso tira o interesse, centra demasiado em mim esta história que, graças aos céus, pode ser sobre tudo menos sobre mim? Bem, isso deixa de ser tão grave se nos lembrarmos que este livro nunca será publicado, ou mesmo simplesmente tornado público, nem sequer em fotocópias, reprogravuras, manuscrito *fac-simile*. Isto é mais uma conversa entre mim e o papel, um desabafo de homem com tempo a menos mas também com tempo a mais.

Que mal faz, então, se eu me armar um bocado em herói, se exagerar um bocado (ou mesmo mais do que um bocado) a minha importância no desenrolar dos acontecimentos? É como aquela do negociante de tabaco que queria importar charutos cubanos, verdadeiros Cohibas, para vender a juízes do Supremo Tribunal e advogados ricos. Como é que ele dizia mesmo? Ah, cá está: *Se não há vítimas, cadê o crime?* Pôncio Pilatos poderia ter dito o mesmo, três dias depois da Paixão, se fosse mais esperto: *Se não há corpo, cadê o crime?*

Eu limito-me a dizer, ciente dos meus limites: *Se não há leitor, onde está o mal?*

Onde está o mal de eu me espalhar um bocado, desde que anote os factos essenciais? Ultimamente tenho lido (que remédio) umas coisas sobre religião, e hoje já me sinto autorizado a dizer o que devia ser óbvio: os livros de ciência religiosa têm odor mais a aldrabice do que a santidade.

Calma, papel, eu não estou a dizer que *são* aldrabice. Estou apenas a dizer que *parecem*, que os autores usam tantas referências que não explicam bem, recitam lendas tão macambúzias que uma pessoa dá consigo a perguntar: será possível? Não estarão, simplesmente, a gozar connosco?

Tomemos, a título de exemplo, *Os Evangelhos Gnósticos*, de uma senhora chamada Elaine Pagels. Diz ela que um camponês com um crime na consciência encontrou "em Dezembro de 1945", numa gruta perto "de Nag Hammadi, no Jabal al-Tarif", uma jarra de barro "vermelha" contendo doze papiros cuja datação foi apurada (segundo métodos científicos tipo Carbono 14) como sendo "mais ou menos de 50-120 d.C." (*sic*).

O modo completamente romanesco como a dra. Pagels nos promete — sem depois nos dar — uma tradução decente e fiável dos manuscritos, deixando-nos apenas dependurados dos seus doutos comentários, já devia ser razão para desconfiar. Em compensação, a senhora é exacta em pormenores que não interessam nem ao diabo: que diferença faria, afinal, se a infeliz da jarra fosse encontrada em Junho de 1946, Abril de 1938 ou, como ela diz, em "Dezembro de 1945"? É o clássico truque do olhem para esta mão, não olhem para a outra, porque é informação que em nada abona a veracidade da descoberta. Para aferir o valor real dos objectos não importa a data em que são encontrados, apenas se têm o selo de origem que lhes é atribuído. E porquê *Dezembro*, "Dezembro de 1945", senão para dar um toque de exactidão *científica* à coisa? Já agora só faltava acrescentar a hora...

Admitamos que os manuscritos sejam credíveis (e longe de mim dizer que não são): isso é fácil de verificar, são *coisa palpável*, matéria concreta, existem ou não existem, e outras testemunhas os terão visto, nem que seja em microfilme. O mesmo já não é seguro com a narrativa da sua descoberta — o fotógrafo, que eu saiba, não estava lá quando o camponês os "encontrou". Ainda por cima o homem tem o mesmo nome que o maior campeão de boxe de todos os tempos, Muhamad Ali, e a esse eu ainda vi a mostrar a sua arte com estes que a terra há-de comer, e oh, se era uma arte verdadeira, "dançar como uma borboleta, ferrar como uma abelha". O mesmo com a jarra ser "vermelha" — vermelha, após tantos *séculos?* Não seria mais a dar para o ocre, filha, e um ocre bem deslavado? Acontece que por acaso eu hoje até conheço bem a zona de Jabal al-Tarif, e posso dizer que não tem nada as cento e cinquenta grutas de que a senhora fala. Não estou, note-se, a pôr em causa a sua palavra, longe de mim tal ousadia, apenas que, num historiador, nem sempre a erudição ajuda à clareza e credibilidade da leitura.

O que quero dizer eu com isto? Coisa pouca, quase nada: apenas que, se leitor houvesse para este meu escrito, estou ciente de que também ele teria dificuldade em acreditar no que tenho para contar. E não o censuraria por tal, tão-pouco o tentaria convencer da minha boa fé e/ou da verdade das minhas palavras. Para quê? Tarefa condenada à partida, esforço em vão, tempo perdido.

O que lhe diria eu, então, a esse leitor imaginário? Boa pergunta, papel, obrigado por a fazeres, boa pergunta. Eu bem sabia que por alguma razão te tinha escolhido para companheiro destes meus dias sempre iguais, talvez não assim tão longe dos derradeiros, já vi sinais — uma constipação num dia em que o ar estava seco, uma tontura súbita, um eczema numa parte do corpo que não ouso designar.

Seja como for, há já anos que a vida é para mim um comboio prestes a partir, apenas com um ligeiro atraso devido a um incidente no túnel, que o revisor diz estar quase resolvido, enquanto nos pede para apagar o charuto e, mesmo depois de lhe explicarmos que está apagado, só por hábito o mantemos preso à boca, o homem repetir, feito idiota: *Senhor, não é permitido fumar neste comboio...*

Sim, papel, bem sei, estico-me em demasia e perco o fio à meada. É simpático da tua parte recordares-mo, já que estás com a mão na massa. Ajuda então os meus olhos a subirem algumas linhas. Ah, obrigado: o que diria eu então ao leitor, se algum houvesse, deste *evangelho?*

Talvez apenas que pusesse a sua incredulidade de lado, por um momento, e seguisse o que tenho para dizer como um simples entretenimento. Como um romance de amor, ou policial, ou de ficção científica. Como um filme de aventuras. Isso. Como um filme de aventuras.

*

O que aconteceu durante os dias que se seguiram não é claro para mim. Como poderia ser? Eu estava morto! Sam Espinosa, medíocre detective com problemas de excesso de peso estava morto e bem morto. Sem pulsações, sem respiração, olhos vítreos, sinistrado pelo veneno da mamba. O que levou a natureza a dotar o mais indefeso dos animais de uma tão eficaz arma pode dar bom motivo para especulação. Não é difícil imaginar os doutores da ciência e os doutores da filosofia discutindo animadamente numa qualquer ágora:

Caro colega, a cobra não é o mais indefeso dos animais, antes pelo contrário, é o mais perfeito. Veja Adão e Eva, no Paraíso. Por que motivo foi uma serpente a tentá-los, hein?

Direi mesmo mais. A serpente é o mais perfeito dos seres. Uma boca, um corpo liso, uma deslocação sinuosa e elegante, capaz de, em curtos momentos, uma notável velocidade explosiva...

Com franqueza... Como é possível considerar que a ausência de membros seja um estádio superior de evolução?

Deixe-me responder à sua pergunta com uma pergunta...

Isso é tipicamente vosso.

Não, mas deixe-me... Diga-me só, o infinito em muitas culturas é representado como?

Jogos retóricos.

Pelo anel de uma serpente, eis como.

O anel de uma?...

... serpente, sim.

Quer convencer-nos de que o infinito é uma pescadinha de rabo-na-boca?

Por que não? Afinal, a serpente é o único animal que, em astúcia, venceu o homem no seu próprio terreno.

Está a referir-se ao paraíso? Não se esqueça de que, nessa altura, Adão e Eva eram inocentes... O mérito de ter enganado tão néscias personagens receio que seja bem esparso.

Ninguém pode ser penalizado pelos defeitos alheios. Se eram ignorantes, a culpa era deles, não da serpente...

Senhores, senhores, estamos a tentar ter uma discussão científica. Se começamos a confundir mitos com realidade...

Os mitos são realidade, doutor. E lembro-lhe que a Antropologia é uma ciência autónoma reconhecida mundialmente desde há mais de um século. O mesmo vale para a Mitosofia...

Palavras, palavras... A ciência consegue hoje descodificar o genoma humano e vocês ainda estão, passados tantos milénios, à volta com as palavras?

E a capacidade de digerir? Espantosa, não? A capacidade de digerir animais cinco a dez vezes maiores do que ela própria...

Não me vai dizer que uma serpente é capaz de devorar uma baleia, espero.

Uma baleia? Ora aí está outro animal de proporções míticas.

Ou bíblicas...

É apenas uma hipótese, mas... E se Jonas, em vez de dentro de uma baleia, tivesse estado dentro de uma cobra?

Isso levanta questões interessantes.

Uma grande jibóia, o tempo fora do tempo.

Uma casa fora do mundo...

Ou seja, o infinito.

Rico diálogo, não? Pessoalmente, devo dizer que me sinto inclinado a concordar com o cientista-verdadeiramente-científico: palavras, palavras.

*

Sim, foi assim que Samuel Espinosa morreu — mordido por uma cobra, sábia ou não, seja como for bem apetrechada de veneno — e eu nasci. Sim, tão simples quanto isso. Oh, posso ser mais complicado, muito mais complicado. Esta frase é, no entanto, a mais prosaica que me é possível: morreu a pessoa que Sam Espinosa era e, no seu lugar, nasci eu, que também me chamo Sam Espinosa — ou chamei, durante alguns tempos. Agora tenho outro nome, mas isso não vem ao caso. Não para já, pelo menos.

3

Olá, Sssam, não tenhasss medo, é apenasss um sssonho. Sssim, essstásss a reconhessser-me, não essstásss? Sssou a Sssenhora da ssserpente que te mordeu, sssou a mãe de todasss asss mambasss.

Ssse ela não te tivessse mordido não essstaríamosss agora aqui a conversssar. Essstásss a ver como há sssempre um lado bom dasss coisssas?

Essscuta, não te tomo muito tempo, já voltasss a adormessser, quero apenasss algunsss sssegundosss do teu tempo. Não é pedir muito, poisss não, Sssam? Meu pobre Sssam, que tem uma misssão tão ingrata que nem lhe dissseram qual é...

E pobre de mim também, Sssam. Eu sssinto que devo contar a minha hissstória, essstou farta de ouvir outros contarem a sssua versssão e eu é que fico sssempre mal.

Penssas com o sssexo, não com a cabesssa, dizzzem, não é o que dizzzem, quando um homem é muito impetuossso? E que parte do teu corpo ssse paressse com uma ssserpente, ssse paressse comigo? Já pensssasssste nissso, Sssam? Quando eles disssem árvore do conhesssimento, essstarão messsmo a referir-ssse ao conhesssimento esssspiritual? A esssa coisssa chamada pedra filosssofal, sssegredo da vida?

Ou ssserá que essstão, maisss prosssaicos, a falar do conhesssimento carnal? Não queresss ler melhor, ao menosss tu, Sssam, nasss entrelinhasss: e a ssserpente tentou Eva? E Adão comeu a masssããã? E ambosss comeram da Árvore do Conhesssimento?

E Deusss expulsssou-osss? Como um Ssser Sssuperior? Ou como um marido enganado que sssurpreeendeu a mulher na cama com um essscravo? Sssexxxo, Sssam, tu sssabesss, tudo não passsou de uma messsquinha hissstória de sssexxxo. O cromosssoma Y e o cromosssoma X a porem osss corninhosss ao passstor que andava a comer a ovelha. Pensssa nissso, Sssam. Um dia hásss-de pensssar nissso...

Podesss voltar a dormir, Sssam. Sssó queria desssabafar um bocadinho, sssabesss, àsss vesssesss sssinto-me tão injussstisssada...

MOATIZE

O pensamento é uma consciência do corpo.
Bento Espinosa

4

Uma mulher em contraluz, é bela, sei que é bela (se em contraluz ou em claro-escuro, não sei, também não importa), ela sorri, sei que sorri, morro de sede, ela tem uma malga de barro tosco na mão, dá-me de beber, apenas umas gotas, que mais não posso, tenho os lábios gretados, a água escorre-me pela língua e queima-me a glote, é terrível, quero beber, morro se não beber, não posso beber, *morro se não beber, não posso beber*. Ela sorri sempre, pressinto (mais do que vejo) os seus lábios — são cheios, húmidos, cheios de vida, e os meus, pobre de mim, finos e desidratados, despojados de tudo. Quero beijá-la mas não tenho com quê, nem teria forças para a beijar. Quero beijá-la. Não tenho com quê. Não tenho forças. O meu corpo é trespassado por lanças, alguém me lanceta uma veia, alguém me amputa o braço. Não, não é assim tão grave, apenas põem algo (algo que pica) no meu braço. Uma agulha, um tubo ligado a um saco de plástico com um líquido qualquer, talvez seja soro, talvez seja para o meu bem, não sei se é soro, não sei se é para o meu bem, só sei que arde. Arde como se me arrancassem o braço, quero beijá-la, pergunto-me onde está Chiara, chego a perguntar-me, no meu delírio, se ela é Chiara, mas sei que não é Chiara. A esta mulher vejo-a sempre em contraluz, como se houvesse neblina, uma neblina permanente dentro e fora de mim, estou num quarto, ou talvez numa tenda, não sei quando estou de olhos abertos ou de olhos fechados, é tudo muito confuso, às vezes não há luz nenhuma e outras há luz de mais.

Não sei como se chama a minha protectora de lábios cheios, sei apenas que é bonita e que a quero beijar. Já não é mau saber essas duas coisas, há quem ande pelo mundo sabendo muito menos do que isso, e sabendo coisas muito menos importantes do que estas. Quero — beijá-la. Amo-a antes mesmo de a ter visto, será possível? Quero beijá-la, tanto, tanto, tanto que me dói o corpo todo, claro que é possível amá-la sem nunca a ter visto, se não fosse possível como estaria eu agora a sentir o que sinto? Ela é o meu anjo protector. E os anjos existem, eu sei. E os anjos parecem-se com ela, eu sei. E sei também que os anjos têm sexo, porque ela tem. E cheiro, porque ela tem. É estranho, já sei tanto sobre ela, já a desejo tanto, e... ainda nem sei o seu nome. Não é grave, um nome é coisa pouca, pelo menos às vezes, e neste caso eu sei que vou gostar do seu nome, porque é o seu nome. Mesmo que se chamasse Amnistésia eu gostaria do nome, mesmo que se chamasse Hediondogarda eu gostaria do nome, e do cheiro do nome, porque seria o seu nome.

Nem sempre é ela que vem ter comigo. Compreendo, tem mais que fazer. Os anjos têm sempre muito que fazer, por isso são anjos. Mesmo que quisesse, ela não se pode dedicar só a mim. É como se estivéssemos num templo, e ela fosse a suma-sacerdotisa, as outras apenas vestais, competentes, mas vestais. Só que não é bem um templo, é mais um acampamento, talvez um hospital, só que um hospital ambulante, com poucas condições, algumas tendas de campanha, algumas palhotas, alguns casebres de tijolo, cimento marado, chapas de zinco por tecto, um pano velho a fazer de porta, ou nem isso. Eu compreendo. Aos poucos vou compreendendo, vou lendo, à minha maneira vou lendo o acampamento. Tem algo de militar, no centro fica uma pequena capela, caiada, com uma pequena arrecadação nas traseiras, uma misteriosa arca de madeira — uma das poucas coisas aqui que está fechada a cadeado.

A capela é um espaço simples mas que dá confiança às pessoas, não é tanto pelo lado religioso, aqui não há muita religião, há algumas freiras que mal se distinguem das outras enfermeiras e não há tempo, com as crianças todas, não há tempo para muita religião, é mais pela serenidade e confiança que aquela pequena construção inspira, é um espaço que é de todos e não é de ninguém, e é em seu redor que se define, com uma estranha harmonia, uma harmonia caótica, o perímetro desta pequena comunidade de excluídos da fortuna, este baldio hostil transformado, num passe de mágica, em santuário.

Há mesmo muitas crianças. Centenas. Todos os dias há menos, porque algumas se perdem, todos os dias há mais, porque logo outras chegam. Todos os dias há festa, todos os dias há luto, todos os dias alguém chora junto a pequenos caixões, e ela está sempre lá, sempre presente, aparece sempre nalgum momento e nem sempre fala, a bem dizer quase nunca fala, porque as palavras estão gastas, mas todos sentem o bom que é a sua presença, e ela sorri porque sabe que é preciso sorrir, mesmo quando morrem crianças é preciso sorrir, e todos agradecem, também em silêncio, a sua presença, o seu sorriso, porque as palavras de gratidão também estão gastas, todos agradecem, em silêncio, a sua presença.

Sei isto tudo antes até de o saber. Mesmo sem as ter ainda visto, a algazarra infernal que fazem de manhã à noite informa-me da omnipresença, neste lugar tão e tão pouco sagrado, das crianças. Uma bola quase derruba o meu tubo de soro e uns olhos demasiado grandes para um rosto miúdo, chupado, riem para mim e esperam que eu devolva a bola. E eu devolvo, apetece-me rabujar, mas a minha garganta não deixa, ainda é cedo para começar a articular sons e, de qualquer modo, é pelo menos a sensação que aqui tenho, as palavras estão gastas.

Ao boer e ao outro, não me lembro agora do nome, não estou preocupado, há-de voltar, também já os vi, vieram visitar-me um par de vezes. Aos poucos vou percebendo o que se passa, vou percebendo as coisas. Ah, Cassamo. É o nome do outro, Cassamo. Estás a ver, papel? A memória volta-me aos poucos. É bom, acho.

Ela? É forte, apesar de magra, os olhos são quase como os das crianças, demasiado grandes para o rosto, ela consegue segurar-me na cabeça, amparar-me, como a uma criança, uma das muitas crianças que saltitam pelo acampamento, cabritos endemoninhados, uns perfeitos diabretes; nem todos os miúdos saltitam, é certo, alguns não têm já forças para saltitar, e ficam quietos, muito quietos, numa espécie de sofrimento animal e paciente, deitados, a cabeça de lado, à espera de algo que provavelmente não vem. As mães, os pais, poderiam talvez aconchegá-los, tomar conta deles, só que os pais quase todos já morreram, as mães quase todas já morreram, estas crianças não têm nada à espera, não os pais, não uma família, nem sequer um país, que tenham algo para lhes dar.

Ela encosta a minha cabeça ao seu peito, encosta-me a ela (tão bom, tão bom, tão bom) e dá-me de beber. A garganta dói-me menos, estou mais forte, ainda fraco, ainda não tão forte como ela, mas mais forte. Por enquanto ainda é ela que é forte e eu fraco. Talvez isso mude. O tempo muda as coisas. E há tempo. É estranho, sinto-me diferente, ainda estou doente mas sinto-me mais forte, é mesmo estranho. E, sobretudo, sinto que há tempo. É estranho. Não é contudo uma sensação desagradável, antes pelo contrário.

*

Hoje tentei falar. A garganta doeu-me tanto que não me saiu nenhum som. Fiquei sem vontade de falar.

*

Um miúdo de uns cinco anos, não mais, cabeça demasiado grande para o corpo, escondido debaixo de uma camisola rota, olha muito para mim — provavelmente vem buscar outra bola, apesar das admoestações, apesar dos avisos, é o que penso logo, voltaram a atirar uma bola para dentro da tenda. Nunca ganham juízo, *apre*. Mas não, o miúdo está só curioso. E com inveja, talvez, porque eu vou ficar bom e ele não, bem feita, bem feita. Quase lhe mostro a língua, felizmente não posso, ainda me dói a garganta.

E não é inveja o que ele tem, apenas curiosidade. Curiosidade de ver o senhor que está na cama da senhora médica-mãe.

Porque, é verdade, eu estou na cama dela. Enfim, não bem na cama dela, estou na tenda dela, pelo menos. Já é bastante. Aposto que todos os miúdos do acampamento gostariam de passar as noites na cama dela, com ela a dar-lhes colo, a contar-lhes histórias para adormecer: do grande guerreiro que enfrentou o Medo e o venceu com a sua lança mágica; do leão que não conseguia tirar um espinho da pata e pediu ajuda a um menino e em troca o ensinou a rugir às doenças, a afastá-las como a leoa faz às hienas; do santo homem que se deixou pregar numa cruz para nos salvar dos nossos pecados. Não, esta última história ela não contaria, era demasiado cruel, sanguinolenta — e, de resto, o que sabiam aqueles miúdos, órfãos de guerras e horrores vários, dessa coisa de adultos chamada pecado humano?

Olho de novo, o miúdo desapareceu. Talvez o tenha sonhado, penso. No entanto, acho que não.

5

— Bem vindo ao mundo dos vivos, Lázaro. — A voz de Van Nuydem era como ele, de fazer inveja a um Pavarotti depois de irremediavelmente envelhecido.

Notava-o pela primeira vez. Era também a primeira vez que havia uma razão para eu o notar. Uma pessoa só dá mesmo valor a uma coisa quando sente falta dela. Decidi arriscar nova lesão nas minhas cordas vocais:

— Quan... Quanto tempo estive?...

Van Nuydem olhou para Cassamo com o que identifiquei como constrangimento, o que me alarmou. Há muitos anos tinha visto um filme em que um indivíduo, acho que era o Christopher Walken, acordava de um coma profundo, ao fim de... seis, sete anos? Essa recordação fez-me perguntar, com mais urgência:

— Digam-me, quanto tempo estive?...

— Uma semana — mentiu Van Nuydem. O azar dele foi que apesar do tamanho, das barbas, do chapéu à *cowboy afrikaner*, corou como uma menina inglesa apanhada a baixar as calças a um *Action Man*. Isso pôs-me meditabundo: e se os boers não passassem, no fundo, no seu mais recôndito íntimo, de meninas inglesas apanhadas a baixar as calças de um *Action Man*?

— Uma semana — murmurei, ou melhor, rouquejei. — Tem a certeza, Greg?

— Pronto — corrigiu Cassamo. — Três semanas.

— Três? Tem a certeza, Cassamo?

Não pude deixar de apreciar a ironia, mal acordava de um estado de quase coma, de um longo letargo, e já estava a interrogar gente... Os defeitos profissionais levavam mesmo tempo a morrer, como naquela anedota do polícia que teve um ataque de coração, foi para o céu e, mal lhe apresentaram Deus, apenas perguntou: Nome? Idade? Profissão? E Deus respondeu: Eu? Eu sou Deus. Sou eterno. Criei o mundo. E o polícia, sem se deixar impressionar, pôs-Lhe as algemas e começou a debitar: Senhor, sois o principal suspeito da minha morte, tendes pois o direito a permanecer em silêncio, o direito a um advogado, se não puderdes pagar um...

— Palavra de escuteiro, buana — assegurou Cassamo, erguendo a mão esquerda, e poisando a outra no peito. — Eu jurar que ser só três semanas, sahib.

Aqui percebi que ele estava a mangar comigo, mas numa boa onda, e acreditei enfim que talvez ele, não o paspalho do Van Nuydem, estivesse a falar verdade. Três semanas.

E três semanas eram. Para quem já estava na expectativa de ter perdido sete anos da sua vida (uma pessoa devia evitar ver filmes daqueles, eram indigestos quando acordávamos do nosso próprio coma), três semanas até nem eram tanto como isso.

As minhas pernas tinham sido reduzidas a dois tacos de beisebol (dos mais finos), era espantoso como vinte e tal dias de imobilidade eram suficientes para nos modificarem os membros. Perdera músculo nos braços e nas pernas, o meu estômago estava menos flácido do que de costume, perdera peso — quinze quilos, talvez mais. E, se tivesse esperto na cabeça, não os iria tentar recuperar, havia perdas que eram ganhos e esta era uma delas. Poderia até fazer fortuna: mordidela de cobra, veneno de mamba, é entrar, é entrar, venham ver a nova e miraculosa forma de reduzir peso, diga adeus às dietas que lhe provocam fome e o fazem sentir desconfortável, é entrar, é entrar, resultados garantidos e Satisfação Imediata ou o seu dinheiro de volta.

Cassamo ajudou-me a levantar, fez um sinal a Van Nuydem, e este amparou-me do outro lado. Assim, com os dois a fazerem de canadianas, saí pela primeira vez da tenda para a luz do dia. E o *hospital* era tal e qual eu imaginara: um baldio de terra batida, cabanas pobres ladeando tendas de campanha gastas, como se a lona tivesse servido em batalhas antigas, dois séculos antes, em partes distantes do globo, como a Crimeia ou Insandlwana (e de onde raio saía isto?), lixo acumulado ao lado de bidons de óleo, um camião-cisterna com uma torneira de água atrás da qual adultos e crianças faziam fila segurando garrafões de plástico, alguidares de barro, ou uma simples lata de ervilhas reciclada em caneca para beber água, chá, café ou chocolate. Duas balizas improvisadas a partir de pedregulhos e panos sujos delimitavam a região demarcada onde três dezenas de avançados de centro batalhavam em prol da Coisa Mais Importante do Mundo: um golo.

— Que tal se sente, Sam?

— Havia uma mulher — disse eu. — Não havia?

Cassamo piscou o olho a Van Nuydem.

— Acho que ele está melhor. Não achas, Greg?

— Muito melhor — concordou Van Nuydem.

— Importam-se de me... responder? — resmunguei. E foram, por aquela tarde, as minhas últimas palavras, pois desfaleci no momento seguinte.

Ainda estás fraco, Sam, disse Cassamo. (Ou sonhei que disse?) *Espera mais um tempo antes de começares a correr atrás delas.*

6

Continuei a ter sonhos estranhos, ao menos agora sabia que eram sonhos. Ou (para todos os efeitos práticos ia a dar no mesmo) achava que eram sonhos.

Isso aliviava-me, perceber, mesmo em sonhos, o que era realidade e o que não era realidade. Pode não parecer grande coisa, mas para mim era essencial. Enfim, como sempre, um pequeno passo para a humanidade, um grande passo para o bom do Sam. Qual o interesse de descobrir a cura para o cancro quando era um desafio muito maior descobrir a pólvora?

Ela, no entanto, era real. Ela, eu sabia, mesmo que nada mais soubesse, mesmo que me esquecesse do meu nome, da minha morada, da minha missão, era bem real. O meu anjo privativo. Eu podia estar tão a milhas de encontrar o meu Ilustre Desconhecido como quando começara a investigação, mas fizera uma grande descoberta: *tinha anjo mêmo!* Os anjos existiam e eram parecidos com ela.

Um homem que acreditava em anjos era já um homem alterado, eu não era tão estúpido que não percebesse isso. Era um homem que estava a meio caminho de acreditar em tudo, a começar pelo impossível, e um homem assim era um homem que se arriscava a perder a cabeça, a razão, a noção das coisas, enfim, um homem em vias de deixar de ser — para quê ter medo das palavras, sobretudo se o seu poder estava gasto? — homem. Mas tudo bem. Eu nada podia fazer, os dados estavam lançados, os dedos estavam lancetados e já não importava se o tinham sido por mim ou por outrem, o certo é que estava para lá do meu controle quais os números que iriam sair voltados para cima quando os dados (ou os dedos) parassem de rolar.

Insensato? Talvez. Contudo, aceitar a realidade, mesmo quando ela era absurda, não podia ser assim tão insensato, pois não? No Vietname os veteranos pintavam-se, faziam tatuagens, furavam os sobrolhos com argolas, enfiavam ao pescoço colares de orelhas ressequidas, e isso não era tão louco assim, aquilo era uma loucura, aquilo era o inferno, e eles seguiam, por instinto, o princípio do que em Roma sê romano: em vez de combaterem a loucura tornavam-se na loucura, em vez de combaterem o horror, surfavam o horror...

E eu, ninguém me pergunte porquê senão eu grito, estava quase pronto para surfar uma realidade onde os homens pudessem ressuscitar do reino dos mortos, anjos organizassem uma comunidade hospitalar onde, anos antes, apenas havia casebres miseráveis e lixo amontoado em piras sacrificiais. E órfãos contaminados, com a vida cronometrada, jogassem à bola como se tivessem todo o tempo do mundo e ganhassem milhões só a fazerem publicidade à *Nike™, à Coca-Cola™* e a televisores de ecrã espalmado para decorar a parede de um apartamento de luxo.

Sim, papel, eu acabara de descobrir que os anjos existiam e, sabes que mais?, não eram bebés rechonchudos, pálidos e rosados, de caracóis louros — não o meu anjo, pelo menos. O meu anjo era uma mulher bonita, não muito alta, o rosto estreito, as maçãs do rosto coladas aos olhos, e estes faziam um curioso contraponto com a boca: quando ela chorava, eles riam, quando ela ria, eles choravam. O meu anjo vestia calças largas que lhe ficavam acima dos tornozelos, calçava sapatilhas sujas mas práticas, trazia uma camisa apenas com um botão entreaberto junto ao pescoço com algumas estrias, mais da deficiente alimentação, decerto, do que da idade. O cabelo cortado curto, ao contrário do de Chiara, que estava sempre a ter de desviá-lo dos olhos. Era isso que o meu anjo era: uma mulher que não fazia gestos supérfluos, que guardava as energias para aquilo que merecia um investimento de energias, uma mulher que não desviava o cabelo dos olhos porque se interessava mais em ver do que em ser vista.

7

Não quero ser baptizado! Por que motivo tenho de ser baptizado?

(Ainda por cima, a água tinha um péssimo aspecto.)

É para o teu bem, Sam.

Mas eu não sou cristão. Não quero ser baptizado. Não quero.

Ou isto ou um clister, Sam. Tu escolhes...

Pronto, venha de lá a pia baptismal.

Está mesmo à tua frente.

Aqui? Mas é enorme. E está tão escuro.

Tem de ser, Sam. É aqui.

Não quero mergulhar aqui.

Porquê? Tens medo?

Claro que tenho. Pode haver tubarões.

E não era que havia mesmo? Dezenas deles, à volta do poço. As barbatanas dorsais faziam um carrossel de triângulos negros, e era um carrossel monocórdico, como se o dono se tivesse esquecido de comprar girafas, leões, zebras, camelos de madeira onde as crianças pudessem sentar-se e gritar de excitação, só pelo prazer de fingirem medo, a mais deliciosa das emoções — caso se soubesse que não havia qualquer razão para sentir medo.

Não há nada tubarões.

Há, sim. Eu estou a vê-los.

Olha melhor. Vais ver que não há tubarões.

E não era que não havia mesmo? As barbatanas que rasgavam a superfície ergueram-se todas, em uníssono, e revelaram o que na verdade eram: apenas os miúdos do acampamento, todos divertidos, todos combinados, a pregarem-me uma partida das antigas: tinham feito chapéus em bico com cartão velho, tinham cortado pedaços da própria pele que colaram por cima do cartão para os chapéus ficarem barbatanas negras rasando ameaçadoras a superfície, e andavam assim debaixo de água, mal contendo os risos e a respiração, a meterem-me um susto de morte.

Ó meus malandros. Pregaram-ma mesmo bela. E eu caí. Ó meus malandros.

Deixa-os estar. São crianças. Têm de brincar.

Às minhas custas?

Às tuas ou às minhas. Brincar é a profissão deles, sabes isso, não sabes?

Sei...

Quase estive para acrescentar: Sim, brincar é a profissão deles, e qualquer dia vão ficar desempregados. Felizmente, contive-me a tempo. Às vezes saem-me bojardas feias, como da última vez que estive com a Cindy, ela convidou-me para tomar um café e eu disse que não, tinha um encontro. Não uma reunião, um "encontro". E fui ainda mais explícito, pisquei-lhe, alarve, o olho, e cuspi: sabes como é, ao contrário de voceses, nós à medida que envelhecemos vamos tendo mais sorte ao jogo...

Não foi de facto uma coisa linda de dizer, Sam.

Pois não, não foi. Mas agora está dita, não está?

Isso foi há quantos anos, quando encontraste a Cindy?

Vai para oito anos. Faz, salvo erro, oito anos no próximo dia 27 de Julho.

Ao menos lembras-te da data, Sam. Ainda gostas dela?

Não, que ideia. Agora gosto é de ti. A Cindy... A Cindy, tivemos azar. E eu ao menos podia ter sido simpático para com ela, mas fui estúpido.

Sabes por que foste estúpido?

Suponho que, cá dentro, ainda ficou um pedaço de ressentimento. Um pedaço não muito grande, mas...

O suficiente para lhe lançares veneno.

Sim.

Estás a ver? Não são só as mambas que cospem veneno, Sam.

Eu sei.

E qual era a bojarda que ias a dizer mas não disseste?

Oh, isso. Era mesmo estúpida, ainda bem que...

Diz-ma, Sam.

Não quero.

Diz-me, Sam. Não faz mal. Eu sei que tu sabes que é estúpida, por isso não faz mal dizê-la. Pode até ter alguma graça. Tu sabes o quão precisados estamos de rir, aqui em Moçambique, não sabes?

Sim...

Então diz. Baixinho, para só eu ouvir.

Bem... Tu disseste que brincarmos era o dono dele.

Não exactamente, Sam. Eu disse que brincar é a profissão deles.

Certo. O que eu ia a dizer, então...

Sim?

Era que qualquer dia eles estão desempregados.

Ah? Ha. Ha ha! Hahaha! Tens razão, Sam. É mesmo estúpida. Ainda bem que não a disseste, não tem mesmo piada nenhuma.

Ha! Ha!

8

— Ah, o nosso paciente está de pé. Dorme muito, mas faz bem dormir muito.

— E é você que diz isso? — Van Nuydem parecia zangado com ela, e tinha razões para isso. Ela estava exausta, via-se sobretudo no seu sorriso, lembrando um pouco o de uma mulher que tivesse acabado de dar à luz, o sorriso dolorido de quem acabara de ter o corpo rasgado por dores insuportáveis, mas que estava feliz porque tinha sido por uma boa causa. O que eu via não devia ser muito diferente do que Van Nuydem via: uma mulher com uma beleza cansada, talvez com uns quarenta e cinco anos, e que não parava quieta.

— Greg tem razão — anuiu Cassamo. — Quantas horas dorme por dia, Graça?

Graça? Graça, então. Um bom nome, adequado, embora eu soubesse por experiência própria que a pessoa é que fazia o nome e não o nome à pessoa. Ela, no entanto, usava o nome com a mesma agilidade contida, enfim, com a mesma *graça* com que fazia qualquer gesto, com que diariamente providenciava milagres e aceitava, também quase sorrindo, as derrotas. Felizmente, as derrotas eram pequenas: noventa centímetros, um metro e trinta, aproximadamente, e eram derrotas muitas delas apenas com cinco anos de idade, nove, dez. Pequenas derrotas, com efeito. Negras derrotas. Nada de muito importante, portanto.

Havia brancos em Moçambique, portugueses que tinham decidido deixar de ser colonos para serem cidadãos na *Nação Nova*, mas geralmente eram prósperos, sábios e apartados o suficiente para se protegerem da contaminação. Não eram como aquelas raparigas no corredor do Tete, pelo qual passavam clientes com dinheiro-algum e urgências-muitas para saciar: os também pobres mas relativamente ricos camionistas que levavam e traziam *mercadorias* entre o Zimbabué e a África do Sul. Essas eram mães de quinze anos que tinham de escolher entre a espada e a parede.

Espada: a morte, a médio prazo, por assimilação do vírus da Síndroma de Imunodeficiência Adquirida.

Parede: a morte, imediata, dos filhos, por entrarem em contacto com um vírus ainda pior, o da fome.

Sim, todos os dias Graça tinha pequenas derrotas. Ela conduzia o velho camião, ia à cidade negociar mantimentos, comprava sabe-se lá com que dinheiro os medicamentos possíveis, regressava ao acampamento, descansava dez minutos, fazia a ronda dos casos mais urgentes, regulava os conflitos, que os havia, e os mais graves não eram entre os miúdos mas entre as "irmãs", as enfermeiras voluntárias que viviam no acampamento, umas eram religiosas, outras apenas faziam o que achavam certo, mas a exaustão e um quotidiano em circuito fechado provocavam susceptibilidades, ninguém dissesse que era fácil viver num perímetro que, a um só tempo, era infantário e morgue, hospital e baldio, santuário de esperança e barca do desespero.

Havia ainda os bandidos armados. Eu tinha ouvido falar deles já noutro lado, não me lembrava onde. Se calhar era só a expressão: bandidos + armados. Ou então, eram uma indústria tão transnacional como os Médicos Sem Fronteiras, que raramente subiam aqui acima, estes não por má vontade, apenas por falta de pessoal, sobretudo quando se estimava que todos os dias houvesse mais de sessenta novas contaminações. De qualquer modo, eles sabiam que a "doutora Graça" estava a fazer um bom trabalho, tão bom ou melhor do que eles seriam capazes; sabiam até que ela, dada a escassez de medicamentos, fazia milagres. Só não sabiam quão certos estavam.

O tratamento de um doente custaria 350 dólares anuais quando o rendimento *per capita* era de 200 dólares/ano. Os Médicos Sem Fronteiras eram os únicos que tratavam Graça por doutora. As crianças chamavam-lhe, com ternura, "doutora-mãe"; o pessoal voluntário, com devoção, Graça; os pais que ainda fossem vivos, com reverência, "sinhôra-tôra"; os inimigos, com ódio, *bruxa*.

— Ela só dorme quatro horas, Sam. Não é vida que se faça.

— E eu em contrapartida durmo demasiado...

— Sabe o que era uma boa ideia, Sam? — Van Nuydem limpou o suor da testa com a aba do chapéu. Não tinha suor nenhum, reparei, foi mais um gesto nervoso. — Era você dar um pouco do seu sono a Graça.

— Quem diria, o nosso Greg a fazer de alcoviteira — riu ela.

Na testa de Van Nuydem surgiram, agora, sim, duas gotas de suor:

— Não é isso que estou a dizer!

— Não, Greg? — troçou Cassamo. — Bolas, só faltou dizeres que se vê logo que foram feitos um para o outro. Meu Deus, o que seria de nós em África sem a subtileza branca?

Van Nuydem fitou-os a ambos, furioso:

— Também, vocês levam tudo para o mal. Não se pode falar com gente assim!

E teria saído porta fora, se houvesse porta. Como não havia, ficou para ali, enorme, desamparado, fechado a cadeado dentro do seu amuo.

Graça agarrou-se ao braço de Van Nuydem e deu-lhe um beijo na barba:

— És um querido, Greg. — E, para mim: — O Greg acha que eu devia arranjar alguém para me aquecer as noites. Esquece-se de que já não tenho idade para essas coisas. Nem tempo.

— Não diga isso — tartamudeei. — A Graça é mais nova do que eu...

Ela olhou para mim, bem disposta, via-se que estava mesmo cansada, deveria ter-se já deitado, ou então, se ficasse a pé, fazer algo de mais útil do que conversa mole connosco.

E daí talvez não. Às vezes, nada como a conversa mole para recarregar as baterias.

— Sou? Acha mesmo, Sam?

Coquete. Coquete! Uma mulher espantosa, de facto. Além de fazer milagres, ainda conseguia ser coquete.

9

Está a dormir, Sam?

Não. Estava a pensar.

A pensar em quê?

Em como sobrevivi. Fui mordido por uma mamba. Estive a informar-me. Se uma pessoa não receber o antídoto no espaço de uma hora, morre.

Sim, Sam.

E eu salvei-me.

É isso que o preocupa, Sam?

Sim. Enfim, não. Estou contente por me terem salvo. E tanto quanto sei, foi a Graça que me salvou. Mas não percebo como...

Isso é assim tão importante?

Bem...

Estou tão cansada, Sam. Aquilo que disse há bocado era mesmo a sério?

O que é que eu disse?

Que não me achava velha...

Eu... A Graça é bonita. A Graça é...

Chiu, Sam. Abraça-me, sim? Estou tão cansada...

10

Eu sei que é uma pergunta estúpida, mas...

Não há perguntas estúpidas, Sam. Tu és um detective, sabes isso.

Não há perguntas estúpidas?

Não. As respostas é que já variam. Dispara.

O quê?

Qual é a pergunta, Sam?

Tens irmãs?

De facto, é cá uma pergunta...

Não faças pouco de mim.

Nunca farei pouco de ti, Sam. Só tu podes fazer pouco de ti. Posso gozar contigo às vezes, mas é diferente.

É isso que dizes às crianças contaminadas?

E às mães das crianças, se necessário.

És muito bondosa.

É a verdade. Não há nada de especialmente bom em dizer a verdade.

E se a verdade fosse o contrário, dizias?

Hmm... Provavelmente não. Beija-me. Sim, aí. É bom.

*

— Tens irmãs, Graça?

— Tenho irmãs e irmãos. Por que perguntas, Sam?

— Lembras-me uma pessoa que conheci em Roma...

— Em Roma?

— Digo, em Adis Abeba. E, depois, em Roma.

— Hmm... Homem viajado.

— Uma mulher...

— Hmm... Homem vivido.

Quase me engasguei:

— Graça, não quero que penses...

— Lembro-te uma pessoa.

— Sim, mas era diferente de ti.

— Diferente? Diferente, como?

— De certo modo, era o teu oposto.

— Ah. Era branca.

— Não, não é isso... Era mais fria.

— Mais fria?

— Menos bondosa. Menos inteligente.

— Gosto do menos inteligente. E também gosto do mais fria.

— Nao faças pouco.

— Não estou a fazer pouco, estou a fazer muito. Achas que há assim tantas pessoas que associem bondade a inteligência? Se soubesses quantos acham que o que fazemos aqui é uma estupidez...

— Uma estupidez? Tomar conta destas crianças?

— Ou uma infâmia. Há quem pense que, se estão assim, é porque pecaram. E que este é o castigo merecido.

— Merecido porquê?

— Promiscuidade. Pecado. Quando uma pessoa peca deve redimir-se.

— Estes miúdos que tu aqui tens não têm de se redimir de nada.

— Pagam os pecados dos pais.

*

Vou contar-te um segredo. Eu já sabia dessa rapariga. Como é que se chama?

Chiara.

Chiara. O meu irmão tinha-me contado tudo. Do teu sonho com ela...

Do meu sonho?

Ou encontro, como quiseres.

Não compreendo.

Tu conheceste o meu irmão. Ele vai pouco a Adis Abeba mas, quando vai, tem sempre encontros interessantes.

Teu irmão? O Musa?

Sim, o Musa. Ele tinha-me falado de ti.

Mal, aposto.

Não, pelo contrário. Gostou de ti.

Gostou?

Gostou. E olha que ele é de poucos elogios.

E o que disse?

Disse que... Ah, já me lembro. Disse que tu eras menos bruto do que julgavas.

Isso é um elogio?

Na boca dele, é.

E na tua?

Não tem mérito, Sam. Eu sei que não és bruto.

Não sou?

Não. És meigo.

Nunca ninguém me tinha dito isso.

Pois já era altura de alguém to dizer. Beija-me.

11

A toalha que, enrolada, fazia a vez de travesseiro estava completamente encharcada. Graça não estava ao meu lado. Depois, ouvi a voz dela, lá fora. Falavam baixo mas era ela:

— Eles andam perto.

— Vêm por causa dele?...

— Talvez sim, talvez não. Há muitas razões para virem.

— Sim. Tens razão, Cassamo. Mas já não vinham há muito tempo...

— Se calhar estão com saudades.

— Achas que sabem que ele está aqui?

— Graça, nós temos os nossos informadores. Temos de partir do princípio que eles têm os deles...

— Tens razão, Cassamo. Tens sempre razão.

— Preferia não ter, neste caso.

— Convinha sabermos quando chegam. Para podermos recebê-los adequadamente, termos tempo para varrer o chão, limpar os talheres...

— Vou ver se consigo saber algo mais específico.

— Era bom, Cassamo.

E eu pensei, corroborando que bom que era, que bom que era se fosse apenas um sonho. Graça voltou para dentro e deitou-se ao meu lado.

— Estás a dormir, Sam?

Fingi que estava a dormir.

— Eu sei que estás acordado, Sam. Não precisas de fingir que não ouviste a conversa.

— Bandidos armados?

— Bandidos armados.

— Vêm quando?

— Não sei. Em breve, suponho. O Cassamo vai tentar saber.

— Como?

— O Cassamo é um homem de muitos recursos. Ele e Greg são, como dizer?, o nosso braço armado. E são um bom braço.

— É estranho, ver um negro e um boer juntos.

— Moçambique e a África do Sul são países novos, Sam. O *apartheid* acabou.

— Eu sei... mas tão... cúmplices. Tão diferentes e tão cúmplices.

— Queres que te conte uma história para adormecer, Sam?

— Que história?

— Eu conto.

E Graça contou.

*

Era uma vez um jovem moçambicano, que foi trabalhar para as minas no país vizinho, se tornou activista sindical e foi torturado quase até à morte e deixado moribundo à beira da estrada. Percebes, Sam? Nem sequer tentaram esconder o corpo. Tortura completa, queimaram-lhe as plantas dos pés, amputaram-lhe os polegares, cortaram-lhe os testículos.

Cassamo?...

Um caçador, branco, descobriu o corpo. Não gostava de cafres mas apiedou-se do jovem, pô-lo no jipe e tratou dele como pôde.

Sabia que não o podia levar à polícia, porque provavelmente os torturadores eram da polícia e ele, quase parecia piada, não fazia ideia de em que hospital aceitariam negros.

Isso... isso é horrível.

Quem está a contar a história? Tu ou eu?

Tu.

Então deixa-me contar.

Ó-kapa.

Ao fim de meses, o jovem, que era forte, recuperou e quis-se ir embora. O boer perguntou-lhe o que ia fazer e o jovem respondeu: vingança. O boer disse então: não. E a resposta do jovem foi: Não me podes impedir. Devo-te a vida, estou-te grato, mas se me tentares impedir mato-te. E o boer disse: Não, o que quero dizer é que não vais sozinho.

E foi com ele?

Foi com ele. Levaram algumas semanas mas conseguiram localizar os homens e mataram-nos com as armas que o branco, enquanto membro da comunidade afrikaner, comprara legitimamente. A única condição que ele pôs foi: nada de tortura.

Não percebo por que não. Se era vingança legítima...

Por milhentas razões, Sam. Seja como for, o keffir aceitou os termos, e o boer forneceu as armas.

E agora?

Agora o boer continua a fornecer as armas. E o moçambicano, mesmo sem polegares, é exímio em usá-las.

12

Há que compreender, durante aqueles dias (semanas? meses?) eu tive sempre dificuldade em distinguir entre o que ouvia quando estava a dormir e o que via quando estava acordado. As coisas confundiam-se e o estranho é que eu não me sentia ameaçado pela confusão, antes pelo contrário, ela era, de certo modo... sei lá, esclarecedora. Ou não, esclarecedora não é a palavra. Luminosa. Iluminadora. Iluminadora é a palavra.

Então eu ainda não sabia que tinha estado morto. E talvez nunca viesse a saber se não tivesse forçado Graça. Eu achava estranho que... é embaraçoso dizê-lo, mas que... ai, homem, és capaz de dizer tanta asneira e não és capaz de dizer isto? Bem, eu achava estranho que nós tivéssemos relações (detesto a expressão "fazer amor", parece que estamos a ordenhar uma batedeira eléctrica) sem, hum, sem precauções sanitárias. Sendo a Graça quem era, e tendo eu sabido que, poucos dias antes, as enfermeiras tinham ido à aldeia fazer mais uma das sazonais demonstrações de como pôr o preservativo, como praticar sexo seguro (mais uma razão para Graça ser detestada, pois não sugeria a abstinência nem a castidade como únicas formas de evitar a epidemia), achei estranho que ela, tão sensata em tudo o resto, não praticasse... enfim, o que predicava. Noutra pessoa acharia normal (em mim, por exemplo), não nela. Não nela.

*

Queres mesmo saber, Sam?

Se me quiseres dizer.

Eu acho que já sabes.

Sei o quê?

Tens a certeza de que queres mesmo saber?

Tenho.

Está bem. Quando chegaste, já não respiravas.

Como?

Ouviste bem, Sam.

N-não respirava?

Tu próprio o disseste, Sam. A mordidela de mamba não tem cura.

Eu sei, mas...

Não tem cura, Sam.

Estás a dizer que...?

Tu estavas morto, Sam.

Mas como?

Tivemos de fazer uma transfusão de sangue.

Sim, eu sei.

Do meu sangue.

Ah.

Percebes agora, Sam? Nós já estamos contaminados, não há razão para usarmos preservativo.

Queres dizer, o teu sangue corre dentro de mim. Mas isso não significa que eu não possa...

Contaminados, Sam. Eu sou seropositiva.

Tu? Tu és?...

E eu contaminei-te. Percebes agora, Sam?

Tu...
Ainda és capaz de me amar, Sam?

*

De manhã não a encontrei. Vi Cassamo, estava a juntar chapas de zinco para arranjar o telhado de um casebre. Não lhe contei a conversa, mas perguntei-lhe se ele sabia que Graça era seropositiva.

— Sim. Toda a gente sabe isso. É mais uma das razões para as pessoas a admirarem... ou recearem. A energia que ela continua a ter, o modo como ela parece ter a força de dez homens quando já devia estar morta há tanto tempo...

— Bem, o vírus pode estar incubado sem se tornar agressivo durante muitos anos.

— Não aqui, Sam. Aqui não há medicamentos. É uma das coisas de que os inimigos a acusam, de guardar, egoísta, os retrovirais só para si. Se eles soubessem quanto isso é mentira...

Não reparei se Cassamo disse mais alguma coisa. Eu já não estava capaz de ouvir nada. Ela era seropositiva. Ela era seropositiva. Ela era seropositiva. E eu tinha dormido com ela sem preservativo. Por alguns instantes, achei-me capaz de a matar. *A puta tinha-me contaminado!*

Se os seus inimigos me encontrassem naquele momento, nem precisariam de trinta dinheiros para me convencer a destruí-la, eu fá-lo-ia de borla. Felizmente, não me encontraram — não naquele momento, pelo menos, e perderam a arma de oportunidade. Eu teria sido o cutelo, a *arma branca* ao lado da qual ela adormecia, cabeça abandonada contra o meu peito, pescoço a descoberto pronto a ser degolado pela lâmina perfeita. Eu.

De repente, senti-me terrivelmente cansado.

*

Cassamo disse mais alguma coisa? Sim, Cassamo disse mais alguma coisa. Aproximou-se de mim, o martelo descaído mas bem seguro na mão sem polegares:

Toma conta dela, Sam. Eu sei que um dia destes tens de te ir embora, mas toma conta dela. Trata-a bem.

Tu ama-la, Cassamo?

Se a amo? A minha vida é a vida dela. Mas há maneiras das quais não a posso amar, Sam. Não estou equipado.

Compreendo, Cassamo.

Trata-a bem, Sam. Ela não merece o teu ódio. Fala com ela, se quiseres, mas trata-a bem.

*

Durante quatro dias não a vi, ela foi no camião com Cassamo buscar medicamentos. Vagueei como um fantasma sonâmbulo pelo acampamento. Este mantinha-se na sua azáfama habitual, embora eu pressentisse que não era o único a ficar perturbado com a ausência dela. Os miúdos brincavam, faziam os seus jogos de bola na terra batida sobre a qual por enquanto ainda se encontravam, e debaixo da qual estariam talvez em breve, mas havia um crescendo de pequenas disputas, o ar estava saturado com uma irritabilidade pastosa, as próprias enfermeiras andavam mais sérias, mais ríspidas. Era como se todos fingissem não saber algo que todos, de uma forma ou de outra, sabiam — ou, se não sabiam, intuíam.

Eu? Sentia-me como se, depois de uma doença prolongada (ou uma morte), tivesse sofrido um brusco divórcio que me apanhara impreparado. Claro que estava impreparado! Sentia-me distante de tudo, sobretudo daqueles Profissionais do Bem, e também daquelas crianças, e de Van Nuydem mais a sua postura de horrível mutante híbrido, cruzamento genético de Ernest Hemingway com Clint Eastwood. E no entanto, do ponto de vista técnico, estava mais próximo daquela gente do que nunca. Poderia correr para as crianças e gritar, cheio de alegria: *Rapaziada, agora sou um dos vossos! Aleluia! Não é porreiro, malta? 'Bora reinar!*

Mas não me apetecia gritar, ou por outra, só me apetecia gritar, mas não de alegria, e os miúdos não me compreenderiam, se gritasse (de raiva ou de alegria), nem confiariam mais em mim do que antes de eu lhes roubar (eles não eram parvos) a doutora-mãe Graça. Eles aceitavam-me porque a amavam, mas não se sentiam na obrigação de me amar a mim, e não me amavam. E eu agora devia parecer, pelo menos aos mais perspicazes, um mal-agradecido mimado, um branco estúpido a quem o Mestre do Universo oferecera uma segunda chance e que não sabia o que fazer com ela, como um menino rico que, logo na noite do seu aniversário, espatifava contra um embondeiro o carro vermelho cheio de cromados que o papá lhe dera, destruindo carro, cromados e embondeiro mas que, feito erva daninha, sobrevivia miraculosamente ao desastre.

Uma miúda esquálida, como de resto todas as crianças no acampamento, trazia o irmão, pequenito, vestido apenas com uma camisola às riscas, pilita à mostra. Pareceu-me ter visto já o miúdo a espreitar para dentro da tenda quando eu jazia em coma. Podia estar errado, às vezes (é horrível dizê-lo mas ainda era mais horrível pensá-lo, e eu pensava-o, no auge do meu fel eu pensava-o) estes miúdos maltrapilhos pareciam-me todos iguais, e por isso eu achava que era aquele miúdo mas também podia muito bem ter sido outro. Tanto quanto eu sabia o miúdo que tinha ido buscar a bola à tenda podia até já ter morrido. Sim, era ainda o mais provável.

Van Nuydem olhava para mim, em silêncio. Senti-me constrangido. Não percebi porquê. Acaso tinha sido apanhado a limpar o ranho à camisa?

— Pobre miúda — comentei, para encher o vazio com algum som. — Tão nova e já tem de tomar sozinha conta do irmão.

Van Nuydem continuou a olhar para mim, como se eu me devesse sentir culpado. Mas culpado de quê? Culpado de quê, caramba?

— Ele não é irmão dela — disse Van Nuydem. — É filho dela.

13

Graça e Cassamo voltaram finalmente e as crianças correram atrás do camião, como atrás da banda numa festa de casamento. Reparei que, para lá, Graça fora a conduzir, e agora era Cassamo quem vinha ao volante. Cassamo atirou rebuçados e as crianças lançaram-se à cata deles, feitas marabunta, que entretanto Van Nuydem me explicara ser o termo para designar o mais voraz tipo de formiga africana. A expedição tinha sido um sucesso, traziam soro em quantidade suficiente para reanimar o acampamento por mais algumas semanas e adiar o destino de dezenas, talvez centenas, de pequenas vidas.

Suponho que é sempre assim, toda a história de amor caminha por vezes às arrecuas, e eu estava possesso de um estranho mal-estar, um sentimento incôngruo de ter sido atraiçoado. Até de Cassamo ciúmes sentira, embora pelos vistos ele fosse o menos provável dos meus rivais. Graça estava a ajudar aquelas crianças, e havia coisas a fazer, o balanço de dois dias de ausência a verificar, assuntos a resolver, montes de pequenos problemas logísticos. Mas eu, ah, eu tinha as minhas prioridades.

— Graça, preciso de falar contigo.

— Agora não, Sam.

— Preciso de falar contigo. Agora.

Ela sorriu, mas no sorriso estava uma dor maior do que a habitual, o seu sorriso era geralmente triste mas com um travo de humor, uma serenidade interior apesar da trivial tragédia diária. Agora ela estava com um ar doente, que quase me levou a respeitar o seu desejo de uns minutos de pausa.

Quase.

— Graça, eu só quero compreender como me pudeste fazer aquilo.

— Sam, por favor... Estou muito cansada.

Graça estava a sofrer. Mas eu estava demasiado enamorado com a minha Justa Fúria para lhe prestar atenção.

— Graça, preciso de falar contigo e é já!

— Está bem — aceitou, por fim. — Mas não aqui, à frente das crianças.

*

Na tenda, virou-se para mim. Pôs as mãos à frente, como uma prece, uma prece à minha capacidade de compreender algo que estava para além da minha compreensão.

— Sam, o que se passa?

— Por que me deste uma transfusão do teu sangue?

— Era a única forma de te salvar, Sam.

— E deste-me o teu sangue contaminado?

— Era isso ou continuavas morto.

— Era isso ou morrer, queres tu dizer.

— Não, Sam. — E ela sorriu, um sorriso tão belo e tão triste que quase me fez parar ali o interrogatório. Ainda hoje me pergunto por que serão os sorrisos mais bonitos sempre os mais tristes. — Tu estavas morto. Clinicamente morto.

*

— Isso é completamente absurdo!

As mãos de Graça afastaram os dedos, em estrela, dando ainda mais veemência à sua prece.

— Tu... Tu estavas morto, Sam. É verdade, eu contaminei-te. Mas foi para te salvar. Era a única forma de te...

— De me?...

— De te trazer de volta.

Fiz uma careta, como se tivesse levado com a luz de uma lanterna em cheio nos olhos. Ou como se quisesse rir mas me tivesse esquecido de como se fazia.

— E esperas que eu acredite nisso?

Graça sentou-se. Não parecia só mais cansada, parecia mais velha.

— Tu sabes que é verdade, Sam. Não tens tido... sonhos? Sonhos de vidas que não viveste?

E ela tinha razão. Eu não sabia como, o que ela dizia não fazia sentido (era, para começar, impossível) mas eu sentia também que ela dizia a verdade. Que, se uma pessoa havia no mundo que falava verdade, era ela.

— Está bem, a ver se eu compreendo. Eu morri... E para eu, hmm, voltar à vida... tu *contaminaste-me* com o vírus do HIV?

Graça passou a mão pelo seu braço, como se tivesse frio. Parecia mesmo doente.

— Era isso ou continuavas morto, Sam. Qual achas que era a melhor opção? Como poderias tu continuar a tua busca se estivesses morto? Como poderias...

Foi então que desfaleceste. O meu pânico, ao ver-te caída no chão, desamparada, misturou-se com a estranha satisfação de te ver (pela primeira vez) mais fraca do que eu. E essa satisfação, sim, reconheço que vergonhosa, foi o estalar de dedos que me despertou do meu ensimesmamento, da minha incapacidade de entender, de aceitar os factos tal qual eles eram, sem acusações, sem ressentimentos. Apenas com ternura e gratidão.

— Cassamo? — gritei. — Cassamo!

E ele veio, como sempre, como sempre em tudo o que te dizia respeito, a correr.

— É a Graça. Ela desmaiou.

Cassamo olhou para mim, depois para ela. Depois falou para mim, mas a olhar para ela:

— Ajuda-me a levá-la para a cama.

Como pude ser tão abjecto ao ponto de me tentar desculpar? O certo é que pude:

— Não sei o que aconteceu, Cassamo, eu juro que não fiz nada, eu...

— Ajuda-me a levá-la para a cama.

— Há algo que possamos?...

— Não. Repouso.

Quase ironizei: *Repouso? São essas as ordens do médico?* Felizmente, tive o bom senso de ficar calado. Cassamo era capaz de ter perdido ali mesmo a paciência e dado cabo de mim. Talento para tal não lhe faltava: dias depois, naquela madrugada terrível, pude ver do que ele era capaz com uma arma de fogo, com uma arma branca, com as mãos sem polegares. Vontade também talvez não lhe faltasse.

— Deixa-a descansar, Sam. Ela perdeu muito sangue.

— Ela foi... foi ferida?

Cassamo suspirou. Se o olhar dele tivesse poderes mágicos, ter-me-iam crescido ali mesmo, naquele momento, duas grandes, duas enormes orelhas de burro.

— Deixa-a repousar, Sam. 'Tá?

14

Senti as mãos, as minhas mãos com polegares, tremerem-me. Era então assim que salvavas vidas, Graça?

Claro que era. De que outra maneira podia ser? Não havia medicamentos no acampamento. Nunca houvera. Não havia dinheiro para comprar medicamentos. Nunca houvera. Não havia medicamentos nenhuns nem na vila mais próxima nem na vila mais afastada, a bem dizer não havia nada que se pudesse comparar a uma aspirina num raio de centenas de quilómetros. E tinhas de ter cúmplices, oh, claro que tinhas de ter cúmplices, só eu não sabia de nada. Até as crianças, se calhar, com os seus jogos, as suas brincadeiras, os seus pontapés na bola de um lado para o outro, enquanto ainda tinham forças, deviam suspeitar do que tu fazias para lhes trazer medicamentos, para lhes prolongares o tempo. Alguém havia de saber que a vida que recebiam de ti era de ti que a tiravam. Alguém havia de saber.

Quando voltavas com plásticos cheios de soro vermelho para dar às crianças, não era um retroviral, pois não? Não era AZT, não era Invirase, não era Hivid ou Crixivan. Tu levavas à letra aquela frase (que sempre me pareceu exagerada) do *Tomai, este é o meu sangue*. Ou: *Uma pessoa capaz de dar a vida pelos outros*. Tu davas, tu davas mesmo a vida pelos outros. Ficavas mais fraca, cada vez levavas mais tempo a recuperar, cada dia envelhecias mais um bocadinho. Era o teu sangue, o que tu davas. Por algum motivo o teu sangue tinha capacidades regenerativas, mesmo com a doença, mesmo com tudo, e usavas esse teu dom, essa tua *qualidade* para ajudar as crianças. Tu não eras só a alma do acampamento — tu eras a própria farmácia em pessoa! Como um vampiro ao contrário, um *Oripmav*, um ser que, em vez de sugar o sangue alheio, fosse sugado. Um vampiro que, em vez de se alimentar dos outros, alimentava os outros.

*

Compreender esta coisa tão evidente teve sobre mim um efeito secundário estranho: desfez o meu horror por ti (pela estranha entidade que poderias ser) e devolveu-me o amor, a ternura, o desejo — só que agora acrescidos de uma inaudita serenidade.

Quando abriste os olhos, ainda fraca, pude perceber que estavas contente por eu finalmente ter juntado dois mais dois, e feliz por o resultado da operação ser, não o meu afastamento de ti, mas a minha renovada vontade de que fôssemos um mais um, apenas um mais um, até o resultado da soma dar um.

Embora ambos soubéssemos, tu mais do que eu, que tínhamos pouco tempo. Mas o tempo, aprendi em parte contigo, tem muito menos importância do que lhe damos, sobretudo quando alguns momentos de perfeição podem ser absolutos, podem ser para sempre. Hoje estou sozinho, enfim, sozinho no sentido de sem ninguém ao meu lado na cama, mas não me importo, porque foi bom, foi bom o que tivemos, o que tivemos foi bom. Como era mesmo que o Bogey dizia no *Casablanca*, quando a sua amada estava de partida para Lisboa? *We'll always have Paris*, não? Sempre teremos Paris.

(E tinha razão, o filho-da-puta do baixinho feioso tinha razão: nós teremos sempre Moatize, não teremos?)

*

Olá, Sam.

Como te sentes?

Obrigada, já estou melhor.

(E era verdade, parecias outra.)

Tu és... imortal?

Eu? Ah, não, Sam, que ideia. Ná, sou tão mortal como tu, só que...

Só que?

... duro um bocado mais de tempo do que a maioria das pessoas.

Isso é verdade.

Que idade tens? Duzentos anos?

106. Cento e seis anos, Sam. Faz-te confusão estares a dormir com uma mulher mais velha?

Eu...

Eu não te menti, Sam. Eu bem te disse que era mais velha do que tu...

Não és assim tão mais velha. Nem sessenta anos tens mais do que eu.

Ah. Tens razão.

Mas pareces menos.

És um querido.

Tu também.

Gostas de mim, Sam? Um bocadinho?

Sim.

Diz que gostas de mim. Um bocadinho.

Sim. Gosto de ti.

Muito?

Muito, não. Um bocadinho.

15

Se não és imortal, és o quê? Uma santa?

Sam, por amor de Deus, não me faças rir...

Vá lá, diz. Quente ou frio?

Frio, frio.

És o quê, então? Uma feiticeira?

Gelado. Não se pode ser bruxa sem vassoura, sabes isso.

Uma freira?

Já está melhor. Morno. Mas ainda não acertaste.

Desisto. O que és, então?

Para além da mulher que está ao teu lado?

Para além da mulher que está ao meu lado.

Está bem, eu digo. Eu pertenço à irmandade de Maria Madalena.

Então eu tinha razão. És uma freira.

Sam, não uso véu nem batina. Não sou freira.

És o quê, então?

É complicado.

Tens vergonha?

Um bocadinho. Queres mesmo saber?

Quero.

Bem, pertenço a esta irmandade que não usa hábito nem tem de fazer nada de especial, nada de muito religioso, pelo menos, mas que, segundo a lenda, descende em linha directa de...

De?...

Bem, como o nome indica, de Maria Madalena.

Maria Madalena? Não era a...

A companheira de Jesus, sim.

A história não tem lá grande imagem dela. Parece que era...

Já sei o que vais dizer, Sam.

Não te quero ofender, Graça, mas...

Podes dizer, Sam. Não me ofendo.

Ela não era uma mulher de vida fácil?

Uma mulher de vida difícil, Sam. Não digas de vida fácil. É um insulto dizer de vida fácil.

Pronto, não pensava que fosses tão susceptível.

Pensa bem. Gostavas que também dissessem mal da tua tetra-tetra-avó? Não gostavas, pois não?

Nunca tinha visto as coisas desse ponto de vista...

É o problema de toda a gente, Sam. Nunca ninguém vê as coisas de outro ponto de vista...

Está bem, pronto, desculpa. Mereço ser castigado. Qual a pena a que me condenas?

Não sei, deixa cá ver... Cento e onze beijos.

Isso é pouco. Não queres acrescentar uns zeros?

Aí em baixo.

Oh. Aqui?

Onze mil beijos, Sam. Tu prometeste.

*

Tinhas humor, Graça, fazias jus ao teu nome de mais de uma maneira. Às vezes pergunto-me se ainda o terás, o teu humor. Suspeito que já não, suspeito que o teu humor morreu contigo e que, infelizmente, não havia ninguém por perto para vos ressuscitar.

E sabes uma coisa, uma coisa que nunca te disse? Fazer amor contigo era como estar nos braços de uma mãe. Não, não é o que tu pensas, eu já tinha essa sensação antes mesmo de saber a tua idade. Claro que depois a sensação ganhou mais sentido e — devia ter vergonha de o dizer, mas não tenho vergonha de dizê-lo — mais *sabor*. Juro que nunca pensei ter esse tipo de sentimentos, ou de perversão, se quiseres, mas era assim, e era um sentimento bom, e era um sentimento feliz. Às vezes penso que só fui verdadeiramente feliz nessas semanas, escassas, que tivemos juntos. Nem antes, e deves bem imaginá-lo onde quer que estejas, pois suponho que chegaste a saber o que aconteceu, nem depois. Juro-te, agora posso dizer-te: era mesmo bom. Estava na cama com uma mulher mais velha (mais experiente, mais tudo), mas que parecia mais jovem (mais bonita, mas fascinante) do que eu. A sério, era uma combinação explosiva. O que mais pode um homem querer?

16

— É amanhã — disse Cassamo.

Van Nuydem não perguntou se ele tinha a certeza, Graça não perguntou como é que ele sabia, eu achei conveniente não perguntar também nada. Era como se eles estivessem apenas à espera da data de um jantar e Cassamo tivesse acabado de confirmar quando era. Nada de muito grave, nem de muito importante, nem que nos fizesse perder o apetite.

Os bandidos armados vinham aí e nós agíamos como se nada fosse. Talvez estivesse certo. Se Cassamo conseguira saber quando vinham, o reverso também era possível. Eles podiam saber como eram as nossas defesas. Deixá-los pensar que não estávamos preparados. Graça, Van Nuydem, Cassamo não queriam sobretudo alarmar as crianças.

O vírus comia as defesas do corpo mas alimentava-se também das sombras do espírito, e o medo podia conduzir ao desespero e ao baixar da guarda. Cada dia de riso, festa, jogo, cada dia em que brincarmos fosse o dono dele, cada momento de reinação era precioso, era mais um dia de vida, era mais um dia em que aquelas crianças duravam para sempre, eram eternas, imortais. Não, o medo não era boa medicina. O medo era uma unha arranhando um quadro de giz, era um peso feio na alma. O medo era veneno de mamba.

Graça atirou uma chave a Van Nuydem. O boer apanhou-a no ar, tirou o chapéu, limpou com a aba o suor da testa. Dirigiu-se atrás da capela, à pequena arrecadação; Cassamo e eu seguimo-lo. Abriu as portas de madeira e, oh, surpresa, a pequena arrecadação era uma armaria. E uma armaria nada pequena. Granadas, balas, pistolas automáticas, carregadores de todos os tipos e feitios, o diabo a sete.

— O que é isto?

— Plástico *made in Checoslovakya.*

— Ah. Relíquias históricas.

— Isso mesmo. Explosivos feitos num país que já não existe.

— E aquilo?

— Minas anti-pessoais, *made in England.*

— Ah. História viva.

— Muito eficazes em Angola, nosso país companheiro irmão na luta contra o opressor colonial — disse Cassamo.

— Ah sim? — disse eu.

Ah não, disse Cassamo. Estava a brincar. Por acaso, as minas tinham sido introduzidas sobretudo depois de acabada a luta contra o opressor colonial, durante a guerra civil.

— Ah.

Ah pois, disse Cassamo, e explicou como a grande vantagem das minas fora levar à falência os fabricantes de sapatos angolanos, se tal indústria existisse. E tornar os jovens angolanos campeões mundiais de salto ao pé-coxinho.

— Cassamo, já te disseram que és um cínico?

Cassamo passou-me vários carregadores, duas espingardas-metralhadoras, um óculo de longa precisão, três minas e duas barras de plástico. Raio de resposta.

*

O acampamento não tinha defesas. Não havia uma muralha nem sequer arame farpado. O acampamento era uma aldeia, um conjunto improvisado de barracas e casebres em torno de uma praceta central, onde os miúdos brincavam, a capela de barro pintada de branco e meia dúzia de tendas a fazerem de unidades hospitalares. Se chegassem ao acampamento, eles poderiam massacrar-nos a seu bel-prazer. A solução era, pois, levar a luta para onde as defesas pudessem estar mais concentradas. Era mais perigoso confrontálos nos seus transportes motorizados, mas deixá-los cercar, ainda que a pé, o acampamento, isso era uma derrota anunciada.

Naquela zona, como em grande parte de África, a diferença entre a estrada e o terreno que a circundava era diminuta. As estradas eram mais conceptuais do que reais, mais fruto de uma curiosa (mas compreensível) ambição de ordem, de economia geométrica, do que de uma real necessidade, já que os veículos eram sempre todo-o-terreno, e as hipóteses de furar um pneu sensivelmente as mesmas na estrada do que fora dela, às vezes piores dentro da estrada.

Ainda assim, Cassamo e Van Nuydem acreditavam que eles viessem pela estrada, usando-a como referência para chegarem a um local onde nunca tinham estado. Podiam vir em três colunas ou mais, consoante os veículos que trouxessem. Havia ainda possibilidade de trazerem apoio aéreo. E a possibilidade de trazerem óculos de visão nocturna, blindados lança-chamas, tanques armados com munições de urânio empobrecido, bombas de fragmentação. E a possibilidade de terem comunicações directas via satélite.

Caramba, o mundo era um ror de possibilidades, este tipo de combate não ia ser como jogar xadrez, em que se conheciam as pedras do adversário. Ou por outra, ia ser como jogar xadrez, só que um xadrez em que não só tínhamos de prever quais os movimentos do adversário mas também com que peças iria ele jogar. Uma coisa era certa: era um jogo sem empates técnicos nem derrotas honrosas.

Cassamo e Van Nuydem escolheram um ponto a três quilómetros do acampamento, calculando que aí eles não teriam ainda decidido desligar os motores e seguir a pé. Montámos barreiras com sacos de areia cerca de três a cinco metros de cada lado da estrada.

— E na estrada? — perguntei.

Cassamo não disse nada.

— Eles próprios fornecerão o saco de areia — disse Van Nuydem.

*

Tu tentaste convencer-me a não participar no combate, disseste que eu tinha uma missão mais importante, que era encontrar o homem que procurava, e de quem sabia ainda tão pouco, na prática, como quando aceitara o contrato.

— Mas por que o hei-de procurar? Por que não ficar aqui, contigo?

— Eu queria muito que ficasses comigo, Sam.

— Ou podias vir tu comigo...

— Ambos temos uma coisa para fazer. Tu tens que o encontrar. E para isso não podes morrer.

— Mas porquê?

— Porque sim, Sam.

— Porque sim? Que resposta é essa? Onde está a lógica numa resposta dessas?

— Às vezes é a melhor resposta possível. Não acreditas se eu te disser que há uma razão para tudo, pois não?

— Ah. Agora vais dizer-me que há uma razão para que estes pobres miúdos estejam...

Tu passaste a língua pelos lábios. Este golpe baixo abalou-te. Apenas por um momento, no entanto.

— Achas que, se não compreendes a razão por que uma coisa acontece, isso significa que ela não tem razão nenhuma para acontecer?

Eu não te ia facilitar a vida. Não o tinha feito antes, por que o iria fazer agora?

— O futuro está escrito, é isso, Graça? — perguntei, cínico. Por um segundo, voltava a ser o meu bom e velho eu. Já tinha saudades.

— Não — concedeste. — Mas as linhas da página sobre as quais escrevemos já estão impressas na folha, não? Nós depois podemos escrever mais direito ou mais torto, com melhor ou pior letra, o que nos dá alguma margem de manobra, essa margem de manobra a que chamamos liberdade. Mas as linhas já estão traçadas no papel, antes mesmo de comprarmos o caderno.

Era espantoso, se calhar é um truque da minha memória, às vezes pergunto-me se seria isso, nos meus momentos de dúvida, que são quase todos, mas a minha sensação era a de que às vezes falávamos sem abrir a boca. Tínhamos conversas inteiras em perfeito silêncio.

Deus escreve direito por linhas tortas, querida?

É mais: nós escrevemos torto por linhas direitas.

Sim, sim, e errar é humano.

Podes troçar, Sam. Mas será que isso faz com que acertar seja desumano?

O que queres dizer com isso?

Responde tu. Tens medo de acertar, Sam?

Os meus lábios moveram-se de novo, e a minha voz saiu firme, peremptória:

— Não, Graça, tenho tão pouco medo de acertar que vou escolher uma *Sigsauer 36mm*, de doze balas. E não tentes fazer de mim um espectador de bancada. Sabes muito bem que é por minha causa que eles vêm.

Estava a dar um tiro no escuro, estava apenas, como tu acabaras de sugerir, a seguir a minha intuição. Só então me ocorreu essa possibilidade, de ser eu o verdadeiro alvo do ataque iminente.

Talvez por isso me tenha chocado a tua pouca convicção, ao negares:

— Não é verdade, Sam... Eles podem vir por uma data de razões. Não é a primeira vez que nos atacam...

Eras uma péssima mentirosa, sabes? Para descendente de Maria Madalena, deixavas muito a desejar. Com franqueza, devo dizer-te que, se fosses tão incompetente na cama como a mentir, acho que me teria pirado ao fim de dois dias.

— Sabes como é, Sam, correm histórias, que depois se vão transformando noutras histórias... Há quem ache que sou uma bruxa gerada pelo diabo para trazer infortúnio a estas bandas. Há também quem pense que estamos cheios de medicamentos que podem vender no mercado negro em Maputo, em Tete, em Nacala, que temos diamantes enterrados junto aos mortos... Há também quem pense que a sida é um castigo divino e que, quanto mais depressa matarem toda a gente aqui, mais depressa a doença se vai embora, que somos nós mesmos que atraímos a doença e que por isso não merecemos viver...

Aqui já eu acreditava em ti. Mas diz-me lá, ainda que não viessem por mim, acreditavas mesmo que seria possível eu ficar sentadinho de lado, a assistir ao vosso combate contra um número muito superior de mercenários cuja profissão, cujo *desporto*, era matar, pilhar, roubar?

Num ponto eu tinha razão, pelo menos. O combate foi mesmo desequilibrado.

17

Eles vieram de madrugada. Três dúzias de homens, talvez mais, só posso calcular pelos que ficaram caídos, mortos ou gemendo de dores, sobre a terra batida. O primeiro erro deles foi serem arrogantes, o segundo foi serem arrogantes, o terceiro foi serem arrogantes. Que diabo, devem ter presumido, uma doutora dada a bruxa, um estropiado, um morto-vivo, um sul-africano de calções, algumas enfermeiras e centenas de crianças condenadas. *Cadê la dificulté?*

E fazia sentido, o raciocínio. E era inteligente chegarem de madrugada, quando as crianças estivessem a dormir e os poucos adultos que andassem pelo acampamento também a dormir ou estremunhados ou a morrer de cansaço — ao contrário deles, que estavam energizados a álcool, comprimidos, boa maconha. Sim, fazia sentido. Ia ser tão fácil como limpar o rabinho a meninos.

Só que não contaram que o estropiado fosse Cassamo nem que o sul-africano de calções fosse Van Nuydem. E, modéstia à parte, não contaram com o morto-vivo. Eu podia não ter estado na Coreia (bebé) nem no Vietname (adolescente) nem no Golfo (passado à reserva) mas sabia disparar e, se uma pessoa mantivesse o sangue-frio, tirava mesmo algum proveito daquelas sessões de tiro ao alvo contra cabeças e torsos com anéis circulares, obrigatórias anualmente no estado de Nova Iorque para todos os profissionais de segurança, oficiais ou privados. Não contaram que uma pequena enfermeira, ou mesmo uma freira, apesar de franzina, não ficasse muito mais franzina do que um soldado quando tinha uma Uzi na mão e, por uma vez, não estivesse disposta a dar a outra face. Não contaram com algumas das crianças mais velhas, que teimavam em lutar pela vida mas não tinham medo de a perder, e às quais, entre tratamentos, a "doutora-mãe" tinha ensinado a aguardar o tempo certo antes de premir o gatilho — e a só dispararem quando sentissem que tinham um corpo seguro pela frente.

Dois jipes e dois camiões de caixa aberta. Os jipes funcionavam como *asas* para os camiões, mas apenas um, o jipe da direita, tinha uma metralhadora montada ao lado do condutor.

Cassamo disparou contra as minas amontoadas na estrada e o primeiro camião implodiu, como que subiu meio metro no ar, antes de poisar de novo. Ninguém além do condutor ficou ferido, mas aquele camião já não se mexia mais e o outro ficou imobilizado, sem saber se devia contornar e avançar. Mas havia também os jipes e decidiram (erradamente) parar, os soldados saltando para terra, tentando encontrar protecção. Cassamo não podia lançar granadas, o risco de as deixar cair era demasiado grande. E Van Nuydem cumpria bastante bem a função. Os soldados que, segundos antes, tinham sobrevivido à explosão do camião estavam agora apanhados num vespeiro de granadas, sem saberem para onde se virar. E sem tempo de se virarem para lado nenhum.

Cassamo pôs-se de pé e avançou em direcção a eles. Eu pensei segui-lo mas, sinceramente, senti que estava a fazer um trabalho decente q.b. do local onde me encontrava, protegido atrás dos sacos de areia. Senti também, confesso, que havia uma fina membrana a separar coragem de estupidez, uma distinção douta e subtil na qual, pelos vistos, Cassamo não era versado. Avançando como se estivesse a passear num centro comercial, disparava contra os homens à sua frente, ao seu lado, de pé, ajoelhados, de braços erguidos, atordoados, implorando piedade ou mesmo caídos no chão. Era cruel, mas fazia sentido. Um homem caído no chão não queria dizer nada. Podia ser apenas um homem cauteloso, um soldado eficiente à espera de uma oportunidade para nos atingir pelas costas.

Um dos jipes, o que tinha a metralhadora montada, acelerou sobre Cassamo, para o atropelar. Era estúpido, mais interessante seria dispararem, mas em acção os gestos mais simples mostram-se, com surpreendente frequência, os mais difíceis. Quando o jipe o ia a abalroar, Cassamo saltou para o lado, um toureiro dando uma faena a setecentos quilos de fúria acumulada, e, na sequência do mesmo movimento, degolou o condutor com o machete que guardara atrás das costas. Fiquei de boca aberta: toureiro e samurai a um só tempo. Impressionante.

Agora vem a parte sem graça: a minha admiração, a minha surpresa, a minha bela associação de ideias (toureiro + samurai) foi o que custou a vida a Cassamo.

Estivesse eu mais concentrado no que estava a fazer, em vez de me pôr a pensar no que estava a fazer, estivesse eu apenas a fazer o que estava a fazer, e ele não teria levado aquele tiro.

Ou talvez não.

Ou talvez sim.

— Cassamo!

Foi a primeira vez, durante todo o tiroteio, que ouvi a voz de Graça. E foi a primeira vez que me dei conta de que ela estava ao meu lado durante aquele longo, imenso tempo que durou a batalha, ou, se quisermos, o massacre, não tenho vergonha nenhuma de o dizer, foi um massacre, e ainda bem, porque eram eles ou nós e (vá lá saber-se porquê) fiquei feliz que fossem eles e não nós.

Eu digo "aquele tempo todo" porque a percepção do tempo, em combate, é mais importante do que a duração real. Para começar, num repente podemos passar do estado de vivos ao estado de mortos, ou pior. E, depois, porque o tempo real é absolutamente ridículo. Quanto tempo durou aquela batalha, Graça? Dois minutos, se calhar?

Nem tanto? Achas mesmo?

*

Se eu não tinha a certeza de ser mesmo por minha causa que os bandidos armados tinham vindo, as dúvidas foram esclarecidas quando interrogámos um dos moribundos.

Bem, ele não era moribundo quando o interrogámos, tivesse recebido tratamento (nem precisava de ser o mesmo que o meu) e teria sobrevivido nas calmas. Mas Van Nuydem, sempre cioso, ajudou-o a passar do estado de simples ferido ao de moribundo e, pouco depois, ao de morto.

— Por que vieram cá? Diz?

— Viemos matar o Judas... E a espurituta dos diabo...

— Bem a prostituta do diabo suponho que sabemos quem é — disse eu. — Mas o Judas... Sou eu o *Judas*?

— Não ligues — disseste.

Espantoso. Mesmo aqui, no rescaldo da batalha, entre o cheiro a carne queimada e a pólvora e a sabe-se lá mais o quê, tentavas proteger-me... sobretudo de informação que me podia perturbar, que me podia fazer duvidar da razoabilidade (para já não falar da bondade) da minha famosa missão.

— Quem vos mandou? Quem?

— Eu não... Foi um sinhô padre. Pai Raí disse que as gente tinha de morrer o Judas antes que o Judas botasse desvivência no Sinhô...

— Antes que ele matasse quem? Quem é o Judas? Quem é o pai rei?

— Pai Raí... Ele disse que...

— Sim — murmurei, digerindo a informação —, sou eu o Judas... E é Raí, não rei... *Ra-hí*. Reilly. O'Reilly. O padre O'Reilly.

Isto mudava um bocado, não muito, apenas um bocado, o estado das coisas. Bandidos armados ao serviço de um padre? Talvez afinal não fossem tão mercenários nem tão bandidos assim. Talvez pensassem que, eles, sim, estavam ao serviço de uma boa causa. A causa de Deus, nomeadamente. Deus sempre fora uma boa razão para matar crianças, desde o sacrifício de Isaac até aos fanatismos mais recentes. Claro que isso não desculpava estes bandidos armados, mas dava outro sentido que não a mera ganância à sua intenção de nos massacrar a todos. Matar em nome de Deus era tão estúpido e cruel como matar para roubar — tinha no entanto outra nuance, enfim, pelo menos do ponto de vista dos postulados. Era mais moral.

O'Reilly, então. Tinha-me praticamente esquecido dele. Ele, pelos vistos, não se tinha esquecido de mim. E, de alguma forma, tinha convencido estes desgraçados a...

Não importava. Por uma boa causa ou não, eles tinham vindo para nos matar a todos, não só a este vosso servidor, rebaptizado Judas por sua santidade o padre O'Reilly.

E tínhamos de tomar conta de Cassamo.

18

Cassamo estava a morrer. Ele sabia, eu sabia, Van Nuydem sabia, até as crianças sabiam. Só tu não sabias. Levámo-lo para a nossa tenda. As enfermeiras e as freiras, arrumadas as armas de novo atrás da capela, fizeram um bom trabalho — como sempre. Estancaram o sangue. Suturaram-lhe as feridas. Impediram que os intestinos saíssem para fora. Tudo em vão. Lembrava o título daquela peça de Shakespeare, como é que se chama? Aquela peça que se estudava no liceu... Não, não era o *Hamlet*, nem o *Romeu e Julieta*. Sim, era isso: *Muito barulho por nada*. Todos sabíamos que ele estava a morrer. Só tu não sabias.

— Eu posso salvar-te, Cassamo — suplicaste. — Cassamo, sabes que eu...

Mas ele ainda tinha uma palavra a dizer. Uma palavra com três letras:

— Não.

— Cassamo, não estás a ouvir. Eu posso...

E ele sabia dizê-la muito bem.

— Não.

— Cassamo, eu posso...

Bem de mais.

— Não.

*

Cassamo foi enterrado no dia seguinte, no maior e mais invisível cemitério que alguma vez vi na vida — o baldio mesmo onde as crianças jogavam futebol. E era um cemitério feliz, sem lápides, sem nada, apenas uma pedra que, quem quisesse, podia pôr sobre a campa do ente querido. Pedra essa que seria provavelmente retirada ou pontapeada para o lado no dia seguinte, para não magoar os pés aos miúdos, quando jogassem descalços ao seu desporto preferido: tentar meter uma bola numa das duas balizas que delimitavam o terreno de jogos. Não era desrespeito pelos mortos, porque muitas daquelas crianças, provavelmente, iriam juntar-se-lhes em breve. Era mais uma brincadeira com a morte, como que a dizer-lhe: não temos medo de ti, vem buscar-nos quando quiseres, nós dançaremos aí em baixo tão bem como aqui em cima.

Ou, se calhar, queria dizer outra coisa. Nada de anormal, o sentido das palavras é tão volúvel como o vento. E o vento, ambos o sentíamos, estava a mudar. Veio-me uma frase ao espírito, algo idiota: *Pelo menos aprendi o que era a arte de uma mulher macua.* E fiz o que uma pessoa deve fazer quando tem uma ideia idiota: sorri para mim mesmo.

Não foi um bom sorriso.

*

Tens de ir, Sam.

Porquê?

Tens de ir, Sam.

Para onde?

Lisboa.

E onde fica isso?

Vê no mapa, Sam.

Não é justo.

Não, não é.

Mais um salto? E para quê?

Não te preocupes, Sam. Agora encontra-lo.

Tens a certeza?

Ele está lá.

Como sabes?

Recebi um postal.

Dele?

Não, Sam. Ele não escreve. De amigos.

Amigos teus, talvez. Mas meus?

Amigos, Sam.

Este O'Reilly também era teu amigo, não era?

Era, Sam. Já não é.

Folgo em sabê-lo.

Ele tornou-se um zelota. Perdeu a cabeça. Tornou-se perigoso.

Ele quer mesmo matar-me?

Agora já não tenho dúvidas. Tens de ter cuidado, Sam.

Eu terei cuidado.

E o pior é que talvez não te tente matar só a ti.

Ah.

Talvez o tente matar também a ele. E isso não podes deixar, Sam. Percebes?

Percebo.

Percebes mesmo?

Enfim. Mais ou menos.

A tua missão é complicada, Sam.

Sabes como se costuma dizer. É um trabalho sujo mas alguém tem de...

Não digas isso, Sam. Nem a brincar.

Está bem. Portanto, chego a...

Lisboa.

E encontro-o.

Não o encontras, Sam. Procura-lo.

Procuro-o...

E depois encontra-lo.

Ah.

Mas tens de procurar primeiro.

Ah. Claro.

Tens de pensar nele como uma alma perdida. Uma alma perdida que gosta de estar entre almas perdidas.

Ele esteve mesmo aqui, não esteve?

Claro que esteve, Sam. Foi graças a ele que conseguimos criar este acampamento.

Por que foi embora, então?

Tu não compreendes, Sam.

Explica-me, então.

Não posso, Sam. Não é assim que as coisas funcionam. Tens de ser tu...

Quem é ele?

Não é assim, Sam. Desculpa.

Tem nome, ao menos?

Não posso dizer-te, Sam. Tens de ser tu...

Por que foi embora?

Ele nunca pode estar num sítio muito tempo. É esse o problema. Não pode. E ele não se sabe proteger.

Então que alguém o proteja.

Não é assim tão simples, Sam. É complicado.

E por isso eu não posso ficar?

Não, Sam, não podes. Eu queria imenso que ficasses mas não podes.

Mesmo agora que sou seropositivo não posso ficar?

Não me faças rir, Sam. Não me faças rir que eu fico com vontade de chorar. E eu não quero chorar.

Dizem que às vezes chorar é bom.
Eu fico feia. Não quero que me vejas feia.
Eu gosto de ti feia.
Sam...

LISBOA

Tal como para a Igreja, não consigo conceber nada melhor para a cultura dum país do que a existência no seu seio de um corpo de homens que acreditem no sobrenatural, realizem milagres diariamente e mantenham vivas as faculdades míticas tão necessárias à imaginação.

Oscar Wilde

19

Nunca tinha visto um aeroporto dentro da cidade. Se eu ainda fosse um homem de medos e cautelas, ficaria com as unhas em sangue de tanto as cravar nos braços da cadeira, lugar 36f, janela.

Teria viajado em classe executiva se não achasse que podia conter um pouco o meu apetite por viagens de luxo, depois do contributo que, sem o saberem, os senhores da clínica tinham feito ao acampamento de Graça; dez mil dólares não era nada para eles, eram um bocadinho para as minhas inflacionadas ajudas de custo, mas valiam tratamento com AZT durante um ano para trinta crianças moçambicanas.

Já antes o casario parecia ter comido a natureza, a escassa terra não salpicada de cimento e telhas era castanha e seca, mais feia do que a africana, que amiúde era de um ocre vivo, âmbar, ou mesmo carmim.

A cidade? Em parte, era como regressar a uma Roma tentacular, branca e caótica, só que, vista de cima, numa escala de tamanho brinquedo, esta lembrava uma construção *Lego* desconjuntada, alastrando em meia-lua a partir da curva do rio, largo, os carros em movimento nervoso, formigas desordeiras ao longo das pontes e das margens e, depois, um carrossel de prédios, alguns com telhados vermelhos, outros nem por isso.

À medida que descia, o avião deixava cada vez mais de o ser (um avião), integrando-se por osmose no tecido urbano. Tornava-se por assim dizer uma espécie de *primus inter pares*: um prédio igual a todos os outros, com gente dentro como todos os outros, apenas um pouco mais em movimento do que os colegas.

Podíamos ver já com singular precisão as pessoas na rua ou à janela ou através da janela, olha, ali, naquele quarto, não é um casal a copular com a janela aberta?, e acoli, serão mesmo crianças numa sala de aula? Crianças prósperas e brancas, claro, muito diferentes das de Moatize. Um passageiro sentia-se um entomólogo privilegiado a espiolhar sem pudor a vida íntima dos insectos. Devia ser mais ou menos esta a sensação de proximidade que tinham os funcionários das salas de controle dos satélites espiões, quando tentavam ver se um *alvo de oportunidade* acabara mesmo de entrar no seu esconderijo algures no deserto de um país do terceiro mundo.

De repente, quase nos precipitámos numa via rápida superpovoada e, logo a seguir, as rodas do trem de aterragem tocaram a pista.

Não me surpreendeu nada que muitos passageiros desatassem numa chuva de aplausos. Que diabo, algum tipo de reacção nervosa se impunha e os aplausos sempre eram mais sóbrios do que crises de histeria e conversões súbitas a uma qualquer seita religiosa. Provavelmente, O'Reilly andara num avião assim e por isso é que se tornara no fanático intransigente que parecia — se era mesmo ele que estava por detrás do ataque ao acampamento que custara a vida a Cassamo — ser.

Fiquei no Holliday Inn, não longe do centro, mesmo ao lado das prostitutas mais tristes que vi em toda a minha vida. Eram escanzeladas, de uma magreza feia, desamparada, mais feia e desamparada do que a que vira em Moçambique ou mesmo na Etiópia, e não parecia haver nenhuma pensão por perto, e volta e meia entravam para um ou outro carro. Não me foi difícil deduzir o tipo de serviço que prestariam, pobres desgraçadas. Enfim, lá faziam a vida delas, da maneira que podiam, e eu tinha que fazer a minha, e devo reconhecer que nem sempre eram assim tão diferentes, as nossas... especialidades. Poderia ter ficado numa pensão mais modesta, para seguir a lógica de economia que iniciara ao viajar em turística, mas nem sempre modéstia era sinal de discrição e, se O'Reilly (custava-me cada vez mais chamar-lhe padre) estivesse por perto, alguma cautela seria, no mínimo, sensata. Um americano num hotel americano destoaria menos do que um americano numa pensão barata, onde as paredes, além de ouvidos, tivessem língua, falta de escrúpulos e uma sede abjecta de fazer algum dinheiro extra.

Não sabia por onde começar, nem onde procurar o... como chamar-lhe? O meu *Zé Ninguém*, Graça tinha descurado esse ligeiro pormenor; quase podia, no entanto, citar Martin Sheen naquele filme em que ele ia selva fora à procura do Marlon Brando, e dizer: *Ele estava perto, eu sentia-o, a selva dizia-me que ele estava perto, bem perto.* Bem, a selva aqui não me dizia nada, e era uma selva de um milhão de habitantes, ou mais, mas eu tinha a impressão de que, sim, ele estava perto, bastante perto. A minha estranha, esburacada busca estava, de uma maneira ou de outra, a chegar a um termo.

Querer ser discreto ao mesmo tempo que se tenta obter informação é um paradoxo quase tão insolúvel como fazer omeletas sem pôr ovos. Esta cidade era para mim ainda mais confusa do que Adis Abeba e, se era verdade que eu passava aqui mais despercebido (caramba, metade das pessoas com que me cruzava pareciam meus clones, era assustador), fazer-me de alguma forma *percebido* era uma componente importante para conseguir estabelecer algum contacto útil ou, pelo menos, fértil — fértil o suficiente, pelo menos, para me fertilizar a imaginação. Passado tanto tempo, eu já devia ter percebido que naquela embrulhada eu precisava mais de imaginação, de uma qualquer capacidade de lidar com cenas de fantasia, do que de capacidades dedutivas ou detectivas. Para investigar eram precisas pistas e, até agora, mais do que pistas eu seguira correntes, correntes subterrâneas, deixara-me levar na onda como uma bóia solta da âncora ou (se calhar, uma imagem mais próxima da verdade dos factos) uma bola sendo empurrada de um lado para o outro, num bilhar eléctrico, até ao *tilt final.* O certo é que o meu faro não me enganava: de uma forma ou de outra, dentro em breve seria *Game over.*

Ao princípio, ainda me podia ter levado por uma espécie de prurido profissional, uma teimosia que tornava a solução do *puzzle* num caso pessoal. Agora, já não me importava, estava para lá de qualquer beliscadela ao meu amor-próprio. Começara a investigação (francamente, devia ter posto aspas aqui), começara a "investigação" como um detective de meia-idade, pouco sucesso, ansioso por ganhar algum dinheiro para pagar a renda e jantar uma vez por outra num bom restaurante e... O que era agora? Um morto ressuscitado seropositivo e perdidamente apaixonado por uma mulher com o dobro da minha idade supostamente descendente de Maria Madalena e que para mal dos meus pecados suspeitava nunca mais voltaria ver. Uff.

O que mais me poderia acontecer agora? Apanhar hepatite B? Contrair lepra e cair-me um braço? Encontrar Jesus?

Dado o estado das coisas, levar um tiro na nuca disparado por um assassino português contratado por um padre irlandês nem me parecia uma alternativa assim tão desagradável.

Ou então, com sorte, se fosse rápido, talvez ainda conseguisse resolver de vez o assunto antes de O'Reilly saber sequer que eu estava na cidade para onde Ingrid Bergman voara, feita passarinho, no final do *Casablanca.*

Eu é que, para ser sincero, não estava com vontade nem disposição de andar muito mais às voltas.

20

Deu em muito pouco, a minha ilustre frequência de bares, cafés e outros locais onde rumores e pequenas informações eram trocadas com o mesmo brilho nos olhos que, em Los Angeles, *cassetes autênticas* de celebridades em plenos actos natura e contra-natura. Para não dizer em muitíssimo pouco, para não dizer em nada, *nicles*, *niente*, pura poeira cósmica, do pó vieste, ao pó retornarás.

Num dia, já em despero de causa, fui à "Feira do Relógio", uma *casbah* improvisada (olá, Bogey), e surpreendeu-me o número de eslavos a venderem e comprarem coisas, a par dos mais previsíveis ciganos, também bastantes, e de uma forte comunidade africana, naturalíssima numa cidade pós-colonial. Os russos distinguiam-se tanto pelos maus blusões de falso cabedal, o cabelo curto, o ar perdido de expatriados noviços, pouco habituados a sê-lo, como pelo cheiro a álcool barato (não necessariamente *vodka*) às dez da manhã de um sábado nublado.

Quase me senti de regresso a casa. Alguém me sussurrou *haxixe, haxixe*, não respondi, e continuei a circular por aquela feira da ladra na qual se vendiam hortaliças, televisores, tapetes, roupa de marca, Armani, Lacoste, Ralph Lauren, relógios de marca, Tissots de quartzo por vinte dólares, Rolexes de ouro por trinta euros, chapéus-de-chuva, arte africana, fruta, pequenos frigoríficos iguais aos do mini-bar do meu hotel, telemóveis, aparelhagens CD portáteis, figuras religiosas de porcelana, imagens do Cristo na cruz abrindo e fechando os olhos, consoante nos deslocávamos para a direita (olhos abertos) ou para a esquerda (olhos fechados) e não pude deixar de reparar em como ele era parecido com muitos dos eslavos ali à volta, como se o raio do homem que, filho de Deus ou não, tinha nascido em Nazaré, na Galileia, Israel, Médio Oriente, mais perto de África do que das estepes siberianas, fosse na verdade um moldavo, um russo, um ucraniano, um lituano transplantado por obra e graça do, como era mesmo que se dizia?, divino santo espírito.

Quando nos dão um encontrão num mercado isso geralmente significa que acabaram de nos roubar a carteira. Nesse dia, fiquei a saber que podia significar ainda outra coisa: intervenção divina, sopro do destino, mãozinha da sorte. Enfim, uma destas três coisas.

Papel, conheces a história do homem cuja mulher um dia ficou grávida e, depois, quando ele saiu à rua, só via grávidas, parecia que a cidade sofrera de repente uma epidemia de mulheres-caranguejo com barrigas insufladas? Pois foi o que me aconteceu, ao ver quem, sem pedir desculpa, sem dizer nada, me tinha batido no braço: uma das raparigas escanzeladas que passavam horas encostadas ao muro defronte do Hollyday Inn, à espera de um cliente cuja luxúria fosse superior ao gosto. Não estou a dizer que fosse mesmo uma que eu tivesse visto, mas era o género, o estilo, tinha a mesma aura que as outras todas, ainda que vistas apenas da janela, protegida por uma cortina, do meu quarto. Uma aura de tristeza, de vida prematuramente chupada, ressequida.

Ela não era carteirista, notava-se logo, essa era uma arte perdida, exigia uma finura de mãos e uma inteligência nos dedos pouco compatíveis com os tempos actuais, todos tecnologia, bens de consumo rápido, escassa vida espiritual. Alguns ciganos romenos seriam, talvez, os últimos guardiões desse (apesar de tudo)

Belo Templo onde magia, prestidigitação e crime não maculado de sangue se juntavam numa harmoniosa trindade.

Uma questão se impunha: se ela não queria a minha carteira, de onde vinha então aquela brusquidão? Onde iria com tanta urgência?

Resposta: *Do pó vieste, ao pó retornarás.*

*

O *dealer* era tão esquálido como ela, com aquele ar de permanente irritação que têm os viciados em *crack* ou heroína. A transacção foi rápida e não de todo discreta. Seria fácil, para um agente à paisana, deter o indivíduo. Mais razoável seria, no entanto, não o tentar deter, esperar que ele nos conduzisse a um funcionário superior na cadeia alimentar... ou não. Um governo cínico, mas inteligente, aceitaria a derrota anunciada, esperando que a epidemia se circunscrevesse a uma zona específica, actuando mais na prevenção (evitar que a epidemia alastrasse) do que numa quimérica vitória sobre o crime.

Eu já tinha visto uma espécie de espantalhos humanos ao longo das ruas ajudando os carros a estacionar — nem sequer a limpar vidros, apenas a indicar espaços vazios nas esquinas, nos passeios, junto a sinais de proibido, onde estacionar. Engenhosa forma de fazer dinheiro, sim senhor, alugar o espaço público como se de senhorios privados se tratasse — dariam bons políticos.

E, agora que pensava nisso, havia uma relação óbvia entre a rapariga, os estacionadores e o pequeno traficante: eram todos personagens-limite, tolerados mas causando repulsa às pessoas normais, párias do novo século, neo-leprosos. E, se havia leprosos, tinha de haver uma leprosaria! Se o meu alvo era mesmo um pobre diabo, então, elementar, meu caro Watson, talvez devesse procurá-lo junto dos excluídos locais da cadeia alimentar. Claro que poderia vê-lo como o contrário, afinal ele era especial q.b. para merecer o respeito de Graça e do falacha, para já não dizer um investimento considerável por parte dos meus empregadores. Mas não queria ir por aí, a informação que tinha já era contraditória o suficiente, apesar de escassa, não havia necessidade de eu complicar ainda mais. Fosse como fosse, o corolário seria o mesmo, de acordo com as imortais palavras do mestre Sherlock Holmes: quando não houver mais nenhuma explicação possível, fiquemo-nos pela mais lógica, por mais absurda que seja. Ou algo do género.

*

Nessa mesma noite, fiz aquele que foi o meu primeiro verdadeiro trabalho de detective, ao longo de tantos e tantos meses: aluguei um carro e segui uma das raparigas que trabalhavam frente ao Hollyday Inn. Escolhi uma que reunisse duas condições que me pareciam prometedoras: ser nova e estar um destroço. A concorrência era feroz e várias candidatas se esmeraram, sem o saberem, por obter a minha aprovação, mas finalmente elegi a vencedora. Para lhe dar um nome, chamei-lhe Maria Madalena. Achei que ela não se importaria — devia estar habituada a que lhe chamassem coisas bem piores.

Às dez da noite, Maria Madalena enfiou-se dentro de um Opel cinzento. Pus o motor em marcha apenas para, foi embaraçoso, ver o Opel estacionar nem meio quilómetro à frente, numa rua lateral. Passei devagar e vi o cliente, mãos no volante, mas não a vi a ela. Levei alguns segundos a perceber que não havia nada para ver. Espinosa, és um filósofo.

Regressei ao meu posto de vigilância, uma segunda fila frente ao que eu esperava fosse o posto de trabalho fixo dela, a (por assim dizer) central de atendimento de chamadas. Se as raparigas não estivessem tão desesperadas e concentradas em arranjar dinheiro para pagar o vício e, provavelmente, dar grande parte do rendimento da noite ao chulo ou à organização para quem trabalhavam, teriam talvez desconfiado de mim. Mas o meu Clio não conferia com as viaturas civis que a polícia utilizava, e isso fazia de mim virtualmente invisível. Óptima cidade para Jack o estripador passar férias, pensei, enquanto me aborrecia, arte suprema do detective na qual eu, modéstia à parte, era exímio.

Optei por não seguir Maria Madalena de cada vez que tivesse um cliente. Isso implicou algum trabalho de dedução. Viria o chulo buscá-la quando ela precisasse de comprar uma dose? Improvável. Maria Madalena devia fazê-lo às escondidas dele, embora ele soubesse perfeitamente, a menos que fosse cego e não lhe visse as nódoas negras nos braços, junto às veias, que era isso que a mantinha de pé e *agarrada* à profissão; só que, hipócrita, ele decidia fechar os olhos, para não ter chatices. Triste mundo, em que até os chulos já se portavam como senhores burgueses.

Enigma: como se deslocaria então ela, quando tivesse sede e dinheiro suficiente para ir beber uma púcara de água à fonte, de salto alto e não segura?

Elementar, meu caro Sam: de táxi.

*

Cheguei a pensar que ela sabia que estava a ser seguida, dada a velocidade média do táxi, quase cem à hora, sobretudo quando acelerou e passou um sinal vermelho. Eu não conhecia a cidade, não sabia em que parte estávamos, mas não tinha problemas, desde que não o perdesse de vista.

Várias vezes pensei que íamos para a periferia mas logo voltávamos para uma rua mais estreita, rodeada de prédios antigos, e descobria que nos encontrávamos ainda dentro da cidade. Subimos e descemos colinas e, a certa altura, havia um baldio à nossa direita e, ao fundo, à frente, via-se o negrume das águas e as luzes do outro lado do rio. O táxi guinou à direita e depois à esquerda, enfiou-se por uma ruela, a certa altura perdi-o, arrisquei a rua que me pareceu mais lógica e — tive sorte, voltei a encontrá-lo. As luzes traseiras aumentaram subitamente de volume, o táxi estava a abrandar.

Maria Madalena saiu e depois ficou por um instante inclinada sobre a janela, a falar com o taxista. Pensei que estivesse a dizer-lhe para ficar à espera, mas ele foi-se embora. Devia ser, então, apenas a pagar-lhe ou a insultá-lo, em resposta a um qualquer remoque grosseiro dele. Também era bem possível.

Parei o Clio e deixei-a ganhar uns vinte metros, ela estava de saltos altos e sofria de subnutrição, mesmo que eu estivesse em baixo de forma não havia grande risco de a perder. E o curioso é que me sentia bastante em forma, fisicamente mais forte do que me sentira em anos. Até me esquecia de que, agora, também eu era um homem doente.

Maria Madalena desceu umas escadinhas desconjuntadas, e eu segui-a. Meteu por uma ravina de terra solta, aqui e ali apenas alguns arbustos, e eu segui-a. Em baixo havia uma linha de caminho-de-ferro que se perdia num túnel. Tive a impressão de que estava abandonada. Maria Madalena aproximou-se de dois rapazes junto a um barril de óleo vazio, dentro do qual ardia uma fogueira, e eu estaquei.

Uns binóculos com visão nocturna dariam agora jeito, mas era tarde para voltar à Feira do Relógio e tentar fazer negócio com um russo que tivesse sido comandante das forças especiais na Chechénia.

Maria Madalena disse-lhes qualquer coisa, eles disseram-lhe qualquer coisa, ela deu-lhes qualquer coisa, eles deram-lhe, em troca, qualquer coisa, e ela foi-se embora. De dentro do túnel, vinha alguma, não muita, trémula luz.

A partir daqui, Maria Madalena deixou de ser a minha preocupação. Ela trouxera-me onde eu queria vir. Reparei que havia mais silhuetas a aproximarem-se dos primeiros dois homens e, também, à entrada do túnel, corpos deitados, enrolados talvez em sacos-cama, ou mantas, ou jornais. Assobiei mentalmente uma canção da minha juventude: *Welcome to Hotel California... Such a lonely place, such a lovely place...*

21

Ninguém se deve queixar de ser estúpido. Eu fui pior que estúpido, fui atrevido, e paguei o preço.

O que se passou na minha cabeça? O que me levou a pensar que me podia safar aparecendo assim, à papo-seco, na boca do túnel, para ver se o meu Zé Ninguém sempre lá estava, se Maria Madalena tinha sido um bom perdigueiro e, sem o saber, levado este teu mísero servidor, papel, à sua perdiz?

Do túnel vinha um cheiro a excrementos e a carne apodrecida como eu nunca tinha visto, nem em Brooklyn, nem em Moatize, nem em lado nenhum. Abençoado fedor a carneiro morto que, como uma nuvem, invadira Adis Abeba, pensei, como eu gostaria de te ter agora por protector das minhas narinas, dos meus poros, de todo o meu ser. Binóculos não tinha eu levado mas, do mal o menos, trouxera comigo uma pequena lanterna. Também não tinha uma arma — a lanterna ia ter de mostrar a sua versatilidade. Era como se estivesse a entrar num mar negro de peixes cegos, o foco de luz incidia aqui sobre um corpo caído, ali num esqueleto de cócoras tentando encontrar a veia no braço mumificado, acolá dois espectros gatinhando em busca de restos de pó nos *panfletos* usados.

O meu pé pisou algo mole, pegajoso, rezei para que fosse apenas merda. E mais corpos, devia ser tão difícil para eles como para mim distinguir os vivos dos mortos. Provavelmente, todas as manhãs faziam a recolha do lixo, arrastando com as forças que ainda tivessem os corpos inertes para fora, atirando-os ribanceira abaixo, à espera de que (as cidades estavam cheias destes acordos tácitos), uma carrinha da câmara ou da morgue os viesse buscar.

Pareciam velhos, mas obviamente não havia velhos. A esperança de vida em Moçambique, dissera-me Graça, estava a decair de 42 para 27 anos? Bem, aqui já decaíra. Bem vindos ao inferno, irmãos, aleluia. Mais abaixo na cadeia alimentar só minhoca de anzol. E no entanto... Era estranho, sentia-me como se tivesse uma bússola dentro de mim, um imã enlouquecido a exclamar, excitado, *Estamos perto! Estamos perto!* Não me perguntem como, eu sabia que ele estava ali. Era só encontrá-lo no meio destas... dezenas, centenas?... de cadáveres adiados. Uma das dificuldades era que todos os rostos que a lanterna focava, trémula mais da minha mão do que da pilha a chegar ao fim, todos eles eram, quase sem excepção, idênticos ao retrato-robô do meu *cliente*. O que me levou a aproximar-me dele foram as pernas cruzadas. Mais ninguém ali estava sentado de pernas cruzadas.

Pernas apertadas contra o corpo, por causa do frio, sim, corpo espojado debaixo de uma serapilheira suja, sim, mas só aquele vulto estava sentado daquela maneira, os joelhos de cada lado, tocando o chão, se aquilo não era a posição do lótus andaria lá perto. A cabeça descaía-lhe sobre o tronco, mas eu sabia que era ele. Aproximei-me, agarrei-lhe no cabelo, muito comprido, algo empastelado — sangue coagulado, provavelmente, fruto de alguma pancada recente. Ergui a cabeça com uma mão, apontei-lhe a lanterna com a outra. Era ele.

Tinha uma barba enorme, suja, era até dos menos parecidos com o seu retrato, mas era ele. Nem pestanejou apesar de estar a levar com o foco em cheio nos olhos, mas estava vivo. Senti a adrenalina amarinhar-me corpo acima e fiquei um momento, em triunfo, segurando-lhe na cabeça pelos cabelos. Conseguira! Encontrara-o!

E foi então que as coisas se precipitaram.

Meu, o que julgas que estás a fazer?

És bófia, meu? A gente não quer aqui bófia!

Voltei-me devagar. Estavam pelo menos cinco atrás de mim. Tinham tubos de ferro nas mãos, e correntes e, pelo menos um, uma faca. Não vi pistolas. Tentei falar com a maior firmeza:

— Eu... vou levar este homem comigo. Amigo... Sou amigo dele... Não quero problemas...

A minha operação diplomática não resultou.

Americano! O gajo é americano!

Dá-nos um pintor, ó americano!

Mostra a carteira, americano!

Uma mão com uma barra de ferro ergueu-se e, lenta, abateu-se sobre a minha nuca. Não vi a sequência, apenas a pude adivinhar. Num momento a mão estava em cima, corte para negro, e depois estava em baixo. Se me tivesse acertado em cheio ter-me-ia talvez matado. Assim, apenas me rasgou a têmpora e quase deslocou o ombro. Outros movimentos se seguiram, com o seu quê de mecânico, de lento, a minha lanterna dava-lhes algo de cinemático, com cortes abruptos de luz e negro, braços a erguerem-se e a caírem secos, sem emoção, sem impulso do corpo, como aqueles bonecos articulados em que o braço é uma peça separada a girar para cima e para baixo, para cima e para baixo, para baixo e para cima. Eles eram lentos, mortos-vivos de filme de terror, clones andrajosos do Bela Lugosi, mas eram muitos. Senti um choque na mão que segurava a lanterna e, de repente, já não havia lanterna e já não havia mão. Não me doía muito, ainda, mas não me surpreenderia se estivesse fracturada, dependia de me terem dado com uma barra de ferro ou uma matraca de madeira. E, nesse momento, percebi como nunca o que era sentir medo. Um medo pânico.

Lancei-me para a frente, usando o meu peso como um aríete tentando derrubar o portão de um castelo. Consegui passar, levei mais pancadas, eles agora eram quantos, milhares, milhões? Um planeta inteiro de mortos-vivos? Tropecei, continuei a correr, a correr, tropecei de novo, mesmo depois de sair do túnel continuei a correr, a correr, a correr, caí ribanceira abaixo, fui parar à estrada, coxeava, se calhar tinha rompido os ligamentos, continuei a correr.

Não valia a pena tentar encontrar o carro. Essa não era a minha preocupação. Passou um táxi, gesticulei, descontrolado. Não parou.

Passou outro táxi, fiz sinal, parou.

22

Não tinha rompido os ligamentos do tornozelo. O pulso, em compensação, estava partido e também dois metacarpos, o bom senso aconselhar-me-ia a trazer o braço imobilizado e deixar a natureza fazer o seu trabalho, única cura verdadeira para os traumatismos ósseos, mas eu não estava disposto a escutar a voz desse senhor com a mania de dar conselhos óbvios.

Estava furioso, por ter sido tão imprudente, por ter sentido medo e, sobretudo, porque podia ter morrido, o que seria uma estupidez e um desperdício, agora que estava tão perto. Tivera-o na mão e fora precipitado. Não me preparara, esquecera-me da regra de ouro da minha actividade: ter sempre um plano B. Um plano B! Grande coisa. Pois se eu nem de um plano A me lembrara... Razão tinha o Bogart em dizer *Deus me livre dos amadores*. Eu tinha perdido o meu brio profissional, tornara-me um amador.

Espreitei pela janela. Apesar de ainda ser cedo, algumas meninas já estavam encostadas ao muro, ou a conversar umas com as outras, as mini-saias mostrando umas pernas descarnadas que, se elas queriam a minha opinião, seria melhor *marketing* estarem resguardadas por um par de calças. Pelos vistos, por estas bandas ninguém era sensato, nem elas nem eu, devia ser do dióxido de carbono, da proximidade do mar ou algo assim... Talvez fosse o país. Afinal, tudo tinha o seu prazo de validade. A maior parte dos produtos apodreciam e ficavam impróprios para consumo — por que não um país?

Maria Madalena não estava à vista. O que não significava nada. Ter-me-ia ela reconhecido? Pouco provável. Tanto ela como as colegas sabiam que, se os prósperos hóspedes do Holliday Inn sentissem o apelo da carne, teriam ofertas mais atractivas em mil e uma outras noites da cidade.

Decidi que o melhor seria voltar lá à noite. Isso deixava-me o fim da manhã e a tarde para obter o material de que precisava. Não sabia como, nem ao certo onde, mas tinha pelo menos uma vantagem sobre a noite anterior: um plano.

Não era tudo. Era, tão-só, melhor que nada.

*

Acabou por ser mais fácil conseguir o produto do que julgava. Fui roubado um par de vezes, antes de acertar com um vendedor honesto, o que, para as minhas expectativas, até foi uma boa média. Estava preparado para ser bastante mais enganado.

O rapaz que me vendeu os dez gramas disse: *Da próxima o mister já sabe onde me encontrar, iá?* Bom negociante, bom negociante: um cliente satisfeito é um cliente que voltará a requerer os nossos serviços. E, ao contrário de tantos outros, dos quais as pessoas se fartavam, o produto que ele vendia tinha forte tendência a ser procurado de novo pelos seus consumidores. Claro que não eram dez gramas, talvez nem sete fossem; ainda assim, a heroína tinha uma textura satisfatória, e não estava demasiado cortada pela conjugação com outras marcas de detergentes — analgésicos, canela, pó de talco, caldo de galinha, cimento em pó.

A menina da farmácia olhou-me com indignação quando lhe pedi duas dúzias de seringas descartáveis. Eu bem disse *diabetes*, mas ela não pareceu ficar convencida. Em compensação, a senhora da mercearia não reprovou que eu lhe comprasse uma garrafa de vinagre, até ficou satisfeita por ver um americano a converter-se à Saudável Dieta Mediterrânica. Limões seria mais adequado, mas davam mais trabalho e eu tinha uma mão inutilizada.

Um isqueiro, uma colher de metal, alguma paciência... As coisas que um detective sabia nem sempre se aprendiam nos escuteiros. E daí... O que sabia eu do que se aprendia, hoje, nos escuteiros? A dado momento, afastei um pouco a cortina da janela, para ver a rua.

Maria Madalena estava de regresso ao trabalho.

Óptimo. Finalmente, um toque de normalidade.

*

Desta vez não ia desarmado. Apanhei um táxi até à estrada onde fora parar na noite anterior, pelo caminho por que chegara ser-me-ia impossível. Também não me preocupei em saber onde deixara o Clio, ou em que estado estava. Se tudo corresse bem, diria na manhã seguinte à agência que mo tinham roubado e eles que resolvessem o assunto. Se tudo corresse mal, levariam mais tempo a resolver o assunto, as minhas sinceras desculpas.

Subi o descampado. A ribanceira pareceu-me menos inclinada do que na noite anterior — e, no entanto, devia ser o inverso, agora estava a subir. As colinas deviam custar mais a subir do que a descer, mas não era isso que acontecia. Talvez a explicação fosse que hoje não estava (pelo menos por enquanto) ferido e sem fôlego e em pânico e a fugir para salvar a pele. Isso fazia uma certa diferença. Agora a vantagem era minha: eu, ao contrário deles, sabia com o que contava. Estava preparado.

Enfim, não era crime ser optimista, pois não?

Hei, meu, onde julgas que vais?

Segui o meu caminho e passei a guarda avançada. Entrei no túnel com um passo que se pretendia firme.

Olhem para este gajo! Querem ver que vai haver merda?

Claro que podia ser de repente atacado, pela frente ou pelas costas, ou de lado, com algum material cortante. Não ficaria muito surpreendido se de repente sentisse o meu pescoço ser empalado por uma lança improvisada a partir de um cano velho, o que seria um bocado chato, até porque a ferrugem provocava tétano e eu desde miúdo nunca mais fora vacinado.

Só ao chegar àquele ponto percebi quão dependente me encontrava de eles fazerem o que esperava deles: que fossem estúpidos, lentos e maus. Que cheirassem o seu próprio poder, o poder dos números, que não desconfiassem da minha calma, que me deixassem enterrar mais fundo, avançar no túnel para onde ficaria mais indefeso, para o seu território, onde nem a polícia se atrevia a entrar sem máscaras de gás e luvas de cabedal reforçado, por medo das seringas contaminadas. Este, por sinal, era um receio que eu não tinha, mas isso eles não sabiam. Mais uma vantagem minha, um seropositivo não tinha medo de ficar seropositivo. Como vês, papel, há sempre um lado bom das coisas.

Meu, estamos a falar contigo. És estúpido, queres morrer?

Esperava que, como em todas as matilhas, mesmo as que não pareciam ter líder, estivessem todos à espera de que os mais atrevidos, os mais cruéis, dessem o sinal de que estava aberta a caça ao incauto.

A princípio, como na noite anterior, seriam lentos, como se espancarem-me até à morte não fosse nada com eles. Só quando caísse no chão é que se lançariam sobre mim, mais vorazes, em busca de um troféu: a minha carteira, os meus sapatos, a camisa, o casaco, as calças, sabe-se lá que mais. A gravata, por exemplo, sempre útil para fazer um garrote e encontrar a veia. Embora eu suspeitasse que muitos deles já nem enfiando o braço numa máquina de picar carne fossem lá.

Ele estava de pé, meio encolhido, e mais uma vez não desviou os olhos quando lhe apontei a lanterna. Durante a tarde vacilara um bocado, confesso. Ter-me-ia enganado? Quiçá não vira o que queria ver, como uma miragem no deserto?

Não. Era ele. Tomara eu estar sempre tão certo de tudo. Era ele.

Agarrei-lhe no braço:

— Vamos, eu levo-te a casa.

Atrás de mim, a matilha ocupou as suas posições. Do ponto de vista deles, eu não tinha a menor saída.

Tu não levas ninguém para lado nenhum, man. Ele fica!

Sim, o marmelo fica. Ele é nosso.

Ele é amigo da gente. Ele fica!

Um que trazia uma espécie de machado na mão gritou, numa voz que queria ser grave mas saiu um bocado falsete:

E tu também ficas. Hoje vamos ter sopa de miolos!

Os outros riram, lembrando hienas asmáticas. Não percebi as palavras, mas a reacção deles informou-me que tinha encontrado o meu líder. Este é que era o psicótico de serviço. Como em todas as matilhas humanas, com este é que eu teria de ter cuidado.

Bem sei que um herói de filme tiraria de dentro da gabardine a sua *menina*, uma qualquer super-metralhadora automática como aquelas que fascinam os adolescentes com um gosto pela violência gráfica; não obstante, na vida real, as melhores soluções são quase sempre as menos espectaculares.

— Tenho um presente para vocês! — exclamei, e larguei por um momento o meu cliente para tirar do saco as seringas. Apanhei quatro ou cinco e mostrei-as, focando a lanterna: — Bom material, querem? Qualidade garantida. E já pronto a servir, nem precisa de micro-ondas!

E atirei ao ar a primeira leva. Foi remédio santo, se me é permitida a expressão. Graças a D... (pronto, não quero abusar), nem um se lembrou de que podiam primeiro matar-me e, *a posteriori*, consumir calmamente a droga. Desvantagens de ter o cérebro esclerosado, a sede foi mais forte do que a unidade.

Peguei em novo molho de seringas, e atirei noutra direcção. Bem, tentando ser justo, poderia talvez admitir que havia algo de remotamente adequado naquele raciocínio réptil — afinal, podia não chegar para todos. Por conseguinte, em parte, a avidez em encontrar uma seringa e aviá-la já até podia ter alguma justificação.

O líder ficou desamparado, as suas tropas desbaratavam ainda a batalha não tinha sequer começado. Ele próprio devia estar a hesitar em agarrar uma seringa, mas tinha suficiente maldade no corpo para se controlar. Tamanho auto-controle quase merecia a minha admiração, mas não lha dei: dei-lhe, em contrapartida, com toda a força com que pude, com a lanterna na cabeça. Esperava sinceramente tê-lo matado, mas podia ser que não, uma pessoa nem sempre conseguia o que queria.

A lanterna deixou de funcionar. Pouco importava. Eu sabia o caminho de saída. Atirei a lanterna para o chão e, enquanto metia uma mão no saco em busca de mais um molho de seringas descartáveis, puxei para fora o meu cliente, agarrando-lhe com força no pulso, e só quando já estávamos em baixo, na berma da estrada, reparei que o estava a fazer com a minha mão magoada.

O problema agora era apanhar um táxi que aceitasse levar-nos, com o cheiro que ele tinha.

Felizmente, eu tinha na carteira, bem recheada, o melhor desodorizante do mundo.

23

Operação número um: banho. Operação número dois: cortar-lhe o cabelo. Operação número três: cortar-lhe a barba, que lhe dava um ar ridículo de profeta, como o Jim Morrison pouco antes de morrer, quando achava que era um visionário e escrevia, no seu sofridíssimo exílio em Paris, o intragável poema *Uma Oração Americana*. Sim, guardo na cabeça trivialidades destas. Sim, também eu tive uma adolescência, há azar?

Só da operação número um tratei pessoalmente: ele sentou-se docilmente na banheira e eu reguei-o com o chuveiro até à sua volta só haver água mais suja do que numa maré negra cheia de Prestige, e quatro sabonetes-miniatura gastos até ao tutano. Já muito heróico fora tirar-lhe a roupa, e enfiá-la num saco do lixo junto com os meus sapatos. Operação número dois e número três foram executadas por um barbeiro da escola antiga convocado ao quarto através do prestável (graças a uma boa gorjeta) chefe de recepção.

Ele era doido, não havia dúvida. Dócil, muito sorridente, mas não percebia patavina do que se passava. Doido ou imbecil, ou mesmo retardado. Enfim, também não me cabia a mim julgá-lo, quem não tivesse defeitos que atirasse a primeira pedra, ao fim e ao cabo algum valor ele teria, para merecer o apreço de Graça e os indivíduos da clínica o quererem de volta.

Fumei um charuto, eu sabia que não devia fazer coisas más para a saúde mas achava que merecia, e liguei para Ken, a dizer-lhe *Missão cumprida*. Barbie atendeu, ou uma Barbie qualquer, até a voz soava a loura, se oxigenada ou hidrogenada já era querer saber de mais, e ela disse-me *Espere um momento por favor*, e eu esperei um momento, mais do que um momento, e ocorreu-me que devia estar a pagar meio dólar por impulso, e os impulsos pareciam cair de dois em dois segundos, mas não era o meu dinheiro que estava a pagar a chamada transatlântica, pois não?

Por fim, Ken atendeu, *Senhor Espinosa? Como está?*, e eu quase disse *Tenho o pacote*, mas não disse isso, disse outra coisa, e fez-se silêncio do outro lado da linha por um momento, e eu quase perguntei *Ken? Ken? Estás aí, Ken?*, e por fim a voz de Ken, um pouco rouca e, pareceu-me, emocionada (seria possível?), deu-me as instruções necessárias, disse que o mais tardar no dia seguinte far-me-iam chegar, via expresso, os documentos necessários, bem como dois bilhetes em executiva na British Airways. Quase estive para dizer *British Airways não, Ken, são ainda piores que a Air France*, mas achei que não havia razão para gastar o meu bom humor em Ken. Ser demasiado generoso com o empregador, qualquer sindicato o sabia, nunca fora boa política.

Ken aconselhou-me ainda a não sair do hotel, e não precisava de o dizer, eu percorrera demasiadas milhas para correr o risco de ver o cliente desaparecer mesmo debaixo do meu nariz.

Pedi comida no quarto, dei uma nota de cem dólares ao paquete para me ir comprar uma garrafa de JB, e passei um dia e uma noite e uma manhã inteiros a embebedar-me, a ver televisão, a olhar para aquela bela encomenda, com o seu ar impávido, sorriso tonto, sentado no sofá, ou na cama, onde quer que eu o pusesse ele deixava-se fazer, tipo Bambi. Quando reparei que nem sequer se conseguia alimentar sozinho, dei-lhe comida na boca, ajudei-o a beber água, levei-o a fazer xixi. Ele parecia não se importar de passar fome nem sede. Tentei falar com ele, logo desisti. Vestido com uma camisa às riscas e um pulóver azul-claro, calças de bombazine e sapatos tipo vela, sem meias, era ainda menos parecido com o retrato-robô. Tinha um ar menos esgrouviado, o nariz mais adunco, sem a barba o queixo ficava mais imaturo, menos definido, e o pescoço era meio descaído, como naqueles budistas vegetarianos que, de tanto abdicarem de comer carne, ficavam sorridentemente moles, sem genica, sem instintos violentos — está bem, melga — mas também sem alma. Ainda hoje, não sei porquê, detesto budistas. Irritam-me, tanta bondade só pode ser suspeita. Piores ainda do que os cristãos: estes só dizem que dão a outra face, e a maior parte das vezes nem sequer o fazem, é só *bluff*; enquanto que os budistas dão a face, o braço, a perna e, se não nos pomos a pau, na sua azáfama de serem não-violentos e cordiais para o adversário, ainda dão também o *nosso* braço, a *nossa* perna, a *nossa* face, o *nosso* pescoço...

Quarta, às nove e quarenta da manhã, o paquete bateu à porta da suite. Acabara de chegar uma encomenda. Tínhamos ainda uma hora para fazer o *check-out* do Hollyday Inn, antes de fazer o *check-in* não na British Airways, alguém tinha escutado as minhas preces, mas na Tap Air Portugal, menos mal, voo *non-stop* Lisboa-Newark, em *Ambassador Class*, oh Sam, sim, sim, Sam, vossemecê merece.

NOVA IORQUE

Fabricar um Golem é uma empresa perigosa; como qualquer outra criação maior, coloca em risco a vida do criador — a fonte do perigo, todavia, não é o Golem ou as forças que dele emanam, mas o próprio homem.
Gershom Scholem

24

À saída de Newark tínhamos uma limusine à espera e dois anjos da guarda como brinde.

Fiquei um pouco desapontado, contava com um helicóptero. Por outro lado, aos helicópteros às vezes falhava-lhes a hélice, e o tráfego aéreo na zona de Nova Iorque ficara muito mais controlado depois do 11 do 9; e, para todos os efeitos, era apenas hora e meia de viagem, duas, se houvesse trânsito, até Hudson.

O motorista e o colega pareciam clones, ambos grandes, fatos escuros, óculos escuros, cabelo curto e sonotone nos ouvidos. Condiziam com a limusine; nós, nem por isso.

Vi o recorte dos telhados em Nova Iorque, apontando um pouco menos para o céu, agora que o Empire State Building voltara a ser o edifício mais alto; pouco importava, Manhattan vista ao longe será sempre magnífica.

Só agora me apercebia de como tinha saudades. Saudades de andar nas ruas cheias de gente, saudades do vapor a sair dos respiradouros do metro, saudade de cruzar, no espaço de um micro-segundo, latinos, irlandeses, chineses, negros, extraterrestres, até mesmo hassídicos de barba, chapéu e casaca comprida sempre com aquele ar conspirativo de quem estava a falar ao telemóvel com o Talmude em pessoa. E das mulheres. Tinha saudades das mulheres.

Tinha saudades dos passeios largos, blocos de cimento com espaço decente para andar e onde o único risco era chocar com um grego a vender cachorros quentes assassinos a dólar e meio e de ser insultado na língua de Platão, Aristóteles, Gyros.

Tinha saudades de comer uma sanduíche cheia de maionese e mostarda e sabia que em Nova Iorque numa *delicatessen* isso ainda era possível, apesar da infernal mania das dietas saudáveis que aterrorizava agora o mundo mais ainda do que a Al-Qaeda. Tinha saudades de andar numa cidade onde as direcções fossem simples e onde a única natureza visível fosse a humana, tinha saudades de ser insultado e de reagir ao insulto e de cinco segundos depois não ter sido nada, apenas um exercício vocal para desentupir a laringe e os brônquios.

Tinha saudades dos bilhetes a cinquenta por cento de desconto para os musicais do dia, de me irritar ao ler um editorial no *Post* e comentar para o lado *Quem é que estes gajos julgam que são, os guardiões do templo?*

Tinha saudades de me trazerem mais café sem ter de pedir nem de pagar. Tinha saudades dos *bagels* de cebola com queijo cremoso, dos estafetas de bicicleta a pedalarem em contramão, dos loucos a venderem Deus na rua — e dos néscios a comprá-Lo. Tinha saudades da cidade que todos achavam que era o centro do mundo e que, por acaso, e por mérito dos seus habitantes, até era. Tinha saudades de me sentir em casa, de andar nas ruas da cidade feia mais linda do mundo.

E dentro de algumas horas, talvez ainda esta noite, iria poder fazer isso tudo. Não voltaria ao meu apartamento, não esta noite, depois de tudo o que passara sentir-me-ia muito sozinho. Ia perder a cabeça, fazer um estrago, e comer um bife alto como três dedos, daqueles que ainda vêm a mugir, e depois ala dormir num hotel, feito turista, talvez o Waldorf Astoria, por que não?, agora tinha dinheiro. Dinheiro, a força que movia o mundo. Era só fazer a entrega, acertar contas, e hop, era um homem livre.

Ele talvez não fosse um homem livre, nem me admiraria nada se o esperasse uma dieta de electrochoques e uma temporada numa camisa-de-forças. Não havia contudo razão para me sentir como o caçador cruel a levar a Branca de Neve para a floresta, pois ele estaria decerto muito melhor na clínica, onde saberiam lidar com gente como ele, do que naquele túnel abjecto em Lisboa onde a morte era o pão nosso de cada dia. Em relação a isto não podia haver qualquer dúvida, pois não? Claro que não. Por que raio me sentia, então, como o caçador cruel a levar a Branca de Neve para a floresta?

Precisava de descansar, era o que era. Um banho numa suite do Waldorf, um bife num bom restaurante, uma noite numa cama *king-size*, se calhar pedir até ao porteiro que me arranjasse uma rapariga, nada de poupar nas despesas, eu agora era um homem rico, uma daquelas de luxo, que já vinham insufladas, para me ajudar a relaxar. Graça que me perdoasse, mas um homem às vezes tinha necessidades que uma mulher não compreendia, só uma boneca bastante pneumática.

Então, sim, poderia, aos poucos, retornar à normalidade. Talvez até considerar a hipótese de voltar a Moatize, por que não?

*

Nenhum de nós disse nada quando entrámos no túnel para passar por baixo das águas do Hudson, nem quando reemergimos em Manhattan, nem quando passámos o Bronx, nem quando entrámos na Interestadual 90, nem quando o trânsito se tornou mais fluido, nem quando saímos para uma estrada local, nem quando cruzámos o arvoredo verde que acompanhava o Hudson em direcção ao norte, rumo ao Canadá.

Passadas duas horas, reconheci a pequena estrada local que conduzia à clínica. Um operário de capacete e colete fluorescente fez sinal com uma bandeira vermelha: atrás dele, a meio da estrada, estava parada uma pequena grua.

A limusine abrandou. O operário fez sinal ao motorista para baixar o vidro; este não obedeceu. O operário sorriu, mãos atrás das costas, descansado da vida, a sua expressão dizia que só queria avisar-nos do estado das obras, ser cortês. O segurança levou dois dedos à lapela e disse qualquer coisa para o pequeno transmissor que ali trazia preso. Ao ver isto, o operário ficou sério, tirou uma Magnum de trás das costas e disparou. O vidro era à prova de bala, mas uma Magnum era uma Magnum — ao quinto impacto, a janela deu de si e a cabeça do motorista espilrou sangue. O segurança abriu a porta do outro lado e, por cima da capota, acertou no pescoço do operário, antes de ele próprio ser abatido por uma rajada vinda de trás de uma árvore. O atirador avançou em direcção à limusine e reconheci-o, apesar do capacete de protecção: O'Reilly.

Na grua havia mais dois homens, com *Uzis* a tiracolo. Estavam a chegar à limusine e eu não podia fazer nada senão trancar as portas e rezar para que nos quisessem vivos. O'Reilly olhou por um momento através do vidro, como se tivesse medo de se aproximar de nós. Senti-me estranho, era como se ele não me visse, tão concentrado estava em ler o rosto do meu companheiro de infortúnio. O'Reilly ergueu devagar a metralhadora e apontou-a para nós. Azar, não nos queriam vivos.

O vidro aguentaria a primeira rajada, calculei. Depois, seria o que Deus quisesse. Era estranho. Quem visse a expressão de O'Reilly quase diria que era ele que estava do lado errado da *Uzi*.

Um som seco, como uma rolha a sair de uma garrafa de espumante, e um dos operários caiu. Nova garrafa aberta, e o outro estava também no solo. O'Reilly olhou em volta, alarmado, e teve sorte, porque se virou no momento em que tinha um pontinho vermelho na testa, como se, de padre assassino disfarçado de operário, se tivesse subitamente convertido ao hinduísmo. A bala, assim, não o matou, implodiu-lhe apenas o ombro.

— Não pode ser — gemeu. — É blasfémia. Blasfémia...

Quase tive pena dele; alguns segundos mais e teria conseguido o que queria. Ou, melhor dizendo, alguns segundos menos de hesitação e teria conseguido o que queria. Razão tinham os hindus: uma pessoa, quando queria fazer uma coisa, nunca devia hesitar.

25

A cena tinha algo de teatral. Encontrávamo-nos no gabinete de Ken, que flutuava sorridente como um chefe de mesa, demasiado eléctrico para ficar quieto. Eu estava sentado ao lado do desaparecido agora graças a mim reaparecido, quase bovino de tão dócil, perfeitamente a leste do que se passava. O'Reilly, agarrado ao que lhe restava do ombro direito, esvaía-se em sangue, manchando os até agora imaculados sofá e alcatifa de Ken. Este não parecia no entanto importar-se: *hoje é dia de festa*, diziam os seus olhos, *e um dia não são dias*.

À porta, um irmão gémeo do motorista e do segurança mortos, automática displicente a tiracolo, convenientemente vestido de preto, assim não teria de mudar de roupa para o velório. Ocorreu-me chegar ao pé dele e rasgar-lhe uma aba do casaco, explicando-lhe que era tradição. Ocorreu-me também não o fazer, sabia eu lá se ele até não detestava os seus falecidos clones, e fiquei-me, sensato, por esta última ocorrência.

Barbie entrou, fresca & branca, eu ia a dizer como uma alface, se as alfaces, além de frescas, fossem brancas. Trazia uma bandeja com café e refrescos. Perguntei-me se eram as séries de televisão que copiavam dos verdadeiros hospitais estas batas mini-saia, ou se era a realidade que copiava a moda clínica das telenovelas. Barbie sorriu-me, o que não significava nada, porque sorriu de igual modo para Ken e O'Reilly. Não pareceu reparar que ele lhe estava a sujar a alcatifa. Também não devia ser ela a limpá-la, para isso tinham decerto um par de filipinos ou mexicanos. Barbie pousou-me uma chávena na mão, encheu-a até meio, e saiu, mais lépida que uma borboleta antes de ser cravada com uma agulha no álbum favorito de um coleccionador de lepidópteros.

— Blasfémia — O'Reilly parecia um disco riscado, do tempo vinílico em que os discos ainda podiam ser riscados. — Blasfémia... Não podem fazer isso... É blasfémia...

Olhei para Ken, que não parecia estranhar as palavras de O'Reilly. *O que quer ele dizer com blasfémia*, perguntei, sem abrir a boca.

— O padre tem alguma razão — disse Ken. O'Reilly era então mesmo padre. — Mas, também, do ponto de vista estritamente religioso, toda a ciência é blasfémia.

— Não podem fazer isso com... Não podem...

Ken ficou de repente sério, o que acontecia geralmente às pessoas muito tónicas, ou num estado superlativo de excitação. Debruçou-se sobre O'Reilly, as mãos apoiadas nos braços da cadeira, como se fosse fazer flexões sobre o seu gemebundo corpo:

— Fazer o quê, padre? Matá-lo? Isso era o que você queria fazer, não era? Não, nós não o vamos matar. Pelo contrário, vamos mantê-lo vivo, bem vivo.

O'Reilly baixou a cabeça. Sabia-se vencido. Quanto mais tempo teria de vida? Nem uma hora, se continuasse a perder sangue a este ritmo.

— Não podem fazer isso com Jesus...

Tecnicamente, eu poderia sugerir a Ken que chamasse uma ambulância e, já que estava com o dedo nas teclas do telefone, a polícia. Algo me dizia, no entanto, que o que quer que eu opinasse em relação ao assunto seria irrelevante. E por que não seria assim?

Afinal, eu era apenas mão-de-obra, um fornecedor que acabara de prestar um serviço e esperava receber o resto da maquia combinada, eventualmente passar um recibo, acrescentando o Iva...

O'Reilly, não. O padre, apesar de moribundo, era um interlocutor. Um interlocutor, adversário temível, em vias de deixar de o ser — como podia Ken resistir a isto? Assim, em vez de fazer sugestões inúteis, perguntei:

— Jesus?

Ken reparou em mim, e não se zangou, antes ficou contente, porque eu não estava a desconversar. Sorriu como um mestre-escola que tivesse acabado de chumbar todos os alunos de que não gostava e tivesse encontrado um com o qual talvez valesse a pena gastar o seu latim.

— Jesus, sim. O padre tem razão. Não sabia, senhor Espinosa? O homem que conseguiu trazer até nós, e ficar-lhe-emos eternamente gratos por isso, pode mesmo crer que *eternamente* é Jesus.

Fiz o que uma pessoa normal faz quando lhe dizem uma coisa destas. Franzi a testa:

— Jesus?

Ken fez que sim com a cabeça: hum hum.

— *Je... sus*?

— E tiro-lhe o chapéu, você conseguiu o que dezenas de outros não conseguiram, que foi sacá-lo da toca. Já não era sem tempo.

— Hum... Obrigado.

— Devo reconhecer que a culpa também foi nossa. Levámos tempo a perceber que estávamos a usar o método errado. Até que o contratámos a si. Os meus colegas não confiavam, mas eu, senhor Espinosa, fui um seu acérrimo fã desde o primeiro minuto. Disse-lhes: judeu, é preciso um judeu. No fundo era evidente. Afinal, mordidela de cão cura-se com pêlo de cão, não é?

— Este... — Eu ia a dizer desgraçado, à cautela fiquei-me pelas reticências. — Este... é Jesus?

— Cristo. O Jota Cê em pessoa. — Ken estava a adorar toda esta conversa. Ou melhor, estava a adorar-se. A adorar ouvir-se. — Como nos filmes policiais. *My name is Christ, Jesus Christ.* Em carne e osso. O filho de Deus em carne e osso.

— Pensava que ele tinha morrido na cruz.

— E ressuscitado, senhor Espinosa. Sei que não é a sua especialidade, não se esforce. Morrido e... ressuscitado. Depois de morrer, três dias depois de morrer, o homem ressuscitou. Os evangelhos aqui estão certíssimos, quem diria? Mais fiéis aos factos do que a maioria dos jornais nos dias de hoje. É espantoso. Ou, se calhar, não é.

— Ah. — Tentei arrumar aquilo que sabia do cristianismo. — Mas ele... não foi para o céu?

Ken apontou-me um dedo.

— Senhor Espinosa, a sua raça não acredita no céu. Por que fala em céu?

Fiz orelhas moucas a esta coisa da "sua raça". Qual raça, qual carapuça. E perguntei, com o ar mais ingénuo possível:

— O céu não existe, então?

— Pode existir, pode não existir — Ken, o filósofo. — O certo é que ele ficou por aqui. Pela Terra. Consegue imaginar? A vaguear pelo planeta, até aos nossos dias.

Senti uma tontura, como se tivesse dado vinte voltas numa montanha russa de cabeça para baixo. Puseram alguma coisa no meu café, pensei. Foi a Barbie... Era uma possibilidade mas eu ainda não tinha bebido um gole sequer, e agora é que não o ia mesmo fazer, o seguro morrera de velho. Momentos depois ia descobrir o contrário, que não era o seguro, era o pobre. O pobre é que, no futuro, morreria de velho.

Não, não era por causa de um qualquer narcótico que me sentia zonzo. Era o que Ken estava a dizer. O cérebro humano tem limites para receber informação, ela deve ser dada a conta-gotas, sob risco de sobrecarga. E eu era, naquele momento, uma modesta jibóia a tentar devorar um boi cobridor de uma só garfada. Os riscos de indigestão eram mais do que enormes.

— Está a dizer-me que... — a minha voz era um megafone distorcido dentro da minha cabeça — que este... este... — Eu tentava encontrar a palavra exacta. Mas qual era a palavra exacta? — Este infeliz... é Jesus *Cristo*?

Ken foi condescendente para com a minha dificuldade em assimilar a informação.

— É difícil de acreditar, não é? O filho de Deus em pessoa. O perfeito dois em um, champô e condicionador numa só embalagem. Contaminado pelos homens, de carne e osso, capaz de sangrar, defecar, sentir apetites, e tocado por Deus, dotado do único bem que, até hoje, nos foi negado.

— Que é?

Ken denotou um travo de irritação na voz. Até um professor paciente perdia a paciência com os alunos mais burros.

— A imortalidade, claro. Que outra coisa queria que fosse, Sam? — E, de melhor humor, ao usar o meu nome: — Agora que já não há segredos entre nós, posso chamar-lhe Sam, não posso?

— Claro. E como é que eu o chamo a si?

— Pode ser Ken.

E aqui a minha dor de cabeça passou. Senti um sopro de euforia refrescar-me os neurónios. Porque, por mais incríveis que fossem as coisas que ouvisse a seguir, nada seria tão extraordinário como esta coincidência: o homem chamava-se mesmo Ken!

— De acordo, Ken.

— Blasfémia... Blasfémia...

Ken virou os olhos para o céu e juntou as palmas das mãos:

— Oh, cale-se, padre! Já começa a chatear!

— Está bem, Ken — assenti, esforçando-me ao máximo por parecer pouco impressionado. Sam Espinosa, o detective *super-cool.* — Ele é Jesus e é imortal. E o que importa isso para o caso?

Ken abriu os braços, em cruz.

— Importa tudo, Sam. Significa que, agora, nós também podemos ser imortais.

— Não estou a ver como...

— Qual a maior descoberta das últimas décadas, Sam? Qual?

— Sei lá... Os transplantes renais? Os novos tratamentos para o HIV? O?...

Ken abanou a cabeça. Eu tivera a minha chance de conseguir uma boa nota, e deixara-a vergonhosamente escapar.

— O genoma, Sam. O genoma. E finalmente, com a ajuda deste senhor, podemos descodificar o genoma da imortalidade.

— Ah.

— Sabe o que é o genoma?

— Bem...

— O genoma é, por assim dizer, o livro da vida, e está escrito dentro do nosso corpo. É sensivelmente o mesmo para todos os seres vivos e, custa-me dizê-lo, temos sensivelmente os mesmos genes que o cão, o macaco, a mosca. São vinte e três cromossomas com milhares de genes e cada gene é composto de éxons e cada éxon é composto de códons e assim por diante, não quero maçá-lo com linguagem demasiado técnica. Sabe qual o tamanho do genoma?

— Muito grande? — arrisquei.

Não era um terrível risco, era a manha dos alunos fracos: dado o tom de Ken, a porcaria do genoma seria ou muito grande ou muito pequena, pelo que tinha cinquenta por cento de chances de acertar.

— Correcto. O mesmo que oitocentas bíblias, Sam. Oitocentas bíblias! E é isso que o genoma é, uma bíblia onde podemos encontrar a chave da vida, se a soubermos ler correctamente. Esqueça a pedra filosofal, transformar pedras em ouro só interessa a quem não tem ouro suficiente, ou a quem não tem melhores formas de o obter, que é roubando. É triste dizê-lo, mas a busca insana da pedra filosofal só revela a falta de ambição das gerações anteriores à nossa. Imortalidade, Sam, imortalidade. Imortalidade é o que está a dar.

— Mas o que eu não percebo — insisti — é como pode este pobre diabo ser o Cristo. Se ele é imortal, e filho de Deus e tudo o mais, não deveria ser mais... *sábio*?

Ou pelo menos menos idiota, pensei.

Ken abençoou-me com os seus dentes magníficos e senti que, com sorte, talvez me deixasse ainda ir a exame de segunda época. Talvez até nem me matasse no final desta bela aula.

— Tem razão, Sam. Mas ele não foi sempre assim. No princípio era até bastante arguto, dentro de um certo estilo, claro. Falava por parábolas e tudo indica que tinha uma capacidade de argumentação danada. Mas depois...

— Blasfémia... É uma blasf...

— O amor à humanidade, o seu famoso Amor à Humanidade, foi o que o tramou. Calculamos que tenha perdido a razão por volta do século X (depois do seu nascimento, claro, ah ah), e mesmo assim muito aguentou ele. Imagine, Sam, mil anos sozinho a ver toda a gente a morrer à sua volta, de pneumonia, de peste bubónica, de uma simples infecção num dedo, de velhice, gente à qual você se tinha afeiçoado, vizinhos, amigos, crianças, amantes, filhos...

— Ele teve *filhos*?

— Claro. Com a sua querida Maria Madalena.

— E não eram imortais?

— Ná. Duravam mais que os outros, é certo, mas ainda assim, triste fado, menos que o papá...

*

E todosss a envelhessserem, persssebesss? Primeiro foi Maria Madalena, e messsmo asssim muito durou ela, foi sssua companheira durante quazzze doisss ssséculosss, embora para o fim já estivessse demasssiado gasssta para ssser mais do que uma amiga, uma companheira, uma avó sssábia e divertida que, àsss vezzzes, por grasssa, ssse leva a dançar a um minicurssso de tangosss e bolerosss. Depoisss Maria Madalena teve duasss filhasss, era curiossso, elasss herdaram do pai alguma "durabilidade" masss o cromosssoma X, da mãe, era dominante, porque cada filha teve uma filha e asssim por diante, nunca filhosss, sssó filhasss, e viviam bassstante, sssegundo critériosss humanosss, masss não maisss do que um breve insssstante, sssegundo critériosss divinosss, e Ele via-asss morrer e não podia fazer nada e de cada vesss issso partia-lhe maisss um pouco o corasssão. Ainda por sssima Ele não podia ficar muito tempo no messsmo sssítio, asss pessoasss comesssavam a essstranhar, e messsmo osss crissstãosss, sssobretudo osss crissstãosss, e a ironia poderia tê-lo feito rir, àsss gargalhadasss, masss ele já não tinha vontade de rir, comesssavam a sssusssspeitar que ele era um bruxxxo feito com o Anti-Crixxxto, e veio um tempo em que a fogueira paresssia àsss gentesss um bom remédio para esssasss infernaisss doensssasss, a apostazzzia, a herezzzia, a bruxxxaria, e mais de uma dexsssendente sssua, sssua e de Maria Madalena, ardeu na fogueira, sob a acusssasssão, absssurda, tragicómica, de praticar conúbio com o Demónio... E, o coração sssempre um pouco mais apertado, ele foi asssistindo a guerrasss, pilhagensss, violasssõesss, a capasssidade de destruisssão brutal de que eram capazzzes todosss osss que ssse reclamavam de bonsss ensssinamentosss, osss ssseusss ou osss de outrosss. Ele viu tártarosss convertidosss ao budisssmo cortarem aosss pedaçosss criançasss russsasss, viu sssoldadosss crissstãosss cossser gatos vivosss dentro dasss barrigasss dasss mulheresss tártarasss que violavam e matavam, viu crissstãosss ensssandessidosss pela busssca da tasssa de barro em que ele próprio bebera asss últimasss gotasss de água antesss de ssser pregado na cruxxx (e a piada era que o raio da tasssa fora quebrada logo uma sssemana depoisss por um essscravo de Pilatosss com mãosss de crissstal), viu homensss de fé a devassstarem povoassõesss passsíficasss desssde a Europa até à sssua terra natal, e a darem largasss à mais abjecta luxxxúria — mas asss criançasss, Sssenhor? — e à maisss sssádica sssede de sssangue (e o divino marquês não tinha culpa, ele que sssó nasssceria ssséculos depoisss) em nome da paxxx, do amor, em nome Dele! Viu, ditando o governo do mundo, maisss sssicuta entornada sssobre osss ouvidosss de sssuzzzeranos do que bonsss conssselhosss. Viu terrasss fartasss onde osss camponezzzes que asss trabalhavam morriam à fome. Viu a pesssste negra levar populasssõesss inteirasss quando remédiosss sssimplesss, esssfregar o chão dos cazzzebresss, queimar osss animaisss doentesss, comer sssebolasss cruasss e alho cru, não beber água de certos posssosss, poderiam fasssilmente ter evitado a calamidade. Viu ssser esssquesssida a lisssão do bom homem de Sssamaria, que predicava que a amizzzzade e as aliansssasss se fortalesssiam pelas acçõesss concretasss e não pelo sssangue, e viu sssoldadosss empalarem osss ssseus iguaisss quando deviam, quando muito, virar asss armasss contra osss própriosss xxxefesss... Viu muita coisssa, ouviu muita coisssa, sssentiu muita coisssa — até que o ssseu esssprírito fesss aquilo que o ssseu corpo não podia fassser: fexxxou. Fexxxou para obrasss. Desligou-ssse.

*

— Uma história muito triste, não é? — disse Ken, alegre que nem um passarinho. Até trinou: — Pobre Jesus, tão sozinho, vítima do seu Amor pela Humanidade, tão abandonado, não uma, não duas, não três, mas milhares de vezes, milhões de vezes, por aqueles mesmos a quem decidiu abraçar.

Bateram à porta. Seria Barbie, já? Eu não tinha acabado de tomar o meu café. A bem dizer, nem o tinha sequer começado, e agora também não o podia beber, devia estar frio.

— Ah — exultou Ken — seja bem vinda, minha cara amiga. Creio que já conhece os nossos convidados. O Padre, o detective Espinosa...

— Olá, Sam. — A voz de Chiara pôs-me mais nervoso do que gostaria. — Olá, padre. Está com muitas dores? Quer que o alivie?

O'Reilly já não tinha sangue nenhum, pelo menos não no rosto. Apertou os lábios, silvou como se tivesse engolido um cigarro aceso e fosse fazer uma bola de fumo. Provavelmente, a sua intenção era cuspir em Chiara. Inútil. Já só os seus olhos tinham vida, ou melhor, não tanto vida, como ódio, ódio, ódio.

— Olá, Chiara — murmurei. A mim não me tinham estraçalhado o ombro, pelo que me podia dar ao luxo de ser civil.

Chiara beijou Ken nos lábios e sentou-se ao seu lado. Depois sorriu para mim:

— Então, Sam, isso faz-se?

Não percebi:

— Faz-se? Faz-se o quê?

— Não te faças de anjinho, tio Sam, que não te fica bem. Ouvi dizer que conheceste a minha prima em Moçambique, Sam. E no sentido bíblico. És um maroto, Sam.

Fiz uma expressão de quem não entendia, porque não entendia mesmo:

— *Prima*?

— Ora, Sam, não me digas que não sabias que a Graça era minha prima.

Não, não sabia. Tu não me tinhas dito. Porquê? A questão, percebi-o depois, não era tanto saber por que não me tinhas dito, mas por que motivo terias de me dizer. Não havia de facto nenhum motivo para mo dizeres. Mas podias ter-mo dito. Poupar-me-ias uma quase paragem cardíaca.

— Somos muito diferentes, não é? Ela é quase o meu negativo... Mas ouvi dizer que está a fazer um trabalho fantástico lá com as pobres crianças...

Tu, o negativo dela? Eu diria antes que eras o seu reverso positivo. Não disse nada, no entanto. Não era o momento nem o local, sobretudo com aquele comando de fato e gravata armado de metralhadora e óculos escuros junto à porta.

Chiara fez uma careta:

— Deve ser muito doloroso, dar o sangue dela para ajudar as crianças... Além de ser um esforço inglório. Enfim, sempre lhes adia um bocado o destino... Se isso a faz feliz, quem sou eu para a criticar?

Ken interrompeu, exultante:

— E isto é apenas o sangue de uma pluri-tri-bisneta da puta favorita dele, está a ver, Sam? — E, para Chiara: — Sem ofensa, querida.

Chiara pôs a mão na de Ken, e a mão dizia: *Não houve ofensa nenhuma, querido.*

Como era bonita a compreensão mútua entre duas criaturas cínicas, implacáveis e bonitas como manequins de plástico numa montra de artigos eróticos sadomasoquistas. Senti vontade de vomitar.

— Imagine agora — prosseguiu Ken — o que poderia ser feito, mesmo que não conseguíssemos decifrar-lhe o genoma, com meio litro de sangue dele.

Eu não disse nada, mas Ken deve ter-me lido um ar incrédulo, porque acrescentou:

— Sim, o seu sangue. Conhece a expressão *Tomai, este é o meu sangue?* Claro que conhece. É tão famosa que até um judeu a conhece. Sem ofensa, Sam.

Tive pena de Ken. Era obviamente um daqueles racistas distraídos que diziam sempre que não eram racistas *mas tínhamos de compreender* que era um facto inegável que os pretos do Harlem eram assim, os judeus de Brooklyn eram assado, os chinocas de Chinatown eram cozido, e devia ter dito muitos "sem ofensa" antes de se tornar director, ou administrador ou relações públicas ou lá o que era da clínica. Coitado.

Ele, apesar da minha pena, continuava embalado:

— Por que motivo as pessoas procuram sempre poesia? Será mesmo pelo gosto de complicar? Diga-me, Sam, você é detective. É que a expressão não é metáfora nenhuma, é *literal*! Jesus, o grande homem, o filho de Deus e tudo o mais, não conseguia fazer milagres.

— Não? — disse eu, para dizer alguma coisa.

— A história da multiplicação dos pães? Treta! O transformar a água em vinho? Treta! O caminhar sobre as águas? Tudo treta! Ah, mas o que já não é treta é o ressuscitar de Lázaro, ou o curar dos doentes. Uma gota do seu sangue e, *spoc*!, ficavam como novos. Até mais fortes, pelo menos durante uns tempos. Óptima propaganda. O problema é que o senhor Jesus, *o menino Jesus* ficava depois indisposto como uma grávida com enjoos ou em depressão pós-parto. Daí que alguns evangelhos apócrifos falem nas monumentais ressacas do Senhor... Eram injustos, mas que outra forma havia de explicar as suas longas enxaquecas?

Ken tinha razão. Cada um lê o comportamento dos outros à luz do seu próprio código de leitura, e uma ressaca por causa de uma noite de farra na Galileia era bem mais compreensível, dentro do quadro mental da época, do que uma crise anémica porque Jesus tinha doado mais uns decilitros à Cruz Vermelha.

— Blasf...

Ken inclinou-se para O'Reilly. Ergueu a voz como se falasse para um velho um bocado duro de ouvido.

— Ainda aqui está, padre? Você acha mesmo que o que nós queremos fazer é horrível? E o que ele fez durante toda a vida, padre, não é horrível? Ter tanto para partilhar e acabar por não partilhar nada, senão com um idiota chamado Lázaro, escolhido com ainda menos critério do que os concorrentes dos *Reality Shows*, mais meia dúzia de eleitos e uma amante boa cama, calculo, mas só com lixo na cabeça? (Sem ofensa, Chiara.) E uma longa vida, que você queria terminar, e que nós, pelo contrário, queremos que continue. Oh, porque nós não lhe vamos fazer mal. Nada disso, ele vai até viver como nunca viveu, vai ser bem tratado, como um rei. Até ao fim dos seus dias (é uma expressão, nada de sustos) não lhe vão faltar tintas e livros para colorir, não é verdade, querida? Chiara mesma se ofereceu para, durante os primeiros tempos, se ocupar dele. Afinal são família e, oh, não vão faltar mulheres bonitas para lhe darem as refeições na boca e até, se ele estiver para aí virado (duvido, tudo aponta para que tenha ficado impotente lá para o século nono), fazerem mais alguma coisa por ele...

Ken estava mesmo embalado. Eu próprio senti vontade de beber um copo de água, depois deste discurso. Mas contive-me, sabia lá o que teriam posto na água.

— A única coisa que vamos fazer a Jesus, padre, é pedir-lhe para partilhar connosco, para *finalmente* partilhar com outros humanos, a bênção que lhe foi outorgada. Acha muito? Ainda pensa que somos monstros, padre?

— É contra a lei de D...

— Oh, padre, você é um chato. — Ken alargou o colarinho. — E você, Sam? Também acha que somos monstros? Ou benfeitores? Não acha injusto que, conhecendo este indivíduo o segredo da imortalidade, tendo ele embutido dentro do corpo o genoma da *vida eterna*, o tenha guardado durante tanto tempo só para si? Não lhe parece um bocado egoísta, Sam? Não lhe parece um tudo nada, não se ofenda, *semítico*?

— Bem...

Tentei medir as palavras. O guarda-costas junto à porta já me estava a bulir com os nervos. Que tivessem guardas lá fora para o caso de sermos atacados, tudo bem. Mas para que precisariam eles de um guarda armado dentro do gabinete, se O'Reilly já estava nitidamente fora de jogo? Não seria mais lógico terem guardas lá fora, de onde pudesse vir real perigo? A última vez que estivera no gabinete era apenas Ken e eu, agora aquilo parecia a ONU num dia de feira.

— Somos todos ouvidos, Sam.

— Bem... Não sei até que ponto será legítimo fazer uso do código genético...

— Genoma...

— Genoma deste... *Senhor*. Pelo que oiço dizer, já há polémica suficiente com a manipulação de genes humanos, se a clonagem é ética, e etc., quanto mais divinos. Não sei... Se o genoma, como diz, é um livro...

— É um livro, Sam, acredite em mim.

— Se é um livro, então por que não lê-lo apenas como um livro? Para saber mais sobre a nossa condição humana, mas sem intenção de...

Ken fitou-me com um desdém tal que percebi que voltara a mostrar o mau aluno que eu era.

— Acorde, Sam. De que serviria descodificar o genoma se não fosse para fazer alguma coisa de útil? O genoma é um livro, sim, um livro. Mas já foi a alguma livraria, nos últimos anos? Aposto que não foi. Eu digo-lhe como são as livrarias, hoje: montras de manuais de como fazer coisas. Acorde, sr. Samuel Espinosa. Já ninguém compra livros pelo simples prazer de ler. As prateleiras das livrarias e dos hipermercados estão cheias de livros de auto-ajuda, livros que são ou fingem que são úteis, práticos, instruções de vida concretas para o menino e para a menina. Até os outros livros todos precisam hoje de fingir que são de auto-ajuda. Já viu os títulos? *Manual de Caça e Pesca para Raparigas. Seja Você Mesmo. As Mulheres deviam vir com Livro de Instruções. Xis Ideias para Mudar. Como Emagrecer Sem Fazer Dieta. Ganhe Músculo Sem Fazer Esforço. Aprender a Amar. Descubra a Criança que há em si. Mais e Melhor do Bom e do Melhor. A Verdade a que temos direito. Os Homens são de Marte, as Mulheres são de Vénus. Como fazer Amor com um Preto sem se cansar. Assuma o Controlo do seu Destino. Feche os Olhos e Veja. O Sexo e a Cidade. Manual de Autodefesa Psíquica. Aprender a Ser Feliz. Viver de Novo.* Etc. O traço distintivo comum? Todos eles vendem formas de modificar o corpo ou a cabeça com o mínimo de esforço possível. Sabedoria instantânea, beleza instantânea, felicidade instantânea. Ninguém quer saber que tem de trabalhar, as pessoas querem é saber como podem evitar trabalhar. Ninguém quer emagrecer à custa de exercício, toda a gente quer perder peso já. E sabe que mais, Sam? As pessoas têm razão.

— Têm?

— Desde que tenham o dinheiro para pagar o serviço, têm direito a esperar que esse serviço seja prestado. É assim o novo mundo, Sam, e é tarde de mais para voltar atrás. Ninguém quer aprender a lidar com a morte, a enfrentar a morte serenamente, a aceitar a morte como uma face natural da vida. As pessoas simplesmente não querem morrer, ponto final! E nós temos o dever, o dever moral, de lhes dar o que elas desejam.

— Se puderem pagar — completei.

Ken encolheu os ombros.

— Se puderem pagar, claro. Não há almoços grátis, por que razão haveria imortalidade grátis? Acha que isso seria justo, Sam?

Era uma pergunta retórica. Tanto quanto eu podia compreender, aquela conversa era unidireccionada. E eu ralado. Tinha outras preocupações, nomeadamente *Como Sair Vivo Dali*. Sim, dar-me-ia bastante jeito, naquele momento, um livro com esse título.

— Portanto, se bem estou a compreender, Ken — tentei tirar o arranhado da voz, mas ele estava lá, e teimava em não se ir embora. — O que vocês aqui na clínica pretendem é ler o genoma de Jesus para poderem escrever vocês mesmos um *best-seller* intitulado *Como Manter a Forma durante Dois Mil Anos...*

— Não propriamente — respondeu Ken, sonhador. — Estávamos mais a pensar em algo do género *Como Manter-se em Vida durante Dois Mil Anos...*

— Ah — fiz.

— E não tem de ser um *best-seller*. As coisas mesmo boas da vida não podem ser para toda a gente.

— Nomeadamente, a vida...

— Você o disse, Sam.

— Mas os seus... *clientes*, estou curioso... Não se arriscam a incorrer no mesmo risco que ele?

— O mesmo risco, Sam? O mesmo risco como? O que quer dizer?

— Como vão enfrentar a solidão?

Ken, o profeta, abençoou-me com o seu magnífico sorriso branco.

— Oh, mas ninguém estará só. Formaremos uma pequena comunidade...

Injecções de colagénio, tinha de ser. Ninguém com mais de doze anos tinha um sorriso assim. Começava a perceber o Ken: os tipos como ele eram tão perversos que até eram pedófilos de si mesmos.

— Uma pequena comunidade — deduzi — que conquistará o mundo, aposto.

— Oh, Sam, não seja melodramático, não lhe fica bem. Você afinal foi um tão bom colaborador nosso...

Não gostei do *foi*, não parecia reduzir-se apenas ao fim, efectivo, da nossa relação contratual.

— Um colaborador mais caro do que Judas — acrescentou. — Mas tão mais eficaz do que Judas...

Desta não gostei. Ken já me chamara cão de caça, mercenário sem escrúpulos e, agora, traidor? Mesmo que alguma verdade houvesse aqui (e infelizmente havia) uma coisa era eu sê-lo, outra ele dizê-lo. Foi com algum esforço que lhe retribuí o sorriso:

— Portanto, não vão conquistar o mundo? Como nos filmes de James Bond?

— Ora, Sam — prosseguiu Ken. — Não conhece o provérbio chinês? "Senta-te à beira do rio e, mais cedo ou mais tarde, verás passar o cadáver do teu inimigo." Nós seremos a concretização desse provérbio. Qual o interesse de conquistar o mundo se soubermos de antemão que todos os outros passageiros descem a meio da viagem?

— Como adolescentes petulantes rindo-se das outras pessoas, em segredo?

Ken condescendeu:

— Não gosto da imagem, mas no essencial está correcta.

— E não correrão o risco de enlouquecer? — Apontei para o único comensal a quem aquela conversa nada dizia. — Como ele?

Ken triunfou:

— É pouco provável, Sam. O Amor pela Humanidade não é um dos defeitos dos nossos clientes. Muito pode ser dito deles, menos que são corações moles. E, para todos os efeitos, conforme já lhe disse, formaremos uma pequena e simpática comunidade. Uma elite...

— Sim, Sam — corroborou Chiara, pegando numa pistola e levantando-se. Não ma apontou, mas... — Não somos como a minha prima Graça. Estou aliás a pensar em fazer-lhe um dia destes uma visita. Para... *matar* saudades.

Chiara deu a pistola a Ken, que agradeceu. E, chegando-se a O'Reilly, encostou-lhe o cano à cabeça:

— Vai morrer, padre.

Sentia-se que Ken apenas não cuspia na cara do padre porque era demasiado delicado para expelir a sua saliva daquela maneira.

(Ou então porque dava demasiado valor à sua saliva para a gastar em O'Reilly.)

— Confesse lá, não era bom não morrer nunca? Assim, é pena, daqui a três minutos cessará de existir.

O padre não respondeu. Ou porque não queria ou porque já não podia. Eu apostava na segunda hipótese.

— Não? Olhe que o seu nariz está a crescer. Bom, então uma coisa lhe posso garantir, talvez vá encontrar Deus, apesar de eu duvidar, porque o senhor pecou, padre, mas *de certeza* que não vai encontrar Jesus. Porque ele vai ficar muito quietinho, aqui, muito bem comportadinho nesta casa, para todo o sempre, connosco. Na nossa reconheço que pouco cristã companhia. Não acha este paradoxo uma delícia?

O'Reilly, arquejante, não se mexeu. Ken suspirou, estava a lançar pérolas a porcos.

— Diga-lhe adeus, padre.

Foi então que eu fiz aquilo que tu sabias, sim, tu sabias, que eu faria: tomei uma decisão, escolhi um lado; e, a partir do instante em que o fiz, agi em conformidade. Não tão toureiro-samurai como Cassamo, uma pessoa tem as suas limitações, mas ainda assim devo dizer que com algum vigor. Sim, agi conforme, sem segundos pensamentos, sem hesitações. E usei a tua força, a força que, a par da doença, tu me deste.

Empurrei, numa palmada seca, a mão de Ken, e o tiro acertou, não no padre, mas em Chiara, que esbugalhou os olhos e se deixou cair no sofá, sem compreender.

Para quem não esperava surpresas, o segurança foi bastante rápido a reagir, mas a violência abrupta é, feliz ou infelizmente, sempre mais rápida do que a capacidade de reacção até do agente mais treinado. Peguei na pistola de Ken e dei-lhe um tiro no peito.

O segurança foi empurrado pelo impacto contra a porta mas não caiu: tinha um colete à prova de bala. Arreganhou os dentes, talvez também os tivesse injectados a colagénio mas a boca estava suja de sangue do impacto da bala nos pulmões. Ergueu a metralhadora na minha direcção e percebi que estava feito — tivera a minha chance, falhara e agora ia pagar o preço.

Foi então que aconteceu uma coisa espantosa: O'Reilly levantou-se e deu-lhe com a mão de lado na maçã de Adão, num só golpe de raiva.

O segurança caiu, sufocado, e Ken lançou-se sobre mim, tentando enfiar-me dois dedos nos olhos, e estava a consegui-lo, porque me desequilibrei de costas sobre a secretária. A minha consolação era que, se ficasse cego, a última imagem guardada na minha retina seria do rosto de Ken completamente congestionado, espuma a escorrer-lhe da boca. Nada, nada bonito.

Ken deixou de fazer força e acompanhou a baba na sua submissão às leis da física quando O'Reilly lhe deu uma coronhada na cabeça. Fiquei grato por ele não lhe ter dado um tiro, ter-me-ia decerto também acertado.

Quanto ao motivo de tanto desconcerto no pequeno mundo que era aquele gabinete, continuava no seu lugar, quase sorrindo, impávido e sereno como um deus de pedra cheio de musgo.

E Chiara? Chiara estava colada ao sofá, a mão agarrada à barriga, tentando estancar o sangue. Provavelmente salvar-se-ia, se fosse assistida a tempo, e alguém naquela puta de clínica deveria saber fazer um penso, a menos que a única competência daquela gentalha fosse pôr computadores ultrapotentes a lerem oitocentas bíblias em busca do versículo que revelasse o mistério da imortalidade.

Sim, poderia deixá-la viver... se as suas palavras de há bocado não me fizessem espécie: *Estou aliás a pensar em fazer um dia destes uma visita à Graça. Para matar saudades.*

Enfiei uma bala na testa de Chiara. Com sorte, talvez morresse mesmo. Senão, teria uma boa desculpa para, por um par de dias, dizer a Ken que estava com dores de cabeça.

O'Reilly apontou-me a metralhadora. Pensei que me ia dar um tiro. Eu até merecia, bem vistas as coisas. Cometera o erro clássico contra o qual todos os manuais de detectives alertavam: saber para quem estávamos a trabalhar.

Há uma hora O'Reilly tentara matar-me. Há um minuto salvara-me. E agora? A situação só num aspecto era simples: ao contrário de Chiara, pelo menos com ele não havia dúvidas, estava mesmo a morrer.

— Leve-o... — murmurou. — Fuja... Eu protejo-vos...

Olhei para O'Reilly, e depois para o meu cliente. Eu, que o tinha trazido à boca do lobo, é que o devia levar de novo? Não parecia lógico. E para onde?

— Leve-o. Esconda-o. Se vir que não consegue protegê-lo, ponha-lhe termo à vida.

— Acabá-la? À sua vida?

— Se tiver de ser...

— Como? Ele é imort...

— Há-de haver uma maneira... Vocês sempre foram engenhosos... Leve-o...

Levá-lo, eu? Não parecia lógico, a menos que fosse, afinal, muito lógico. Lembrei-me da confiança de Graça, de Greg, de Cassamo, do falacha. O facto de eu não perceber a lógica, não queria dizer necessariamente que não houvesse lógica nenhuma, pois não? Ou também eu era daqueles que achavam que o que não percebiam não fazia sentido?

Olhei para... Enfim, algum dia tinha de o chamar pelo nome. Olhei para Jesus. E era impressão minha ou o sacana estava a sorrir para mim?

— Matá-lo? — repeti.

— É melhor do que deixar que eles... uma blasfémia... Vá, depressa... Eu protejo-vos enquanto puder...

Sacudi a cabeça. Dei uma palmada na têmpora e outra na testa. Nada bom. Nada, nada bom.

Agarrei na mão do meu cliente e ele, dócil, levantou-se. Senti-me como um miúdo mais velho a quem as tias obrigavam a tomar conta do primo.

Enfim, não havia de ser nada.

— Obrigado, padre — disse, e apertei a mão ensanguentada de O'Reilly.

EPÍLOGO

O que é Deus? De certa maneira, não há Deus.
A nossa percepção de Deus conduz geralmente a um equívoco que prejudica seriamente o nosso desenvolvimento espiritual.
Rabi David Cooper

Acabá-la? À sua vida?

Se tiver de ser. Há-de haver uma maneira...

Renunciei, isso implicava dois problemas. O primeiro era por assim dizer a parte técnica, a questão, simples de formular mas difícil de executar, de como matar um ser imortal. O segundo dilema era de ordem moral: poderia eu arriscar-me a que nós fôssemos pela segunda vez na História acusados de matar o Cristo? Hum? Alguém é capaz de me responder?

Pois, era o que eu pensava.

Não, não o matei. Não sabia para onde podíamos fugir, até que me lembrei das sábias palavras de Ken: *É preciso um judeu, disse-lhes. Afinal, mordidela de cão cura-se com pêlo de cão...* Ele escolheu-me para encontrar Jesus por, de certo modo, sermos bichos da mesma raça, não? Ora, quando se quer esconder um diamante, que melhor sítio do que no meio de coisas que brilham?

Estamos aqui no colonato vai já para seis anos. Eu sou o Shmuel, ele o Avi. Irritam-me as tranças, os chapéus de aba larga, os dias são longos e quentes, aborrece-me o excesso de zelo religioso desta gente. Eu, que nem recitei *Kaddish* quando o meu pai morreu, ando agora aqui, dia após dia, no meio destes campeões olímpicos da ortodoxia? Isto só a mim. Se eu não soubesse o que sei hoje, diria até que era Deus a brincar comigo à apanhada.

Não me devo queixar, contudo. À sua maneira, estes hassídicos são bondosos, e têm a não dispicienda vantagem de não nos chatearem se nos virem a ler o jornal ou inclinados sobre um livro, o que é uma maravilha. Quando lhes contei que o meu companheiro ficara assim (meio apanhado da cabeça) porque uns terroristas fizeram explodir a sua casa e lhe mataram a família, não fizeram mais perguntas e aceitaram-nos de braços abertos. Aprendi a falar hebraico, ninguém se ofende com o meu sotaque, só não me desenvencilho com o iídiche, que esta malta gosta muito de falar e sempre me pareceu mais alemão mastigado com a boca cheia que outra coisa.

Quanto à carreira de Sam Espinosa, detective privado de renome internacional, acho que terminou. E agora é que convém mesmo que continue privado de renome internacional. Receio nunca mais ver Brooklyn nem o recorte das torres gémeas no céu de Manhattan. Bem, as torres gémeas também já seria difícil vê-las, mesmo que ainda andasse por lá a penar em busca de um cônjuge enganado suficientemente masoquista para querer confirmar cientificamente o crime ou a escapadela...

Isto aqui é chato, só pedras, calor, pedras e calor, calor e pedras, e às vezes suspeito que fiquei a conhecer as verdadeiras razões da diáspora. Que seca, meninos. A minha saúde vai bem, obrigado. Estou óptimo, sou eu e o Magic Johnson, que descobriu em 1991 que era seropositivo e ainda hoje mete uns cestos e só não volta à NBA porque as outras meninas têm medo de ver sangue. Faço uma vida regular, saudável, como bastante cebola e alho, não tenho de me preocupar com o cheiro, não há ninguém por perto que me apeteça beijar. Colaboro nas actividades comunais, isto aqui é uma espécie de Kibbutz, só que a utopia não é socialista nem de esquerda, é mais a dar para o místico.

Há por aqui muito cabalista barbudo, muito *Zohar* para acolá, muito *Tzaddik* para acoli. Enfim, do mal o menos. Eu próprio deixei crescer a barba, que remédio, tanto a minha como a dele. Vivemos no mesmo apartamento, a sua enxerga é ao lado da minha, se ele teve dificuldade em habituar-se ao meu ressonar nunca o deu pelo menos a entender. Trabalho o meu pedaço na horta, enquanto ele fica sentado numa cadeira de vime. Acho que gosta de me ver suar. Finjo que me interesso pelo Talmude. Leio a Tora, mas não o Novo Testamento, daria demasiado nas vistas. É pena, às vezes penso que me daria jeito, mas o que diriam eles se me vissem a ler o evangelho segundo S. Mateus, ou S. Lucas? Talvez um dia possa sentir-me confiante ao ponto de o deixar sozinho por uns dias, e dê um pulo a Jerusalém ou, quem sabe?, mesmo Telavive. Ouvi dizer que tem por lá uns bares bestiais. Gostava de o levar um dia a Nazaré, numa excursão de eterna saudade, mas de momento acho que o melhor é não sairmos do colonato. O seguro morreu de... Será mesmo necessário dizer o resto do provérbio?

Em todos os genes humanos há telómeros, que os cientistas, no seu eterno afã de serem compreendidos pelos ignaros, descrevem como sendo uma espécie de ponta extra no atacador de um sapato, informação inútil cuja utilidade é ser gasta antes de o tempo, as intempéries, os maus tratos atingirem a informação verdadeiramente útil para a manutenção do nosso corpo em condições aceitáveis. Essa espécie de gordura protectora à volta dos genes chama-se telomerase. Ao que parece, o envelhecimento dá-se quando... quando já não há telómeros. O processo é assim, um pouco como se uma piranha gastasse algum tempo a comer-nos a bota e depois, quando já não houvesse bota, avançasse pelo que ainda havia para comer, nomeadamente o pé. Há quem diga que a chave está nesta questão, e parece que já há muitos cientistas feitos abelhinhas à volta do assunto. Fundos não faltam, o medo da morte não dá só asas, também dá dinheiro. Se as coisas avançarem a este ritmo, o genoma do meu companheiro de quarto pode qualquer dia ficar obsoleto. O lado bom era que assim poderia ir à minha vida. O lado mau...

Pessoalmente, não me parece que a imortalidade seja uma grande ideia. Já cá há tanta confusão mesmo sem sermos imortais... Bem sei, os sofistas podem argumentar: mas não seria bom se Einstein ainda fosse vivo? Ou Picasso? Ou o Baal Chem Tov? Ou Leonardo da Vinci? Admito, os exemplos são bons, mas mesmo assim não sei se seriam as pessoas certas.

E essa é a questão: quem seriam as pessoas certas para serem imortais? A julgar pelas que a lenda diz que ainda estão vivas, não tenho a certeza se, em vez de justos e sábios, os candidatos a imortais não acabariam por ser Elvis, os Beatles ou mesmo o homem do bigodinho cujo nome, por pudor, não me apetece pronunciar... Só este pensamento é já de si arrepiante.

A morte dos patriarcas e dos *grandes homens* ainda continua a ser, acho, a única garantia de que mais cedo ou mais tarde, mesmo nas ditaduras vitalícias ou nas democracias populistas, teremos uma mudança de regime. E a morte é a mais eficaz das mudanças, não é? Não desejo a morte, nem a minha nem a de ninguém, mas não tremerei de medo quando ela chegar. Enfim, talvez um pouco. Talvez, para falar verdade, até me borre de medo. Isso não faz, no entanto, com que eu me tente alimentar de transfusões aqui do meu simpático (mas pouco loquaz) sócio de fortúnio.

No outro dia, uma criança ficou ferida e senti-me tentado a dar-lhe umas gotas do sangue dele. Não o fiz, felizmente não cheguei a ter de tomar a decisão, não foi preciso. Mas acho que não o faria. Há outras formas.

Os meus cabelos, os que me restam, já estão brancos e a coroa nua no cimo da minha cabeça está muito agradecida pela minha integração um bocadinhochinho oportunista numa comunidade religiosa que valoriza nos homens o uso de chapéu.

Quanto ao meu camarada, mantém-se fresco como uma alface. Por isso é que ele nunca podia ficar muito tempo no mesmo sítio. Aqui mesmo, pergunto-me se alguns vizinhos não começarão já a desconfiar. Às vezes, na sinagoga, tenho a sensação de que nos olham de viés e baixam a voz quando nos aproximamos, mas pode ser apenas impressão minha. É uma pergunta que me coloco de vez em quando, o que acontecerá quando descobrirem que ele não envelhece? Depois, enxoto-a como se faz a uma mosca incómoda mas não perigosa, e encolho os ombros. Provavelmente, não se passará nada de grave. Na pior das hipóteses, passarão a chamar-lhe Messias.

Uma última palavra, antes de apagar a luz e me ir deitar, acho que mereço. Querias ler uma história nunca publicada, papel? Pois bem, agora já leste. Se não acreditares nela, não há problema, excepto para ti, pois esse será o indício de que não tens fé. A bem da verdade, da nossa saúde e da do mundo, devo dizer que até me agrada a ideia de não me acreditares. Posso estar a ficar já sem muitos telómeros, mas cada vez mais me convenço de que o futuro depende, em grande parte, da nossa capacidade de não acreditarmos em milagres, a fim de eles poderem trabalhar em paz.

Shalom, papel!

NÓTULA DO AUTOR

Quando o romance saiu, eu esperava o mundo. Afinal eu tinha acabado de provar que Jesus estava vivo – uma boa notícia que se reflectiria imediatamente nas vendas, como é dever de todas as boas notícias. O que se passou então? Bem, aquilo que sempre passa: o mundo aconteceu e desaconteceu. Não estou zangado, é a vida. O que gostava de dizer é o seguinte: este livro não se resume a uma paródia dos romances místicos – ele próprio é (à sua maneira) um romance de Viagem e, acredito eu, até bastante para o realista. Pelo menos, façam-me essa vontade, a sua premissa é possível.

Mudando de assunto. Sei que o meu detective Espinosa tem um primo numa delegacia aqui do Brasil, fruto da imaginação do escritor Luiz Alfredo Garcia-Roza. Também o neurobiólogo António Damásio escreveu há poucos anos um ensaio chamado *Ao Encontro de Espinosa*, dedicado a um outro detective, este do século XVII, que (vem na Wikipédia) deduziu não passarem Deus e Natureza senão de dois nomes para uma mesma realidade. O que posso dizer? Que, como dizem os franceses, a gentinha camarada tende a encontrar-se, e só este provérbio – *Les grands esprits se rencontrent* – é a prova provada de que (milagre) nem sempre os franceses dizem coisas erradas e/ou antipáticas.

Este romance teve em Portugal uns leitores especiais que o ajudaram a ficar melhor – engenheiros de som, gosto eu de chamar. Nomeio três: o Miguel Vale de Almeida, a Inês Pedrosa e a Leonor Areal.

Aqui a edição fica a cargo da excelsa Débora Guterman, sob o olhar severo do Rogério Eduardo Alves. Recordo de há três anos uma Germana em S. Paulo, a não muitas horas do meu regresso à pachorrenta Lisboa, onde a cachaça não tem o mesmo sabor, pelo que mais vale beber ginginha.

Um abraço também à Duca e ao Pedro, porque sim. E aos meus primos do Rio – um dia, juro, ainda vos hei-de visitar.

Parte do livro foi feita graças a um convite do Instituto Português do Livro e das Bibliotecas para passar uma temporada na Ledig House, que fica no estado de Nova Iorque, embora bem longe – escrever é preciso – do bulício de Manhattan. Para os dois, Ledig House e IPLB, a minha gratidão.

Este livro foi composto em minion
para Editora Planeta do Brasil
em maio de 2007